Ronso Kaigai
MYSTERY
244

陰謀の島

Michael Innes
The Daffodil Affair

マイケル・イネス
福森典子［訳］

論創社

The Daffodil Affair

1942

by Michael Innes

目次

陰謀の島　5
訳者あとがき　317
解説　三門優祐　320

主要登場人物

ジョン・アプルビイ……ロンドン警視庁《スコットランドヤード》の刑事
ハドスピス……ロンドン警視庁《スコットランドヤード》の刑事
レディ・キャロライン……ハロゲイトの貴婦人、警視監の姉
レディ・アプルビイ……ハロゲイトの貴婦人、ジョンの伯母
ルーシー・ライドアウト……行方不明の少女
ハンナ・メトカーフ……〝魔女〟と噂される娘
エメリー・ワイン……国際的なビジネスマン
ビーグルホール……ワインの秘書
ミス・ムード……南米へ向かう女性
ミセス・ナース……南米へ向かう女性
モレル大佐……十八世紀のホーク・スクエアの住人
バートラム大尉……モレルの幽霊の目撃者
ミスター・スマート……十九世紀のホーク・スクエアの住人
ドクター・スペッティギュー……スマートの幽霊の目撃者
ダフォディル……不思議な能力をもつ馬

陰謀の島

第一部　破滅へ向かう道

I

その部屋は殺伐として、すべてが静止していた。表にショーウィンドーを構えた店の中によく似ていたが、より広く、がらんとしていた。デスクに座っている男は、毎日出勤するその部屋に心地よさを求めようなどと思ったこともなかった。快適さはまるでないが、不快感もない。完璧なまでに無機質なその環境について、部屋の主があえて評価するとすれば、まちがいなくその厳格さだろう。春の陽光さえ、カーテンのない高いガラス窓から差し込むと、寂しく機能的な光に変わるのだった。

大きな窓だった。這うように移動する平行四辺形の光の中に、大きめのデスクがぽつんと置かれている。その四角い光の中を、そして身じろぎひとつせずにデスクに座っている男のすぐ目の前を、斜めに伸びる一本の巨大な影が通り過ぎた。往復するように、二十回ほど横切っていく。まるで部屋の外に荒れ果てた遊園地があって、見上げるほど高い観覧車がのろのろと回転しているかのようだ。男は突然立ち上がり、両手を後ろに組んで窓辺に歩いていった。ここ、ロンドン警視庁《スコットランドヤード》の高層階の窓から見下ろすと、一面に戦時下のロンドンが広がっていた。

破壊されて骨組だけになった高い建造物の上に、クレーンだかショベルだかデリックだかわからないが、何らかの重機が一台、絶妙なバランスで設置されている。見晴らしのよさそうな高みから、半分だけ残った隣の建物を器用に叩きつけたり、削ったりしている。悲愴な、あるいは腹立たしい光景と呼べるのかもしれない。現に下の通りを行く歩行者の多くは、怒りという感情を再認識しているのが全身から見てとれる。だが、現実的な思考をする人間であれば、感情を自制し、瓦礫の片づけが順調に進められていることに満足、あるいは批判的に評価できるものだ。そして、窓から下界を見下ろしているこの男は、いかにもそういう思考の人間なのだった。無駄を省いた動作には人間味や特別な意味はない。考え事をしているときも、憶測で目が曇ることはない。ただし、眉だけは常に固くひそめたままだ。デスクから窓辺へ向かうときも眉根を寄せていたし、こうして外を見下ろしながらも、眉間にさらに力を込めることも緩めることもしなかった。

ハドスピスは窓の外の光景を、ただあるがままに受け入れていた。現実的な思考をする人間のひとりとして外を見下ろし、そのありさまを認識した。次の爆撃の際は、あそこが危ない、あそこは持ちこたえてくれそうだと。一方、道徳家のひとりとしては、別の認識をしていた。ある言葉が口をついて出た。〝卑劣〟。この光景はまちがいなく卑劣そのものだ。では〝邪悪〟でもあるのか？　そうは思わなかった。〝邪悪〟という言葉がもたらす短絡的な怒りや無分別を考えると、それはふさわしくないと思った。ハドスピスはこの十五年間、知的障害のある少女たちの誘拐事件について、また彼女たちのその後の安否についての捜査資料を管理してきた。そこにこそ強い怒りをおぼえていた。それに比べれば、このロンドンの光景から感じる憤りは高が知れている。こうした捜査を一年、また一年と重ねていくうちに、その怒りはいっそう心の奥深くに焼きついて、今では彼という人間の最も内なる根幹を成していた。これまで彼が直面してきたのは、理由もなく平気で人を欺ける人間の罪だ。なぜなら、このご時世であればどこへ行こうと、知能のまともな少女たちを誘惑し、孤立させ、取り引きし、売り飛ばし、金で雇うことは、さほど苦もなくできるはずだからだ。にもかかわらず、あえて知的障害のある少女たちを狙うという下卑た行為は――ひと言で言うなら、腹立たしかった。〝邪悪〟とは腹立たしいものだ。いや、むしろ、それにほとんど誰も気づいていないことが腹立たしかった。たいていの人間が理解できるのは〝卑劣〟までだ。ハドスピスはロンドンの街を見下ろしながらそう思った。〝邪悪〟を真に認識する者よりも、神や永遠の命、それに理性という理念を認識している者のほうが多いだろう。だが、かつて誰かが言っていたように、〝邪悪〟という揺るぎない存在に比べれば、それらはただの上部構造か表層部にすぎない……ハドスピスには教会に通う習慣はなかったが、〝邪悪〟をこのように認識した彼は、きわめて信仰的な人間だと言えた。ハドスピスはその下劣で気の滅入る特殊な捜査を、まるで白鯨を追い求めるエイハブ船長のように漠然と、危険なまでに激しく突き進めてきた。それ以外のものは一切気にも留めず――たとえば、このオフィスのように。

その彼のもとへ、新たな少女失踪の報告が届いた。風変わりな名前の少女だ。ルーシー・ライドアウト。今回は遠出《ライドアウト》をしすぎたのか……寂しげな陽光の中で、ハドスピスも寂しげな笑顔を浮かべた。

が、その光が目に入ることも、心に留まることもなかった。

知的障害のある少女か。

「馬ですか！」

二つ下の階にいたジョン・アプルビイは、最近警視監に再任したばかりの老紳士の顔を、信じられないとばかりに見つめた。「馬ですか？」アプルビイはもう一度言った。馬の捜索を命じられるなど、初めての経験だ。

老紳士はあやふやにうなずいた。ひと昔前とちがって、今は優れた人間が低い階級に、力量のない人間がいくらでも高い階級に就いている。そんな矛盾はどうでもいいと、彼は思っていた。だが、ときにはそれが気まずく感じられる相手もいる――こんなふうに、礼儀をわきまえなければならないと思わせる相手が。「そうだ」警視監は言った。「馬が」まだ説明が続きそうな、尻切れトンボな言い方だった。とりあえず、自信たっぷりに断言できる言葉を探して間を空けた挙句、「座りたまえ」と言った。

アプルビイは座った。「それでしたら、アンブラーが適任ですよ」彼は望みを託すように提案してみた。「たしか、アンブラーは馬に詳しいはずですから。〈クルセーダー〉が一九三〇年のダービー直前に逃亡したときも――」

警視監は首を振った。「いや、ちがうんだ。競走馬じゃないんだ。そんな価値のある馬じゃ――まったく価値のない馬なんだよ。それにこれは、正式な捜査と言えるものではないんだ」訝しげに顎を掻こうとして、手を止めた。「実を言うと、姉から頼まれた案件なんだよ」彼は曖昧に言った。

「そうですか」アプルビイの中で、その怪しげな馬探しに対する嫌悪感が膨らんでいった。

「姉はハロゲイトに住んでいてね。退屈な田舎町だ」警視監はなんとなく申し訳なさそうに言った。「きみも知っていると思うが」

「実は、わたしの伯母もハロゲイトに住んでいるんです」

「そうなのか」警視監は何か考えるように自分の足の爪先を見つめた。「それなら、ひょっとして」思いきって訊いた。「きみの伯母さんはわたしの姉を――」

「レディ・キャロラインとは懇意にさせていただいているはずです」

「ほう、それは奇遇だなあ」くだらない感想を口にしながら、警視監は爪先をますます熱心に観察した。レディどうしが知り合いだとわかったところで、話が進めやすくなったのかどうかは何とも言えなかった。そこで、ユーモアを混ぜる作戦に切り替えた。「ひょっとすると、きみの伯母さんにはお気に入りの辻馬車があるのかな?」

「どうでしょう。でも、きっとあるんじゃないでしょうか」

「そうか、姉のキャロラインにはあるんだ——いや、あったと言うべきか。ある真面目な御者とおとなしい馬の馬車が、ひどく気に入っていた。これまでは、ミス・メイドメントが馬小屋に電話をして——ああ、メイドメントというのは、姉の同伴者《コンパニオン》なんだが——いや、ミス・メイドメントは、住み込みの付き添い婦《コンパニオン》なんだが——」当惑した警視監が急に口をつぐんだ。「何の話だったかな?」

「ミス・メイドメントが馬小屋に電話をしたとおっしゃったところでした」

「そうだった。それで、かつては〝きちんとした御者とおとなしい馬の屋根なしランドー馬車を一台〟と、そう頼んでいた。が、あるときから単に〝ボドフィッシュと黄水仙《ダフォディル》〟と指名するようになった」警視監は間を置いた。「ボドフィッシュとダフォディル」もう一度繰り返した。「前者が御者、後者が馬の名前だ。説明するまでもなかったかな。ミスター・ダフォディルという人間はいるかもしれないが、馬にボドフィッシュと名付ける者はいないだろうからな」

「おっしゃるとおりです」

警視監は困りきっているように見えた。「なあ、きみ」彼は言った。「退屈な話だと思っているだろう。だが、とにかく聞いてくれ。最後には、とんでもない展開が待っているんだ」

アプルビイはその老紳士にかなり好感を抱いていたので、いかにも興味があるような明るい作り笑いを浮かべた。「ひょっとすると行方をくらましたのは、そのダフォディルではありませんか?」

「そのとおりだよ。姉は当初、ダフォディルは死んだと聞かされたそうだ。一番のお気に入りだったし、それほど年老いた馬でもなかったので、姉はショックを受けた」警視監はそこでためらった。「実のところ姉は、かの詩人と同じ気分だったんだ」

アプルビイはほほ笑んだ——今度は偽りのない笑みだ。「ええ、なるほど。〝美しき水仙《ダフォディル》よ、そんなに早く去ってしまうのが悲しくてならない〟（イギリスの詩人ロバート・ヘリングの詩より）というわけですね」

相手の文学的教養をさりげなく探るような自分の発言に、大いに満足できる答えを得て、警視監は力強くうなずいた。「そのとおり。まさしく、そのとおりだよ——さすがだね。姉は当初、馬は死んだと聞かされた——おかしな噂が立てば、商売に差し障ると思われたのだろう。ところで、わたしの姉というのはひどく詮索好きでね、礼儀をわきまえた古人なら〝目の鋭い人〟とでも言ったのだろうが。とにかく、姉は馬が死んだいきさつを詳しく訊こうと、ボドフィッシュを呼びつけた。ボドフィッシュは姉のもとへ来るには来たが、残念ながら酒に酔っていた。馬のことがショックだったんだろうな。キャロラインはすぐにメイドメント——いや、ミス・メイドメント——に馬小屋に電話をかけさせ、きちんとした御者とおとなしい馬の箱型馬車を一台頼んだ。姉はその馬車でボドフィッシュを家まで送り届け、彼の妻に、健康によくて食欲をそそるココアの淹れ方を教えた後、ダフォディルの持ち主を探ろうと、あれこれ質問した。そこで、馬が実は盗まれたと知るや、すぐにわたしに緊急の電報を寄越したのだ。〝これはスコットランドヤードに知らせなければ〟。その考えが真っ先に浮かんだらしい。スコットランドヤードで働いている弟がいるのだから、そう思うのも当たり前なのだろう——たぶん」

「ええ、実に当たり前のことです」

「当然ながらわたしは、そういう案件は地元警察の管轄だと言った。すると、なんと姉は、地元警察署の本部長に会いに行ったんだ、お抱え弁護士を連れて。警察署で話を聞いてみると、ダフォディルの一件についてはろくな捜査もされていなかった。おまけに、任務に忙殺されている部下を守る立場の本部長から冷たくあしらわれたらしい。いや、最初はちがったと思う。たぶん本部長も初めは、警察が今どれほど仕事を抱えているのか、説明してくれたのだろう。戦争に関する当たり障りのない機密情報をいくつか織り交ぜながら。だが姉は、単に好奇心が強いだけでなく、特別にしつこい性格で、けっしてはぐらかされなかった。〝水仙か《アウト・アスフォデロス》、さもなくば何もなしか《アウト・ヌッルス》〟をモットーに掲げてね。わがまと、真実が知りたいという気持ちに突き動かされていたのだと思う。なにせ、ハロゲイトじゅうの馬の中で姉が本当に信頼していたのはダフォディルだけだったし、何があっても追跡すべきだとかたく信じていたからね。その気持ちがあまりに強すぎたのだろうが、しまいには本部長に追い返された。そこで姉は家に帰り、その一件についてじっくり考え直した末、長く堂々たる詫び状をミス・メイドメントに口述筆記させた——これで一応の筋を通したのだから、不作法者と咎められるいわれはないとばかりに、翌日の午後、哀れな警察本部長のもとを再度訪れたわけだ。本部長は少々面食らっていたがね」

「そうでしょうとも」

「そう、ひどく面食らっていた。そこで姉に、ちょっとした皮肉を言ったのだろうな——スコットランドヤードに相談してみてはいかがかと。ところがキャロラインは、すでに弟とは連絡を取っていると伝えた。さすがの本部長もこれにはまいったらしく、それならお好きにどうぞと——その——われわれに投げて寄越したというわけだ。つまり——いや、なかなかデリケートな話でね」

「ええ」

「姉は、実に質素な暮らしをしている。知ってのとおりわたしの一族は貴族でも何でもない」老紳士は魅力的な笑みを見せた。「だが、姉の亡き夫の一族は――」

「ええ、よく存じています」

「つまり、姉はその義理の兄弟たちから――」

「おっしゃりたいことは、よくわかります。それで、わたしにハロゲイトへ調べに行ってきてほしいというわけですね？」

　警視監が悲しげにため息をついた。「実にデリケートな頼みごとなんだ。でも、きみにはちょうどいいんじゃないか、ひどく疲れて見えるから」失礼な発言ではあったが、そのとおりだった。「きみだって、そういつもとんでもない大事件ばかり追いかけてはいられまい。たった一年のあいだに、スコットランドの荒野でスパイと戦ったかと思ったら（アプルビイ長編第五作『The Secret Vanguard』）、船が沈没して無人島に流れ着いて（アプルビイ長編第七作『アララテのアプルビイ』）、さらには――」

「行けとおっしゃるなら、もちろんハロゲイトへまいります」

「週末だけでいいんだ。とても長閑《のどか》ないい所だし」警視監は、この時点で気まずさが頂点に達したらしく、もう爪先など見たくないとばかりに足をデスクの下に突っ込み、失望感を隠そうともせずにアプルビイに目を向けた。「なあ、たしかにきみなら、あの馬を見つけ出せるかもしれない」彼は当惑したように首を振った。「そうなれば、姉はきっと喜ぶだろう――だが、地元警察はどう思うかね？」弱々しい笑みを浮かべて言った。「ダフォディルを見つけるかどうかは、きみの判断に任せるよ。あの馬の価値は十五ポンドなのだそうだ。そう言えば、まだ説明していなかったな」

「例の〝とんでもない展開〟ですね？」

「そのとおり」警視監の表情が明るくなった。「本当に驚くような話なんだ。シャーロック・ホームズのところへ持ち込まれた、小さな、だが当惑するような謎に似ている。実のところ、ダフォディル失踪事件には、本物の謎が秘められていると思う——謎なんて、うちにだってそう毎日持ち込まれるものじゃないだろう？　真に首をかしげるような謎は、犯罪という大海の中に小島のようにぽつんと浮かんでいるにすぎない」そのイメージの何かが引っかかったらしく、警視監はそこで口をつぐんだ。

「問題の馬小屋は、いわゆる〝ライブリー・ステーブル〟と呼ばれる形式のものだ。つまり、有料で馬車を貸し出している。だが、もともと〝ライブリー・ステーブル〟というのは、個人の所有する馬を預かって世話をしていたんだ。どうやらこの馬小屋では、ある人物に今もそうしたサービスを提供していたようだ。何とか大尉という戦車乗りらしいが、ときには馬にも乗りたくなるのだろう。その男がダフォディルの隣の開放型馬房に、何百ポンドもの価値のある馬を預けていた。そして、彼の馬が先に盗まれたんだ」

　アプルビイが素早く顔を上げた。「まさか——？」

「そうだ。立派な体格のその高価な馬が、夜中に盗まれたんだよ。翌朝は大変な騒ぎで、ダフォディルや馬小屋の中を気に留める者は誰もいなかった。常識的に考えれば、鍵をかけるとか——」

「おっしゃるとおりですね」

「するとその日のうちに、よく見かけるような馬の運搬車両がやって来てその何とか大尉の馬を馬小屋に戻すと、入れ代わりにダフォディルを連れ去った——何が起きているのか、誰もはっきりと認識できないうちに。どうやら最初の盗難はまちがいだったらしい。本当に狙われていたのは、ダフォデイルのほうだったんだ」

「ダフォディルにほとんど価値がないのは、まちがいないんですか?」

「価値はないという話だ——もちろん、ハロゲイトの通りを安全に移動したいと願う姉にとっては別だが。ダフォディルはまだそれほど年をとっているわけではないが、膝を怪我しているとか、息切れがするとか、何かしらの欠点はあった」

アプルビイは首を振った。「レディ・キャロラインがそんな負傷した馬を信用されるのはいかがなものかと思いますね」

「きっと姉は、あの馬の面構えが気に入ってたんだろう。とにかく、ダフォディルは価値のある馬ではなかった」

「血統がいいとか、種馬に適していたとか——そういう動機も考えられないのですね?」

「いやいや、きみ! ボドフィッシュは——いや、ダフォディルだった——そういう——その手の馬ではなかったよ」

「そうでしょうね」アプルビイは立ち上がった。「たしかに、少し奇妙な話ですね。では、金曜日の朝一番の列車で行ってまいります」彼はオフィスのドアの前で立ち止まった。「ダフォディルについて、ほかに聞いておくべき情報はありませんか?」

「実を言うと、もうひとつある。馬にしてはおかしな話なんだがね。だが、どうやら——キャロラインが贔屓《ひいき》にしているにもかかわらず——その、どうも知能の低い馬だったらしい。いったいどういうことなのか、わたしは馬について詳しくないので何とも言えないが」

知的障害のある馬か。スコットランドヤードの廊下をぶらぶら歩くアプルビイの目に馬の姿が見えてきた——たしかに、わたしは疲れているにちがいない。彼の心の目に浮かんだのは、何頭もの怪しげな馬たちが、同じ数の何とか大尉の高価な馬たちのほうへ、頭を振って元気にステップしながら、跳ねたり、お辞儀をしたりしている情景だった。こんな陽気な仲間と会うのを喜ばない警察官がいるだろうか……。

知的障害のある馬か。

Ⅱ

温かい風に吹かれても、ハドスピスは何も感じなかった。捜査を一件また一件と精力的にこなしながら、哀しい気分を拭うことができなかったからだ。ほかの人間にとって六月のピカデリー・サーカスは、かつてあふれ返っていた花々の亡霊を懐かしむ場なのかもしれない。遠い郊外へ向かうバスの停留所で、いくつか小さくかたまって風にそよいでいたスミレ。リムジンでどこかへ運ばれていった、たくさんのバラの花束。カーネーションは、セント・ジェイムズをひとりで歩く者の胸に挿してあったり、〈ホワイツ〉（セント・ジェイムズの紳士クラブ）の出窓の奥に見えるタキシードの胸元でぼんやりと光ったり、〈ブードルズ〉（リバプールの宝飾店）の田舎者のツイードを飾ったり、イギリス諸島からロンドンの中心地の五百メートル以内まではるばる集まってきた強者《つわもの》たちのたまり場〈トラベラーズ〉（ペルメルの紳士クラブ）で、より格調高いランの花と競い合ったりしたものだ。だが、ハドスピスはこうしたかつての花々の幻影を眺めに来たのではなかった。ジャーミン・ストリートを疑わしそうな目でちらりと見て、〈アテナエウム〉（ペルメルにある、教養の高い人間が交流するクラブ）は認めるような目で同じくほんのちらりと見てから、足音を立てて階段を降り、道路を渡って公園のほうへ歩いていった。公園は、まるで葉物野菜を散らしたカウンターの上に、細長い青緑色のシルクのリボンを載せたかのようだ。公園にはいつもどおり水鳥がいた。政治家が何人か、鳥たちの生態をじっくり観察するように立ち止まっている。その政治家たちを、ハドスピスも何となく顔見知りの刑事たちが物陰から見張っていた。ハドスピスはそのままずんずん歩いていった。今彼の目に映っているのは、内なる暗い世界だけだ——騙された少女たちが円を作って、花輪のようにふわふわと浮かんでいる。薬を投与された者や、催眠術にかけられた者、着ている服を全部盗まれた者……ハドスピスはずんずん歩き続けた。まるでアン女王の館の裏に、ロンドン地下鉄の時計台の下に、ひょっとするとヴィクトリア駅のどこか近くに、なかなか見つからない例の白鯨が潮を吹きながら泳いでいるはずだと信じているような足取りで。

ライドアウトか。高貴な名前ではなさそうだ、とハドスピスは思った。しかし、彼女の住所——ここ、ウェストミンスターの郊外にあるメイド・サービス付きアパートメントの一画——は、いかにも裕福そうな所だ。もしもライドアウト一家が裕福なら、ハドスピスはより厳しい態度で臨むつもりだった。詳しい情報は一切聞いていない。第一報は混乱していることが多いので、読まないことにしていた。今回いなくなった少女には、ミセス・ライドアウトという母親がいることだけはわかっていた。これはいいスタートだ。一般的に少女たちが失踪する原因は、母親——失踪した少女に母親がいればだが——であることが多いからだ。ミセス・ライドアウト自身が白鯨だとまでは思わないが、銛《もり》の一本や二本は打ち込むべき存在かもしれない。ハドスピスはいつもこうやって、あらかじめ頭の準備体操をしていた。足を速め、角を曲がると、目的の家は目の前にあった。

ライドアウト一家は、ひどく質素な部屋に住んでいた。予想が外れて、ハドスピスは少しがっかりした。母親はそこで掃除婦、娘はウェイトレスをしており、本来なら〝アパートメントの外〟に住んでいるはずだった。ところが、彼女たちの住まいは最近、夜のうちに跡形もなく破壊されてしまった。そこでミセス・ライドアウトは、近々仕事をやめて田舎の姉の家に身を寄せることに決めた。勤め先のサービス付きアパートメントの管理人はライドアウト母娘の労働力を失うわけにいかず、アパートメント内の限られた、だが生活するには充分な空間をふたりに提供したのだった。地下へ降り、アイロン部屋と小さな貯蔵室をふたつ通り過ぎた先が、ライドアウト家の仮住まいとなった。

　そこまでの情報を、ハドスピスはアパートメントのポーターから聞き出した。彼自身も、まるでそのエレベーター・ボックスの中で暮らしているようだった。憂鬱そうなポーターの操るエレベーターに乗り、冷え冷えとした、薄暗く陰気な地下へと降りていく。ハドスピスにとっては馴染みのある世界だ。かの詩人（イギリスの詩人T・S・エリオット）同様に、いや、むしろ職務上必然的に、ハドスピスは〝メイドたちの失望した魂〟（エリオットの詩『窓辺の朝』より）について、よく知っていた。破滅が彼女たちの落胆を〝入口の門で芽生えさせる〟ことも知っていた。そして――彼は自分に言い聞かせた――この知恵おくれのウェイトレス、ルーシー・ライドアウトについても、わたしは知り尽くしているのだ。定住する家のない不安定さ。話の噛み合わない親と同居する狭い部屋。プライバシーの欠如。絶えず目にする上階の豪華な、少なくとも裕福そうに映る暮らしぶり。すぐにまた出て行く短期滞在の男たち。彼らもまた定住する家を持たず、追い出された身の上であることが多い。こうしたことの中に、さらには、写真や、魅惑的に見せかける広告や、拍動するセクシーな音楽の中に、彼女が姿を消した背景が浮かび上がってくる。同様の事件を何百件と調べてきて、すっかり身に染みている。だからハドスピスは、ずんずんと歩き続けた。豊富な経験と、何度も試した手法から得た自信に胸を張って。ハドスピスは悪魔に立ち向かうために前進を続けた――だが奇しくも、はるか遠くで、まさにその悪魔が彼自身を待ち受けていることに、このときはまだ気づいていなかった。

　ミセス・ライドアウトの部屋には、女友だちが集まっていた。上階の世界の表現を借りれば、彼女は次々と見舞い訪問を受けていたらしい――と言うのも、ハドスピスが彼女の部屋のドアへ向かうのと入れちがいに、女がふたり出てきたからだ。地下世界の別の片隅から現れた三人めの女が、やはりそのドアに近づき、入れてくれと大げさに懇願した。部屋の中からくぐもった話し声や、カップがカチャカチャとぶつかる音が聞こえていた。だが、経験豊かな捜査官から見れば、どれも当惑するものではなかった。ミセス・ライドアウトがひとりきりで悲しみに暮れているほうが、むしろおかしいのだ。「失礼」ハドスピスは、ドアの前の女に声をかけた。「悲しいことが起きたようだね、奥さん。実に悲しいことが」

「あたしが言いたいのはさ」と訪問客の女が言った。「警察はいったい何をしてたんだいってことよ」

「なるほど」ハドスピスが言った。「たしかにそのとおりだ。だから今、こうして訪ねて来たわけだよ、奥さん」控えめな芝居がかった仕草で、自分の胸を叩いてみせた。「中へ入ろうか」

ドアを開けようとしていた女は、目を丸くして手を止めた。「あたしゃ、トゥーマーって者だけどね」彼女はそう言うと、声をひそめた。「死よりむごいことでも起きたのかい?」

ハドスピスは顔をしかめて厳しい表情を浮かべた。「それはまだ何とも言えない」彼は代わってドアを開け、ミセス・トゥーマー――意識がないのかと思うほどぼんやりとした表情のその女――をライドアウト邸に押し込んだ。

部屋の中をひと目見ただけで、すべてがわかった――いや、わかるはずだった。ライドアウト家の人々、つまりは母と娘のふたりが占有しているのは、そのひと部屋だけだったからだ。広めの細長い部屋には、どこか天井近くの高い窓から薄暗い光が届いていた。部屋のそれぞれの端にベッドがひとつずつ置いてあり、中央にテーブルと調理器具類があった。どれをとっても、特に目を引くものはなかった。だがハドスピスは、自分のオフィスの内装には無関心でも、他人の住居を観察する目は肥えていた。そしてその目が、夜逃げなのか誘拐なのか、少女が消える直前まで過ごしていた最後の環境を注意深く調べようと、まさに鷹のような目つきに変わった。証拠はたっぷり残っているようだ。部屋の中は、ルーシー・ライドアウトの影響を色濃く反映していた。その明白な痕跡は、彼女が占めていた部屋の半分に収まっていなかった。公平な境界線を越えて、自己主張がはっきりと現れていた。誰の目から見ても、ミセス・ライドアウトの治める王国は包囲され、じりじりと退却を続けて要塞しか残っていない。母親のほうも前線を突破して、慎重に襲撃をかけたらしい痕跡がいくつか見られたが、それはまちがいなく娘が失踪してからのものだろう。ルーシーのベッドの足元に、どういうわけか置かれた長靴。ルーシーが化粧テーブルとして使っていたらしい台の上には、女性がジンを入れるのに使うような小さな空き瓶。そのすぐ隣には〝キリスト信者の家庭〟を称賛する刊行物。こうしたものが何を意味するのか、ハドスピスにはすべて解釈できた。だが、ひと目見ただけでは解明できない謎も残されていた。ふと気づくと、スコットランドヤードの捜査官と一緒に登場できたことに舞い上がっているミセス・トゥーマーが、集まっている女たちに彼をどう紹介しようかと画策していた。

「ねえ、ミセス・ライドアウト」彼女が言った。「この人、警察なんだってさ」

ミセス・ライドアウトは四十代前半と思われ、ふつふつと湧き上がる激しい感情を吐き出すことでどうにか毎日を生きていく、無能な人間のタイプに分類できた。彼女は持っていたティーカップを下ろすと、ミセス・トゥーマーからハドスピスへと視線を移した。「ああ、そうだね」彼女は大きな声で曖昧に言った。「やっぱり、そうだね」ミセス・ライドアウトは、普段から彼女たちの会話の大部分を占めているはずの、そのぼんやりと繰り返される黙従の言葉を漏らした。「何とかしてもらわなきゃね」

「そうだね」ミセス・トゥーマーが言った――すると、ミセス・ライドアウトの両脇に立っていたずんぐりとした女がふたり、同意を示すように頭と乳房を縦に揺らしながらうなずいた。人間が何かを発言するのは、つまるところ、孤独な世界にあっても、誰かからの〝そのとおりだ〟という承認を求めることにほかならない。教養ある者なら、他者と結束している安心感を、相手の異論や論争や機知に富んだ答えから引き出そうとする。一方、無知な人間は、互いに支え合っている証拠として、より単純なものを好むのだ。何らかの集いの最中には――ミセス・ライドアウトのために寄り集まったこの女たちのように――誰かの意見を肯定する大きな流れを壊すのはマナー違反に当たる。そして、たとえば今日はいい天気だとか、雨が降りそうだとか、やっと太陽が顔を出してくれてよかったとかいう自分の発言にけちをつける人間など、実のところ、誰だって気に入るわけはないのだ。

こうしたことは、経験豊かなハドスピスもすべて承知していた。彼は重々しくうなずいた。「そのとおりだ」彼は言った。「何とかしなきゃならない。そのために来たんだ」

「そうだね」ずんぐりした女のひとりが言った。「あたしもそう思うよ」

「そうだね」もうひとりのずんぐりした女が言った。

ミセス・ライドアウトは意気揚々とミセス・トゥーマーのほうを向いた。「ミセス・ソアとミセス・フィドックも、そう思うってよ」

ティーポットを探してちがうほうを向いていたミセス・トゥーマーは、器用に自分の背後に向かってうなずいてみせた。「あ、そうだね」彼女も同意した。

「そうだね」ミセス・フィドックとミセス・ソアが言った。

ハドスピスは咳払いをして、慎重に彼女たちの唱える呪文に割って入る準備を整えた。「わたしは本件の捜査の指令を受け――」そう言ったとたん、女性たちはその堅苦しく雄弁な話し口調に圧倒され一斉にティーカップを置いた。ハドスピスはゆっくりと手帳を取り出した。捜査開始だ。

ミセス・ライドアウトは、自分は良い母親だった、神様がその証人だと言った。ミセス・ソア、ミセス・トゥーマー、それにミセス・フィドックは、まるで三人組のコーラスのように、声をそろえて肯定した。ハドスピスは暗い面持ちで、それはよかった、そうでないケースがほとんどだから、と言った。ミセス・ライドアウトの良き母親ぶりについては後でじっくり精査するとばかりに手帳に書き留めている。ミセス・ライドアウトは、ルーシーはずっと良い娘だったと請け合った。でも、今どきの若い娘がどういうものかは、みんなも知ってのとおりで、彼女たちを制御するなんてできるわけがない。気が向けば、どこへでも行ってしまう。ハドスピスは、こういう話なら聞かずとも全部メモに書けると思った。そこで、話を聞き流しながら消えた娘の所持品に視線を向けて、さらに観察することにした。

安物のダンスシューズが目に入った。釘にかかっている白ウサギの小さな毛皮は、ケープだろうか。ベッドのそばの壁に、さまざまな写真が押しピンで留められていた。いつもの陳腐な写真だな、と彼はげんなりしながら思った。陳腐な映画雑誌から切り抜いた写真ばかりだ。今どきの主演俳優の写真は、海水パンツ姿ばかりだ。ビーチパラソルの下に寝そべったスターが、口を半開きにしてうっとり見惚れる若い女たちを見上げて流し目を送っている。別の写真では、まばゆいテイル・コートに身を包み、連れの女性を先導して外国風のレストランの中を颯爽と歩いている。わずかに映った背景には、小さな白いテーブルに外交官や公爵夫人たちが大勢座っている。あるいはまた、一般人に扮した俳優が、実際には百万長者のプレイボーイであるにもかかわらず、小さな田舎町のドラッグストアの小さな丸椅子に腰かけ、恋人と顔を寄せ合ってサンデーをスプーンですくっている。ハドスピスはそれらの写真を眺めながら歯ぎしりをした。演劇こそは悪魔の虚飾だと、八十万語もの著書にしたためたウィリアム・プリン（イギリスの弁護士、清教徒）でさえ、ハドスピス警視がその幻想世界に抱いたほどの悪意は感じなかっただろう。

　ミセス・ライドアウトは、娘の失踪は、勤務先でもあるそのアパートメントにしばらく住んでいた、ある紳士のしわざではないかと疑っていた。あれはきっと外国人だ。ルーシーが何か企てていることは、しばらく前から感づいていた。帰宅時間を過ぎても、なかなか帰って来なかった。ミセス・ライドアウトがそう言うと、ミセス・トゥーマーがすかさず同意した……。

　ハドスピスの鉛筆は相変わらず手帳の紙面を走っていた。だがその視線は、また別の壁へと移っていた。暖炉の上には『しゃぼん玉』（イギリス人画家ジョン・エヴァレット・ミレーの絵画。長年〈ペアーズ石鹸〉の宣伝に使われた）が掛かっている。こちらはおそらく、母親のほうにとっての幻想世界なのだろう。その絵と、ルーシー側の壁との中間辺りに、カラーの複製画が飾ってあった。真昼の明るい太陽の下、薄い布だけをまとった何人かの人物が、大理石のテラスで悲しげな表情で並んでいる。その後ろには鮮やかな青色の湖が、さらに後ろには真っ白な山々が、そのさらに後ろには、おまけの演出として朝焼けか夕焼けが描かれている。ハドスピスは造形美術には明るくなかった。それでも、この胸糞の悪い作品と先ほどの映画雑誌の切り抜き写真が共通する世界のものだということだけはわかった。さらに目を移すと、別のより小さな複製画の上で戸惑ったように視線が止まった。ミセス・ライドアウトの独白を一時的に無視して、ハドスピスはその絵のそばまで歩いていった。絵の台紙に文字が一行だけ印刷されており、そのよそよそしく美しい人物画がピエロ・デラ・フランチェスカ（イタリアのルネッサンス期に活躍した画家）によるものだと記されていた。ハドスピスはどうにも納得がいかず、首を横に振った。

それでもルーシーは毎日のように出かけていた――と母親の話は続いていた。これだけ大々的な灯火管制が敷かれているにもかかわらず。そして一昨日の夜に出かけたきりとうとう帰って来なかった。彼女の書いたメモがココアの瓶の中に残されていて、そこには……。

〝そこには……〟とハドスピスは思った。そこには、自分はこれから幸せになるから心配しないでくれと、書かれていたにちがいない。ハドスピスはルーシーのベッドのほうへ歩いていった。そこに、小さな本棚があった。棚の三段すべてに本が並んでおり、どの本も真新しかった。ハドスピスはしゃがみ込んだ。『胡麻と百合』（美術評論家ジョン・ラスキンの講演録）、『ローマ帝国衰亡史』（歴史家エドワード・ギボンの著書）、『ロンドンなき後』（作家リチャード・ジェフリーズのSF小説）、『クーパー書簡集』（詩人ウィリアム・クーパーの手紙）、『学問の進歩』（哲学者フランシス・ベーコンの著書）、『ボヴァリー夫人』（フランス人作家ギュスターヴ・フローベールの小説）……ハドスピスは顔をしかめて次の段に目を移した。『スイスのロビンソン』（スイス人作家ヨハン・ダビット・ウィースの児童書）、『若草物語』（アメリカ人作家ルイーザ・メイ・オルコットの小説）、『五年生のモプシー』、『生徒会長のモプシー』、『ドリトル先生航海記』（アメリカで活躍したイギリス人作家ヒュー・ロフティングの児童書）……この棚の本もやはり新しかった。モプシー・シリーズの最終巻は、今年出版されたばかりのものだ。ハドスピスが振り向いた。ミセス・ライドアウトの発言の中に、奇妙な点があったのに気づいたからだ。「ココアの瓶？」彼は言った。「ティーポットではなく？」

ミセス・ライドアウトが、絶対にまちがいないと強調した。メモを発見したときにその場に居合わせたミセス・トゥーマーも同意した。

「こういう事案では、たいていはティーポットなんだがね」そう言って黙り込んだハドスピスは、疑念と警戒心をあらわにしていた。「ココアはいつ飲むんだい、奥さん?」
ライドアウト家では、ココアは夜にしか飲まなかった。そういうことか。朝食で使うティーポットではなく、夜に飲むココアの瓶に入れておく。それなら、気づかれるまで二十四時間稼げるわけだ。単純な策略として残されたその小さなメモは——驚くべきことに——ハドスピスが扱う行方不明の少女たちの中でも、ルーシー・ライドアウトが頭脳明晰な部類に入ることを示していた。おかしいな、たしか聞いた話では——。

本棚の三段めは、ほとんど床と同じ高さだった。ハドスピスは調べようと屈み込んだとたん、眉をひそめた。この手の本はよく知っている。スコットランドヤードを指揮下に置く内務大臣も、よくご存知のはずだ。ハドスピスは、ピエロ・デラ・フランチェスカなる人物が描いたという絵のほうへ疑いの眼を向けた。いつの間にかミセス・ライドアウトが話をやめ、今は代わりにミセス・フィドックと呼ばれる女がみなの注目を集めて話していることに、しばらくしてから気づいた。

明らかに芝居がかった所作で、ミセス・フィドックはティーカップを下ろした。「あたし、あの子とその男をこの目で見たし、ふたりの会話も聞いたのよ!」

衝撃的な話だった。ミセス・フィドックは勝利を噛みしめるように、ゆっくりと一同を見回した。それから、ふつふつと感情が湧き上がってきたミセス・ライドアウトに向かって、ゆっくりと指を振ってみせた。

「あたしは義務として、そのとき聞いた話を、こちらの警察のお偉いさんに伝えなきゃならないんだよ」

「そうだね」ミセス・トゥーマーとミセス・ソアが言った。

ミセス・ライドアウトもまた、さらに強く同意するようにうなずいた。「そうだね」彼女は言った。

Ⅲ

ハドスピスは鉛筆の先を舐め、いつもとはちがう捜査手法を取っている自分を誉めた。こんなふうにミセス・ライドアウトのお茶会に割り込むのは、正しい手順に反していた――が、もし今回の獲物が大本命の海の怪物《レヴィアタン》だとすれば、多少の逸脱は見逃されてもいいのではないか？　ハドスピスは今一度、ルーシー・ライドアウトの本棚の最下段に並んだ邪悪な本を眺めてから、期待を込めてミセス・フィドックのほうを見た。「おっしゃるとおりだ、奥さん」彼は言った。「この哀れな少女について知っていることがあれば、全部話してもらわなければ」

ミセス・ライドアウトがすすり泣きを始めた――唐突に、激しく。たった今、何かのあやまちに気づいて、慌てて取り繕おうとするかのように。ミセス・トゥーマーは近くにハンカチがないか見回したが見つからず、ミセス・ライドアウトに布巾を手渡した。ミセス・ソアは女たちのそれぞれに、「よしよし！」「さてさて！」「おやおや！」と声をかけていった。ミセス・ライドアウトが急に激しくしゃくり上げ始めた。今度は本当に泣きだしている。そのことに自分でも驚いたのか、急に泣き声がぴたりと止んだ。誰もが固唾を呑んで見守った。

「あたしだってね」ミセス・フィドックがきっぱりと言った。「今回のことにはひどく胸を痛めてるんだよ」

「おやおや！」ミセス・ソアが言った。

「それにね、あたしがこれからあの子の話をするのは、義務を果たすためなんだってことを、ここにいるみんなにはわかってもらいたいんだ」ミセス・フィドックはそこで間を置いた。「善良な市民としての義務をね」その言葉の響きに酔いしれるように、再びそこで間を置いた。「あれは〝クラウン〟のラウンジでのことさ」

「ラウンジ！」ミセス・ソアとミセス・トゥーマーとミセス・ライドアウトが声を合わせた。

「一週間以上前の話だよ」ミセス・フィドックは厳かに続けた。「〝ボトル＆ジャグ〟（瓶入りの酒を買って持ち帰れる、パブの店内の一角）に行く機会があってね。まあ、ここにいるみんななら――そちらの男性は別として――〝ボトル＆ジャグ〟からパブの個室へそのまま入れる入口があることは知ってるだろう。そして、その個室とラウンジとはドアで繋がっている。だからうまくすると、一気にラウンジの中までが丸見えになるんだ」

　女たちがパブの間取りについて互いに確認するあいだ、話が中断された。堕落した哀れな女どもめ、とハドスピスは思った。やはり酒か。こういう事件の調査で訪れた先では、いつも何らかの形で酒がからんでいる。それでも彼は、ミセス・フィドックに賛同するように大きくうなずいた。「実に観察眼が鋭いね、奥さん」彼は言った。「実に鋭い」

　ミセス・フィドックは礼を言うようにお辞儀をした。「でね、そこにいたんだよ、ミセス・ライドアウト、あんたのルーシーが。九号室に住んでいた、あの派手な外国人風の男と一緒にね。えらく図々しい男で、とてもじゃないが、あたしはいい印象は持たなかったね」彼女は一瞬戸惑ったように言葉に迷った。「あたしは思ったんだ、これは放っておけない、何かしなきゃってね」

「そんな話」とミセス・ライドアウトは疑わしそうに言った。「聞かせてもらった覚えがないんだけどね」

「とにかく、そのまま放ってはおけなかった」ミセス・フィドックは返事を避けるように、さらにきっぱりと言った。「だから、ラウンジに入っていって、ハランの鉢植えの陰の席に座って、ポートワインのグラスを注文したんだよ」

「おやおや！」ミセス・ソアが言った。その称賛が、ミセス・フィドックの恥知らずなまでの好奇心に向けられたものなのか、はたまた、その大胆な行動の中に窺える彼女の堅実な金銭感覚と社会的な自信に向けられているのかはわからなかった。

「そこで、あたしはこの耳で聞いたんだ。『ねえ、きみ』男が言うのさ。『カプリ島って知ってるかい？　あれと同じような島を持ってるんだ』そう言うのを、あたしは聞いたんだよ」

早速鵜呑みにしたミセス・トゥーマーが、両手を上げて言った。「すごいわね！　自分の島を持ってるなんてさ」

「『それ、どこにあるの？』って、あんたのルーシーが訊いた――あの子の声を聞いたのは、そのときが初めてだった。『それ、どこにあるの？』『説明が難しいな』男が言った。『まず、南米大陸へ渡らなきゃならないんだ』」

そのとき、ハドスピスの鉛筆の芯が折れた。心の中は怒りで渦巻いていた――不愉快な女どもに対して。頭の弱いルーシーに対して。甘い言葉で女を誘うことをなりわいにしている男の、そのあまりにも見え透いた単純な手口に対して。「ミセス・フィドック」無理に慈愛を込めた声でハドスピスが言った。「今のは非常に重要な情報だ」

「それきり、ふたりとも何も言わなくなったんで、あたしはハランの陰から覗いてみたんだよ。男は自信たっぷりにルーシーにほほ笑みかけてたね。ルーシーのほうは黙り込んでた。スカートをもう一インチ、膝の上までたくし上げてたけどね」

ハドスピスは唇をぎゅっと結び、ミセス・トゥーマーはいかにもショックを受けたらしい音を口先で鳴らした。ミセス・ライドアウトが再びしくしくと泣き始めた。

「ちょうどそこへ、若いウェイターがあたしのポートワインを持ってきて、『どうだい、奥さん？賭ける馬は決まったのかい？　何なら、葉巻も持ってこようか？』って声をかけた。『あんたねって』あたしは言い返した。『あたしは場ってもんをわきまえてるんだ、あんたたちもわきまえてもらいたいね』そう言ってやったら、ウェイターがどっかへ行ったんで、あたしはまた話に耳を澄ませたんだ」ミセス・フィドックはそこで間を置いた。「でもね、その後に聞こえた話ときたら」と彼女は芝居がかった調子で言った。「とてもあたしの口からは言えないよ」

ミセス・ソアが椅子に座ったまま身を乗り出した。ぼんやりしていたミセス・トゥーマーの表情が、話の続きを期待するように一変した。ミセス・ライドアウトの握っていた布巾が一瞬、ぴたりと止まった。

「男はふんぞり返って煙草に火をつけた。それから、体じゅうの血が凍りつくようなことを言ったんだ。『きみみたいなのが、あと二、三人は欲しいな』って。『そうとも、きっと手に入れるつもりだ！』って。それから恐ろしげな笑い声を上げたんだ。まるで自分にしかわからない愉快な冗談を楽しむようにね」

そのぞっとする暴露話は深い沈黙で迎えられた。「人買いじゃないの？　その男の正体は」ミセス・トゥーマーが言った。

「じゃなきゃ、お馴染みの〝青髭〟かもね」ミセス・ソアが言った。

ミセス・フィドックは、自分の語りがうまくいったのを見て、さらに空想力に火がついたらしく、身を乗り出して言った。「ねえ、もしかしたらさ」しゃがれた声で言う。「さらった女たちを溺れ死にさせて楽しむんじゃない？」

子どもの身を案じる母の思いは、大変な力を生むものだ。動揺のあまり椅子から立ち上がったミセス・ライドアウトは、横に二歩、後ろに三歩移動してから――ちょうどベッドの真上に――感情もあらわに倒れ込んだ。彼女は野太い声を上げて泣いた。ミセス・ソアとミセス・フィドックはすすり泣いた。ミセス・トゥーマーは自分の胸を何度も小さく叩き、そのたびにかすれたようなため息を漏らした。大声で泣きわめく女たちに取り囲まれて死ぬのは――いや、そんな中で捜査を進めるのも、不快きわまりない。さすがの忍耐強いハドスピスも、水をかけてやろうか、窓を開けようかと、周りを見回した。彼の目に飛び込んできたのは、例のピエロ・デラ・フランチェスカが描いた人物の、動じることのない視線だった。本人の意思とは無関係に、その目は『胡麻と百合』やエドワード・ギボンの歴史書のほうに向けられている。ハドスピスはほんの一瞬、自分が深い水の底へ沈んでいくような気がした。だがすぐに立ち上がった。「黙れ！」彼は叫んだ。

ミセス・ライドアウトは吠えるように泣くのをやめて、小さくすすり泣いた。ミセス・フィドックとミセス・ソアは、ハドスピスの妨害に腹を立てたらしく、息を吸い込んだかと思うと大声を上げた。ミセス・トゥーマーは何事もなかったかのように、例の喘息のようなため息を漏らし続けていた。ハドスピスはテーブルを手の平で叩いた。「静かに！」彼は大声で怒鳴った。「法の名において命じる、静かにしろ！」

瞬時に静寂が広がった。まるで女たちにとり憑いていた悪魔が、彼の呪文によって祓われたかのようだ。悪魔にまつわる知識に精通したハドスピスは、厳しい声で続けた。「あんたたちの発言はすべて記録され、治安判事の指示に従って今後証拠として採用される可能性があるんだぞ。よし、それじゃ失踪した少女の性格と習慣についての質問に移ろう」

危機は脱したようだ。ミセス・トゥーマーでさえ胸を叩くのをやめていた。その代わりにティーポットの蓋を取り、何かを期待するように中を覗き込んでいた。


ルーシー・ライドアウトは十九歳だった。母親から聞き出せたのはせいぜいそれだけだ——もっともその肝心の母親は、女たちが情報を提供する中で、自分が果たすべき役割はそれだけで充分だと思っているようだった。娘の趣味や特技については曖昧にしか答えなかった。娘の友人については、ほとんど知らなかった。引き出しにあった数枚の写真の中から娘だと断言できる一枚を選び出すのに、お仲間との審議が必要だった。われわれの他者に対する認識というのは、たとえ相手が近親者であっても、しばしば驚くほどいい加減で頼りないものだ、とハドスピスは思った。それでもなお、娘に対するこの女の態度には、どこか病的なものさえ感じる。まるで彼女にとってルーシーの存在そのものが知性を要する難問であり、長年その問題を抱え込んだ末に、結局あきらめるのが一番だと放り出してしまったようだ。ハドスピスはルーシーの写っている写真を、刑事の目でじっくり観察した。ルーシー・ライドアウトは美人ではなかった。おまけに、彼の見立てによれば、一部の人間には魅力に映る独特の質素ささえ持ち合わせていないように思えた。では、どうしてルーシーが狙われたのだろう？　おそらく、知的障害がある彼女なら、誘惑して連れ去るのが容易だったからだ。とは言え、どういうことのないこの写真から感じ取れるものがあるとしたら、彼女の秀でた知性だ、とハドスピスは思った。そしてそれは聞いていた事前情報とは、まるで一致しないのだった。ハドスピスはミセス・ライドアウトのほうを向いた。「たしか、娘さんは」と慎重に切り出した。「本を読むのが苦手だったのでは？」

「うん、そうだね」ミセス・ライドアウトはすかさず答えた。

「ひょっとすると彼女は、本当は――」

「本だって？」ミセス・トゥーマーが割って入った。「そう言えばあの子、いつだって本ばっかり読んでたね、かわいそうに」

「そうだね」ミセス・ライドアウトが言った。「たしかに、そうだったね」

ミセス・トゥーマーが本棚のほうへ首を振ってみせた。「自分の目で確かめたらいいよ、刑事さん。そこにある本は全部、あの子が前の家を爆撃された後で買ったものだよ。いつだって本ばかり読んでたね、ルーシーは。でも、刑事さんが言うように、読むのは苦手だったんだよ」

ハドスピスは眉をひそめた。「でも、いつも本を読んでいたのなら――」

「だからこそ、本は苦手だったんだって」ミセス・トゥーマーは、こんな簡単なこともわからないのは洞察力が足りないにちがいないと言わんばかりに、ハドスピスをじろじろと見た。「いつも本ばかり読んでいたよ、あの子は。そのせいで、学校の先生たちを手こずらせてた」

「そうだったね」ミセス・ライドアウトが言った。自信たっぷりに、だが曖昧にうなずき、急に力強い口調で話しだした。「本好きで、忘れっぽいの。あの子がどれだけ忘れっぽいか、あたしほど身にしみてる人間はいないだろうね」

「忘れっぽかったって言うべきじゃないの?」ミセス・フィドックが不気味な声で言った。

「そうだね」ミセス・ライドアウトが言った。「あの子ったら、ときどき自分が夕食を食べたかどうかさえわからなくなることがあったんだから。慢性的なものだね、あの忘れっぽさは」

「きっと本を読んでたせいね」ミセス・ソアが言った。「どんな本でもそうだけど、ルーシーの読んでたものならなおさらだよ」彼女はハドスピスに顔を向けた。「ベーコン卿だの、ギブンだのってさ」彼女は列挙した。「あとはシェイクスピアに、あのドイツ人の痛風持ちまで」

「そうだね」ミセス・トゥーマーが口を挟んだ。「それに、おとぎ話やら、動物が人間の言葉をしゃべる話やらもね。ルーシーったら、色付きの絵が描いてある大きな本をショーウィンドーで見かけたら、一週間分の給金を半分つぎ込んででも買ってたからね」

　あのちぐはぐな本棚は、女たちの証言の奇妙な食いちがいをそのまま表している、とハドスピスは思った。彼はルーシーの母親に向かって毅然として言った。「情報によれば、娘さんは少し知能が低いとのことだった。正確には、精神薄弱とまでは言えないだろうが――その類のものだと。それは事実かい?」

「そのとおりだよ」ミセス・トゥーマーが、ミセス・ライドアウトより先に答えた。「あの子は別に頭がいかれてるわけじゃ――」

「頭のいかれた子たちは」とミセス・ソアが割って入った。「車に乗せられて学校へ連れて行かれるだろう? ルーシーは一度もそんなことはなかったよ、もっとも、あの子の亡くなった父親は、そうしようとしてたらしいけどね。かわいそうな男だよ」

「そうだね」ミセス・ライドアウトが言った。

「あの子は頭がいかれてるわけじゃない」ミセス・トゥーマーが改めて言った。「ほんのちょっと、おかしいだけだ。ひと言で言うなら、ひどく真面目すぎるんだ」

「そうだね」ミセス・ライドアウトとミセス・フィドックとミセス・ソアが声を合わせた。久しぶりの三重唱だ。

「ひどく子どもっぽかった」秩序立てたテーマに沿って次のステップに移るように、ミセス・フィドックが言った。「気味が悪いときもあったね。内気で、純粋で、無知なところがあった」

ハドスピスは質問を変えた。「娘さんはダンスとか——そういう場所に出かけることはあったかい？」

「行ってたね」ミセス・ライドアウトが言った。「そういうときは勝手気儘で、止めても聞きゃしなかったよ」

ミセス・トゥーマー、ミセス・ソア、ミセス・フィドックが口を開き、呪文のように同意の声を漏らした。ハドスピスはさらに切り込んでみた。「彼女はほかにはどんなものに興味を持っていたんだ？」

「芝居」ミセス・ライドアウトが言った。

「ほう——劇場へ出かけてたのかい？」

ミセス・ライドアウトが激しく首を横に振った。さすがのルーシーも、そこまで突飛なことはやらないと言いたげだ。「自分で作るんだよ」

「作る？」

「夜、ベッドの中でね。ここに引っ越してからというもの、あたしはそのせいで気が狂いそうになってたんだ。ひとりで何やらぼそぼそ、ぼそぼそ、ぼそぼそってさ」

「どういった芝居を?」

ミセス・ライドアウトは考え込んだ「痛烈な批判《ダイアトライブ》」彼女は言った。「ときどきそこに、もうひとり登場してね」

「ああ、対話劇《ダイアローグ》か。ふたりだけか、ときには三人出てくる芝居のことだね? どういった登場人物が出てきてたんだ?」

「何とも奇妙な名前だったよ」ミセス・ライドアウトは気まずそうに椅子に座ったまま、もぞもぞと重心を変えた。これまで長いあいだ無視するのが一番楽だと思い続けてきた問題を、じっくり見つめなければならなくなったのが気まずいのだ。「ひとりは〝かわい子ちゃん《ポペット》〟って名前だったかね」

「それから?」

「あとのふたりは、〝本当のルーシー〟と〝病気のルーシー〟だった。〝病気のルーシー〟は物覚えが悪いらしいんだよ。前に何があったのか、いつも残りのふたりが教えてやってたからね」

ハドスピス警視は学のある男ではなかった。だが、いくつかの分野については、基本的な学術書をある程度は読んでいた。そして今――まるで降り注ぐまばゆい光に目がくらんでいるのか、彼はミセス・ライドアウトとその仲間のほうを見ながらも、その姿はまったく目に入っていなかった。「なんてことだ」彼は言った。「これは驚いたな」

「そうだね」ミセス・トゥーマーが言った。

ハドスピスの聞き取り調査は延々と続き、表の角を曲がってヴィクトリア・ストリートを東向きに歩く頃には、もはや日が暮れかかっていた。〈アーミー&ネイビー・ストア〉（デパートの名前）の前を通り過ぎる彼の姿を目にした者は、酔っ払いか、いや、夢遊病者かと疑ったことだろう。なにせ歩きながらも、心ここにあらずという様相だったからだ。今回の事件はこれまでのものとは別格だった。彼が対峙しなければならない〝邪悪〟な存在の明白なしるしがここにはあり、また〝邪悪〟の頂点でもあった。この世のありとあらゆる奇妙で珍しい悪行について、ハドスピスはよく知っているつもりだった。彼のファイルはさながら、よりすぐり《ルシェルシュ》の罪の博物館だった。かの聖アントニウス（苦行に耐えたキリスト教の聖人。怪物たちに誘惑される絵画で知られる）の前に現れた魔物たちよりも、はるかにグロテスクに着飾った悪魔たちのことを、ハドスピスは知り尽くしていた。それでもなお、今回のケースはずば抜けて独創的で――その目的がつまらない乱交か単なる重婚だったとしても、とにかく、こんなのは初めてだ……。そういうわけで、彼は不機嫌そうに唸りながらヴィクトリア・ストリートを歩き、今にも誰かに吠えかかりそうだった――見当ちがいの相手に。

『胡麻と百合』、『スイスのロビンソン』、それに最下段に並んでいた怪しげな本。『ロンドンなき後』（あれはどんな内容の本だろう、とハドスピスはウェストミンスター寺院をじっと、だがぼんやりと眺めながら思った）に『クーパー書簡集』に『五年生のモプシー』……すると突然、敵がいかに難しいわざをやってのけたかがはっきりとわかって、ハドスピスはある種の称賛を送らざるを得なかった。〈カプリ島って知ってるかい?〉今回の件が単なる失踪ではなく、もっと大きな犯罪の一部なのは明らかだ。とは言え、結局は力ずくで少女を連れ去っただけなのかもしれない。ココアの瓶に本人のメモが残されていたとしても、やはり誘拐なのかもしれない。

ハドスピスはビッグベンを見上げたが、その時計の針が今もなお正確な時間を指していることに安堵することはなかった。彼の目の前からはロンドンの景色が消えていた。空高くに夕日の名残りがあった。彼の周りにあるのは、新聞売りの少年や土嚢、爆撃であいた穴や人の群れ。地下深くには、目的地に向かって走る地下鉄と、駅を歩くときに鼻をくすぐる何とも言えない芳香。歩行者たちが空を見上げていく。ハドスピスも遠くを見通すように空を見つめた。まるで天空が薄いヴェールで、その向こうで繰り広げられている善と悪の最終決戦をじっと観察するかのように。

フェティシスト。特定のものを求める男たち。X脚の女、O脚の女、片目しかない女……そして今回は、これだ。急にどっと冷や汗が出てきて、ハドスピスは上階まで延々と階段を駆け上がった。廊下をずんずんと歩いていく――開いたままのドアから中に入ると、声がかかった。「ずいぶん急いでいるじゃないか」疲れたような声だった。「今回もまた、消えたお嬢さんを追いかけているのかい?」

ハドスピスは素っ気なくそうだと答え、そのまま歩き続けた。だが、その疲れた声の主の次の言葉に足を止めた。「まあ、そんなのはたいしたことじゃないよ。こっちは消えた家を探せって言われてるんだから」

「消えた家だって?」ハドスピスはしぶしぶ振り向いた。「それはまたいったい、どういうことだ?」

「つまり、誰かが家を盗んだんだ――家をまる一軒だぞ!」疲れた声は怒りを爆発させた。「しかもそれが、とんでもない家なんだ!」

Ⅳ

ハロゲイトまで鉄道で行くには、リーズ経由の直行便が一番簡単だ。だが、今回の件は正式な捜査ではなかったため、アプルビイはヨークから回っていくことにした。ヨークでの乗り継ぎに一時間以上も待ち時間があるから、大聖堂までぶらぶらと散策するのにちょうどいいと思った。あの辺に、とてもおいしいマフィンを出すティーショップがあったはずだ。マフィンを作るにはたっぷりのバターが必要だから、このご時世ではあまり期待できないだろうが、それはしかたない。宗教面と世俗面の双方の欲求を賢明なバランスで満たすことを念頭に、アプルビイはヨーク駅を後にした。

町を取り囲む古い城壁はまだ健在だった。城壁はそのまま残っていた。それが当たり前なのかもしれないが、近頃では、ついそんなふうに考えてしまう。見る位置によっては、今にも遠い昔のように一時間おきにカルバリン砲や半カノン砲の砲撃を受けるのではないかとさえ思えた。ース川を渡りながら、ぼんやりとクロムウェル（トマス・クロムウェル。十六世紀にイングランドの宗教改革を主導した政治家）を思い出していた。アプルビイはウングランドの町が砲撃される光景など、想像することさえ難しい。だが、時間という子宮の中には、時には思いがけないものが息をひそめているものだ。鉄道の駅を建設するときに、かつて古代ローマ兵たちのポケットに入っていたであろう小銭がたくさん掘り出されたように。〝ユダヤ人の大虐殺〟か（一一九〇年、ヨーク城に閉じ込められたユダヤ人住民が皆殺しにされた事件）――アプルビイは、地味なヨークシャー・クラブの正面を通り過ぎながら思った。押し寄せる群衆に襲われる前に、ユダヤ人の男たちにはかろうじて妻や子を自らの手で殺してやる時間しか残されていなかった。それが八百年前のイングランドでの出来事だ。アプルビイはコニー・ストリートの先へ目をやった。この時間では馬車もほとんど走っていない。科学的に有効な販売術について学んだことのない店主たちが、それぞれ店の入口につっ立って、恥ずかしげもなく暇を持て余している。まだまだ平穏で、戦争とは無縁の光景だった。アプルビイはローレンス・スターン（ヨークに住んでいた十八世紀の小説家、牧師）を思った。町の中をあてもなくぶらぶら歩くと、頭の中にこうして次々といろんなイメージが浮かんでくるものだ、レオポルド・ブルームのように（ジェイムズ・ジョイスの小説『ユリシーズ』の登場人物。ダブリンの町をさまよう彼の心に浮かんだことが描かれている）。

　左手には、さほど宗教色の濃くない教会群があった。右手には、美しくはないが慈悲深いヨーク市立無料診療所。そして正面にあるのがヨーク大聖堂だ。かつて詩人のシェリーはこの寺院を、未開な時代の奇怪で悪趣味な遺物と呼んだ。もっとも、シェリーは恐ろしく理性的で科学的な考えの持ち主だったし、おそらくそれはユダヤ人虐殺の一件を耳にして言った言葉なのだろう……。アプルビイは階段をのぼった。

　大聖堂から出てくると、太陽のまぶしさに立ち止まって目をしばたたかせた。パン屋の馬車がゴトゴトと目の前を通り過ぎる。いつもならそれを見て、例のマフィンを連想していただろうが、今は馬のダフォディルと胡散臭い捜査のことを思い出しただけだった。何とか大尉の高価で元気のいい馬をさしおいておとなしい馬車馬を盗むなど、いったいどういう理由が考えられるのか？　たとえば、馬車を雇ってパーティーへ出かけ、御者にそこで待つように言いつけたとする。次に、パーティーの女主催者のダイヤモンドを盗み、ひと掴みの干し草の中に器用に隠して、居間の窓から馬の顔めがけて放り投げる。馬はすぐにその思いがけない餌を平らげ、知らず知らずのうちに窃盗の共犯者にされる。あとは、その馬を――。

アプルビイは、そのおおよそ警察官らしくない思いつきに首を振った。ふと気づくと、いつの間にかきわめて興味深い店が並ぶ、細く曲がりくねった道に迷い込んでいた。たとえば、この本屋はどうだ。『立派で暖かい夜警外套の物語』（ヨーク大聖堂の人事を巡るスキャンダルを風刺した小冊子）は、あのローレンス・スターンの作品だ。それにフランシス・ドレイク（一六九六〜一七七一。イングランドの古物商、医師）が一七三六年に出版した『エボラクム』（ヨークの歴史書）は、よほど裕福な人間でなければ手が出せない代物だ。向かい側の骨董品店もなかなかのものじゃないか。彼は道を渡った。この辺りは、かつて立派なべっこう縁眼鏡をかけたアメリカ人学生たちがそぞろ歩いた一九二〇年代とはすっかり様変わりしてしまった。一九五〇年代になれば、また元の姿に戻るだろうか、とアプルビイは考えた。立ち止まって店の中を覗き込んでみる。取っ手のついた寝床用の行火《あんか》、棺の安置台、中国風の陶器の犬。再び歩きだしたアプルビイは、似たような骨董品店の前にさしかかった。陶器の犬、行火、安置台。死を虚飾する品物の数々。肉体の消滅というのは、かつては安心して受け入れられる出来事だった。それが今は、張り子の棺桶にジッパーつきの埋葬布が主流だ。とある精神科医のことを思い出した。戦争が始まってまだ数ヵ月の頃、神経症の子どもたちを診察するのに用意されたホールに、そういったお手軽な葬送品が山積みになっていたという話を……。別の骨董品店の前に来た――今度はじっくりとウィンドーの中を眺めた。同じような商品の数々が並べられている。だが、ちょっと異質なものがその中央にぶら下がっていた。ずいぶんと古びた箒《ほうき》――取っ手に小枝や粗朶《そだ》の束をくくりつけただけの簡素なものだ。

あれはまちがいなく、魔女の箒だ。骨董品店のウィンドーでこんな代物にめぐり合うなんて、いかにも何か超自然的な物語がこれから巧妙にひもとかれる気がするじゃないか。シェリーに負けず劣らず理性的な考えのアプルビイは、そんなはずはないと顔をしかめた。そのとき、しかめっ面の自分を誰かが見ていることに気づいた。

皮膚がカサカサに乾燥した、小さく縮こまった男だった。店の入口にぼんやりと立ち尽くしている姿は、虫干し中の商品と見まちがえそうだ。だが、アプルビイを見つめる目に徐々に警戒心が宿っていく様子は、今にも動きだしそうな錆びついた機械を思わせた。「いらっしゃい」男が言った——それから、穏やかな口調でつけ加えた。「観光客かい?」

その言葉には悪意が感じられた。もしもあんたが観光客なら、きっと万年筆に催涙ガスを仕込んでいるか、帽子の中に短波受信機を隠しているにちがいない、とでも言っているような。一方のアプルビイは、ダフォディルとボドフィッシュとレディ・キャロラインの一件が頭の中を大きく占め、ひどく苛立っていた。「いや、ちがう」彼は厳しい声で言った。「警察だ」暗い目を箒に向ける。「あれはどうやって手に入れた?」

どうということのないその質問は、思いがけない結果を生んだ。「ああ、大変だ、大変だ!」カサカサの男が絶望したような声を上げた。「やっぱり、そんなことじゃないかと思ったんだ!」彼は足を引きずるように一歩後ずさった。「店の中にある魔女の大釜も確認したいって言うんだろう?」

アプルビイは、魔女の箒にも大釜にも興味などないと言おうとして、口を開きかけた。だが、警察官としての直感が働いた。どれほど些細なことでもおかしいと思ったら捨て置かずに調べろ。「当然だ、大釜も見せてもらおう」険しい口調で言った。「ほかに同様のものがあるなら、それもだ」

カサカサの男は動揺したように髪を掻き上げ、右耳にくっついていた蜘蛛の巣を払ってから、言葉を呑み込んだようなくぐもった声を返した。命令に従うと言っているような、話題を変えようとしているような声だった。「こういう商売をやっていくには」と男は言った。「人の注目を引きそうな品物はないかと、常に目を光らせてなきゃならない――もちろん、真っ当な本物の品に限るけどな。そしてこれは、絶対に正真正銘の本物だという話だったんだ」

「何が絶対だって？」

「出所だよ。代々受け継いできた当人が、これはまちがいないと保証したんだ。あの一家については、わたしも個人的によく知っていたし。それでもやっぱり、もっと慎重になるべきだった。どう考えても奇妙な話だったんだ、それは認める。なんて言ったって、連れてた馬まで奇妙だったんだから」

「何だって？」

「馬だよ。あの馬の行動は、そりゃ奇妙だったね」

　アプルビイは大きく息をついた。「それだよ」彼は言った。「わたしが聞かせてもらいたいのは」

　店に入って数メートルのところまでは、比較的手入れの行き届いた骨董品が並べられていたが、そこから奥は、惨めなほど埃まみれだった。在庫品は多岐にわたっていた。詰め込むようにぎっしりと並べられた品々は、何も考えずに、幻想をそのまま陳列したとしか思えない。インドの偶像が四柱式のベッドに鎮座し、朝の紅茶を持って来いとでも言うように、何本もの腕を伸ばしている。ずらりと並んだ雄鹿の首の大きく張り出した角に、ジョージア王朝風のコーヒーポットやスプーン・ウォーマー（スプーンをお湯で温めておくための容器）がぶら下がっている。半開きになった柱時計の扉の隙間から、猿かヒヒの骸骨が覗いている。シュルレアリスムの最たるものは、限られた空間に骨董品を飾ろうとする人間が生み出したにちがいない、とアプルビイは思った。もっとも、きちんと陳列された博物館に爆弾を落とせば、同じような仕上がりになるだろうが。ひょっとすると、ミロやダリの絵画は、ある種の超自然的で幼稚な爆弾が命中してできた賜物なんじゃないか。ひょっとすると――そこまで考えて、その店に入ったのは男の話を聞くためだったと思い出した。「あまり売れていないようだな」責めるような声で言った。

「そう、売れないんだ」カサカサの男が言った。「まったく売れない」彼は心の限りに主張した。

「それでも、ここにあった陶器の犬は売れたようじゃないか」埃の積もったテーブルに、ちょうど一対の犬が鎮座していたと思われる楕円形の跡がふたつ、島のように浮かび上がっていた。

「ずっと見てたのか！」カサカサの男が絶望のどん底に落とされたような声を上げた。「見張られていたとは！」彼は柱時計の横のスツールに倒れ込むように座った。柱時計の扉がゆっくりと開いた。中の骸骨がカタカタと乾いた音を立て、死の訪れと時間の流れは情け容赦がないことを思い出させようとする悪夢のようだ。「三十年も真っ当な商売をしてきたのに。しかも、うちの客のほとんどは地元の貴族や紳士だ――かのヨーク大主教や司教座聖堂参事会は言うまでもなくな。つらい、つらすぎるよ」

「そうだろうな」

「しかも、メトカーフ家と言えば、ひときわ尊敬されていた一家だというのに」

「ほう」

カサカサの男が勢いよく立ち上がると、また柱時計の中の骸骨がカラカラと、陰鬱なウィンド・ハープのような音を立てた。「もちろん、あの一家には古くから伝わる例の噂がある。わたしもハワースの出身だから、子どもの頃からよく耳にしてきた。風変わりな一家としてどれほど有名か、知らなかったわけじゃない」

「なあ」アプルビイは厳かな口調で言った。「ハワースで名の知られた一家と言うのなら、メトカーフ家なんて、ブロンテ家（『ジェーン・エア』の作者シャーロット、『嵐が丘』の作者エミリーのブロンテ姉妹の一族）には遠く及ばないんじゃないか？」

「ブロンテ家だって！　言わせてもらうがね、ブロンテ家がまだアイルランドでジャガイモを掘っていた頃から、メトカーフ家の名はこの地域では知られていたんだ。何と言っても、ハンナ・メトカーフがあやうく自分の大釜で釜ゆでの刑になりそうだったのをかろうじて免れたのは、はるか一七七六年の話だからね。しかもそれは、イギリス諸島で記録に残っている魔女狩りの最後の死刑執行から、たった五十年後の話だ。そのときの大釜が、あんたの真後ろにあるやつだよ。さあ、聞かせてもらおうじゃないか。これらの品々をわたしが五ポンドで買い取ったのは、責められるような話なのか？　ハワースで生まれ育った人間としては、ゆかりの骨董品が〝キャラバン（寝泊まりもできる大型の幌馬車）〟で運び去られていくのを、みすみす見過ごすわけにはいかなかったんだ」

アプルビイは振り向いて、その大釜をじっくり眺めた。巨大な鉄製の鍋で、ハンナ・メトカーフならまちがいなくすっぽり入ることができただろう。当然ながら、トルコ人の鼻やら、トカゲの足やら、魔術に必要なその種の材料は、放り込んだ瞬間に小さな泡を立てて鍋の底に沈んだにちがいない。アプルビイはさらに近づいて観察した。「こうして見ると」冷たい口調で言う。「五十年ほど前にバーミンガムで鋳造されたものにしか見えないね」

「ああ、大変だ、大変だ！」カササの男は、さっきよりもさらに動揺した。「もちろん、いくらか話は誇張していたんだろう。こういう商売じゃ、よくあることだよ、正直なところ。これは偉人の誰それが生まれ落ちたベッドだとか、その手の話が。家族の中に有名な魔女がいて、六ペンス払ってでもそのキッチンが見たいって客が続々と押しかけて来たら、ちょいちょい作り話を織り交ぜたくもなるだろうよ。もちろん、わたしはそんな詐欺行為に関わっちゃいないがね。ハンナ・メトカーフは――わたしが会ったハンナ・メトカーフは――どうにも風変わりな女だった。何と言っても、あの馬を連れて――」

「馬の話は改めて聞かせてもらおう。ところで」アプルビイはカサカサの男の腕に優しく手を置いた。「最初から何もかも包み隠さず話してもらえないかな？　あんたが何か法を犯したとは、これっぽっちも考えていない。ただ、いきさつをすっかり聞かせてもらえたら、非常に有効な情報になる――もちろん、箒や大釜とは無関係の、別の案件について」

　カサカサの男はほっとすると同時に戸惑っているようだった。「そうだな、あれは先週の木曜だったと思うんだが、ちょうど店のシャッターを下ろそうとしていたところへ、さっき話した〝キャラバン〟が通りを走ってくるのが見えた。言っておくが、それだけでも驚くような出来事なんだ。ここは町の中心から離れているし、わざわざやって来るのは特定の探し物がある連中だけだからね。ところがそのときの客は、それには当てはまらなかった」

「なるほど。だが、そのキャラバンが人目を避けてヨークを通過しようとしていたのなら――それなら説明がつくんじゃないのか？」

「たしかにそうかもしれない。とにかく、その幌馬車は静かにゆっくりと進んでいた。御者台に乗っていたふたりの男のうち、片方が突然大きな声で『いいことを思いついたぞ。あの店を見てみろ』と言った。『どの店だ？』もうひとりが訊き返すと、最初の男がまた言った。『あそこだよ、ほら、三十一番』つまり、うちの店のことだ。そのとき、例の馬が――おとなしそうに見えてたんだが――急に動きがおかしくなった。御者台の男が手綱を引いたようには見えなかったのに、ぴたりと立ち止まって、まるで作りものの馬みたいにうなずいたんだ。馬が繰り返しうなずくのをよそに、ふたりの男は言い争いを始めた。やがて、ひとりがわたしに向かって大声で呼びかけた。『おーい』そう言ってから、『そこにいる、あんただよ。あんたの気に入りそうなものがあるんだがね』失礼な口ぶりだったが、近頃じゃ――」カサカサの男は悲しそうに首を横に振った。「――声がかかるだけでもありがたいからね。そこで、わたしは通りの向こうまで行ってみたんだ。『これを見てくれ』男が言った。『あんた、ハンナ・メトカーフの小屋の話は聞いたことがあるだろう？　その小屋の中にあったものを、ほとんど一切合切積んで来たんだ。どれでも売ってやるぜ』そう言うと、背後に手を伸ばして、この箒を引っぱり出した。『ハンナ本人まで積んで来たんだが、あれは売約済みだ』『ハンナなら、百五十年前に死んだはずじゃないか』と、わたしは言ってやった。冷やかしの客だと思ったんでね。わたしの言葉を受けて、幌馬車の中から粗野な笑い声が聞こえて、若い女が顔を出した。ぎょっとしたよ。もちろん、それがハンナ・メトカーフ本人だった――子孫のほうのハンナだがね。『おはよう』彼女が言った。わたしの記憶が正しければ、ちょうどその瞬間、馬がうなずくのをやめた。急にだ。どうも何か奇妙だと、わたしは確信し始めていた」

「そりゃそうだろうな」アプルビイ自身も、妙な話だと思い始めていた。「その魔女の小屋の話だが、いったいどういうことだ？　あんたの話からすると、昔のハンナ・メトカーフは有名な魔女だったようだが、そうなのか？」

「そのとおりだよ。その後、子孫たちは代々その小屋に住んで、彼女にまつわる古い噂話を飯の種にしてきたんだ――と言っても、さっき言ったように、誰からも尊敬される人たちだった。ただ、ハンナの魔女の術だか魔法だかが子孫にも伝わっているんじゃないかという噂は、ときどき持ち上がっていた。人間ってのは、どんな話でもつい信じてしまうんだな」そう言いながら、カサカサの男は落ち着かない様子で大釜のほうを見た。

アプルビイは興味深そうに彼を見つめた。「そうだな」アプルビイも同意した。「何でも信じるものだな。それで、その子孫のハンナについても、そういう噂が立っていたのかい？」

「そうだ――もちろん、無教養な者たちのあいだでだが。彼女自身がそう信じていたとも聞いてる。つまり、彼女はメトカーフ一族の最後の生き残りで、何年もあの小屋にひとりで住んで、大釜やら何やらを客に見せて生計を立てていたらしい。若い娘がそんな環境に置かれたら、よからぬ考えが植えつけられるものだ、そうだろう？　とにかく、彼女もキャラバンに乗っていて、幌の中から顔を出して笑っていた。そのあいだもふたりの男たちは言い争いを続けていた。何についてかは、わたしにはわからなかったが」

「へえ――全然わからないと言いたいのか」

「いや、まあ、おおよその見当はつくがね。こういうことだ。そのふたりの男は、誰かからあの若い女を連れてくるように命令を受けていたが、彼女だけでなく、どうやら彼女の個人資産までたくさん持ち出していた。ところが、そこまでする必要はなかったことが判明し、片方の男がこの骨董品店を見つけて、ちょうどいい、売って金に換えようと言い出した。もうひとりの男は、そんなことをしたらトラブルになるとでも言い返していたんだろう。そこへ、当の若きハンナが口を挟んだってわけだ。『わたしならかまわない』彼女は言った。『好きなように何もかも売り払って、ビールにでも換えるといい。わたしはもう、別の世界へ行くのだから』『ほら、聞いただろう、そういうわけだ』品物を売ろうとしていた男がわたしに言った。『これは真っ当な取り引きだ。五ポンドで全部譲ってやるぜ』『そうだな』と、もうひとりの男も賛成するようにうなずいた。そこへ、信じられるかい、あの馬までが賛成するように、片方の前足で地面を踏み鳴らし始めたんだ――まるで拍手でもするみたいに」

「どうやら」アプルビイが深刻な声で言った。「その馬は魔法にかけられていたようだな」

「そうなんだよ――本当に、そのとおりなんだよ」カサカサの男はひきつったような笑い声を上げた。「これで話は全部さ。そのミス・メトカーフは、たしかにどこか妙だったが、頭がいかれてたわけじゃなかったし、あの品々の正当な持ち主だってことははっきりしていた。そこでわたしは結局五ポンド払って、箒と大釜と、ほかにも二、三点買い取った。後でそれも調べればいい。わたしはね、どうせメトカーフ家の小屋が取り壊されるのなら、そこにあった品物の処分に手を貸しても何の問題もないと思ったんだ」

「ああ、何の問題もないさ」アプルビイは考え込むようにテーブルを見つめた。そこには、何本もの象牙、嗅ぎ煙草入れ、それにドレスデンの女羊飼いの像が重そうに載っていた。「ところで、教えてくれ、あんたはミス・メトカーフと直接話をしたのかい？」

「いいや、話というほどのものじゃなかった。買った品物を馬車から下ろした後、社交辞令で声をかけたぐらいだ。『するとお嬢さんは、これから別の世界を見に旅に出るわけかい？』とか、まあ、それに近いようなことを言った。すると彼女は、言ってみれば馬鹿にするような目つきでわたしを見たんだ。『そのとおりだよ』彼女は言った。『カプリ島を知っているか？』それだけ言い残すと馬車の中に引っ込んで、二度と姿を見せなかった」

アプルビイは顔をしかめた。「カプリ島だって？　ハワースからずいぶん遠いじゃないか。それも、近頃じゃそうやすやすと行けるところじゃないぞ」

「たぶん彼女は、いわゆる隠喩として言ったんじゃないかな」

「その可能性は高いな」アプルビイは腕時計をちらりと見て、急いで駅に引き返すべきだと判断した。列車に乗り遅れるわけにはいかない。この三十分のうちに、ボドフィッシュ、ダフォディル、それに警視監の姉についても、これまでとはまったくちがう、面白い一面が見えてきた。「この件に関して、またあんたに連絡するかもしれない」アプルビイはカサカサの男をちらりと見て、彼の人生の中の小さな謎にずかずかと踏み込んでしまったことに気づいた。「ところで、その、何か買って行くとしよう。そうだな――ティーポットをひとつ」

だが、ティーポットを選んでいるあいだ、アプルビイはうわの空だった。ミス・ハンナ・メトカーフの一件が頭の中を大きく占めていたからだ。

V

張られた電話線が上下にうねりながらずっと先まで続いており、その奥には広い谷が流れるような曲線を描きながら一帯を取り囲んでいた。アプルビイは、そのあいだを縫う白いリボンのような道路や小道に目を凝らしていた――今にもキャラバンと神経質な馬が、何かを象徴するように遠ざかっていく姿が見える気がした。理論的には、そんなものが見えるはずない。だが、ヨークであんな不思議な一件に遭遇することもまた、理論的には起こり得ないものだ。普通なら、警察官が何の価値もない動物を探すために金をかけてはるばる出張することなど考えられない。まして、思いもよらない場所で、それもまったくの偶然に導かれて、追跡中の獲物の足跡《そくせき》に行き当たることも、まずあり得ない。そしてサー・ロバート・ピール（一七八八〜一八五〇。イギリスの政治家。近代イギリス警察の基礎となる首都警察隊の創設者）は、魔女狩りがとっくに深刻な問題とされなくなった今も、時間という子宮の中でぬくぬくと眠り続けている（魔女術禁止法が撤廃されたのは一九五一年）。

　魔女たちはみな、どこかへ立ち去ってしまった。転居先の住所を残すこともなく。その最後のひとりが今、遠くへ消えゆこうとしている。アマランサスとスイセンが咲く野原を目指し、ボドフィッシュのダフォディルを格好の案内役として。ハンナ・メトカーフは去ってしまった。どこまでも続くこの光景の中を、どんどん遠ざかって小さくなりながら。かつて妖精たちがこの地を去っていったように。

おとぎ話めいた説明はここまでだ。現実的な理由は何だ？　誰かがどこかから去るのは、別の場所への移動を画策した——あるいは誰かに画策されたからだ。つまり、魔女たちは今頃別のどこかに到着しているはずなのだ、その住所が明らかになっていないだけで。そして同じように、ダフォディルもどこかに到着することだろう。問題は、それがどこなのか、だ。なぜなら、拉致事案がこうも起きる裏には何らかの陰謀と思いつき——いや、思いつき以上の何かがあるはずだからだ。それに、手際もいい。もしもその何とか大尉の馬を連れ去ったのが手ちがいだったとしても、その失敗は即座に堂々と修正されている。何の変哲もない馬を遠くまで連れ去りたいなら、キャラバンの長柄（馬車の前方に突き出た棒）を引かせるのは、なかなかうまいアイディアだ。ついでに言うなら、そんな計画を成功させるには、ありとあらゆるアイディアを駆使しなければ無理だ。今日《こんにち》のイギリスにおいては、ほんのわずかな謎を秘めた策略さえ、実行するのはきわめて難しいからだ。かつてあの丘の上に建つ教会の塔のてっぺんには、従者か居酒屋の主人か鍛冶屋が潜んでいたのかもしれない。どれほど小さな違和感にも、そこに敵が考え抜いた策略が秘められているのではないかと、アプルビイは猜疑心を掻き立てられた。レディ・キャロラインがお気に入りの馬車を借りられなくなった一件と、ヨークシャーの娘たちがカプリ島へ行こうと誘われた出来事は、あまりにもタイミングがぴたりと一致する。つまり、魔女たちや知能の低い馬たちが今どこかに到着しているのだとすれば、それには何か特別な理由があるはずなのだ……まだぼんやりとしたその構想についてあれこれ考えているうちに、列車はハロゲイト駅に到着した。

　大きなホテルに向かうときは、何か未知のものが待っているようで胸が躍るものだ。ホテルの中には、亡命政府の臨時裁判所や、幽霊のように存在するもうひとつの政府の省庁や、ロンドン大学のいずれかの学部が置かれているかもしれないし、ひょっとすると何かの製造所代わりに千人ほどの工員たちが忙しく働いているかもしれない。だが、アプルビイが訪れたホテルは通常の機能だけだった。〈ザ・ストレイ〉（二百エーカーほどの公園）をぶらぶら歩きながら、アプルビイは途方に暮れていた。これから地元の警察署へ赴き、自分がここへ来た目的はあくまでも、スコットランドヤードに筋ちがいな捜査を要請してきた伯爵家の婦人のご機嫌をとるためだと、うまく説明しなくてはならない。その後で、無理な要求をしたレディご本人にも会いに行かなければならず、それが終わったら、すでに効率的かつ徹底的に行われたはずの捜査を、自分の手で繰り返すという骨の折れる作業が待っている。そして最後に、はっきりとした性格で初対面の人間にも威圧的に接する伯母への表敬訪問という義理を果たすまで、ハロゲイトを去るわけにはいかないのだ。

　だが、これらの課題はどれも、捜査を始めた当初に必要だったものか、単に儀礼的なものだ。ミス・メトカーフの乗っていたキャラバンを引いていた馬と、ボドフィッシュの屋根なしランドー馬車の馬が同じだとすれば――そもそも同じではない可能性のほうが高いが――もし同じ馬ならば、この一件には、まったく思いがけない方向性を示す別の姿、著しい偽装が見えてくる。そんなことを静かに考えながら、その疑問点がはっきりするまでは挨拶回りを後回しにすることに決めた。そこで手帳を確認し、ダフォディルが盗まれたという馬屋まで行ってみた。

　そこにある複数の厩舎の持ち主は、ミスター・ジーという名だった――アプルビイはその名の人物が馬に関連する商売をやっていること自体に、そこはかとないばかばかしさを感じていた（〝ジージー〟はイギリス英語で〝馬〟の幼児語）。そのミスター・ジーは朗らかそうな年輩の男で、広い庭の真ん中で眠たげな犬に愛情をたっぷり注いでいるところを、アプルビイは見つけた。

「いい犬ですね」アプルビイは声をかけた。

愛情深い表情のまま、ミスター・ジーは振り向いた。「こいつの顔は皿みたいだろ」すぐには理解しがたい陰鬱な声でそう言った。

「そうですかね」当惑したアプルビイが答えた。

「それに、下顎が突き出ている」ミスター・ジーは、発言内容とあまりにも落差の大きい柔和な表情を崩すことなく言った。「これじゃ、豚の顎だ」

「それは、ええ――たしかにその雄犬の顔を見ると、そうとも言えますね」

「雌犬だ」

「そうですか」

「後ろ脚の膝が内側に向いてるし、房毛がないし、リンゴ頭だ。それに毛羽立ってる」

「毛羽立ってる？　そうかもしれませんが。でも――」

「いや、唯一の長所なんだよ、毛羽立ってるのが。リンゴ頭で房毛がない。内に向いてる膝。突き出た下顎。あんた、この膝関節について、どう思う？」

「残念なことに」アプルビイは謙虚に答えた。「犬についてはまったくわかりません」

「残念なことに、そのようだな」ミスター・ジーが陰気な声で言った。相変わらず表情はまぶしいほど朗らかだった。

「実は、今は犬よりも馬に興味がありまして」

「馬についてもたいして知っているようには見えないがね。馬車を雇いたいって話だろう？」ミスター・ジーは明るい雰囲気を残して、その場を立ち去ろうとした。

「ある特定の馬に興味がありましてね。ダフォディルについて聞きに来たんです」

「けっ！」ミスター・ジーはそう言うと、足を速めた。

「犯人たちは、最初はダフォディルを譲ってくれとあなたに頼んだのではありませんか？」

ミスター・ジーが足を止めた。「あんた、プードルとチャウチャウの区別もつかない割には、分別はありそうだな。ほかの警官たちは、その質問を思いつくまでに三十分はかかった。もちろん、やつらは売ってくれと持ちかけてきたさ。十ポンド札一枚で充分買える馬を、わざわざあんな大騒動を起こして盗み出す道理がないだろう。三十ポンドで買いたいと言っていた」

「それを断ったんですか？」

「もちろん断ったさ。逮捕されるようなことができるか。法律違反になるからな」

アプルビイは馬についての知識がほとんどなく、当然のことながら、馬にまつわる法律についてもよく知らなかった。そして、この男が主張するような特定の法律に対する賢明な判断は、聞いたことがなかった。「それが違法行為だと言うんですか？　そんなはずは――」

「法律に触れる取り引きだ」ミスター・ジーは頑固に言い張った。「理由もなく二十ポンド余計に受け取るのは、まちがいなく法律違反に当たる」そのことで何かひどく哀しい経験があるかのような口調だった。「受け取ったら、逮捕だ。あんたら警察官は、そのために税金をもらってるんだろう？法律に基づいて人を逮捕するために」ミスター・ジーの力強い目から、アプルビイに厳しい視線が向けられた。「警察め、どこにでもいやがる」彼は言った。「けっ！」

分厚い革靴の感触がアプルビイの足に、顔に影を落とすロンドン市警の固い制帽の感触が眉の上によみがえってきた。どうやらこのミスター・ジーには、きちんと対応したほうがよさそうだ。軽い執着心をもって、人としてのあり方を正しく評価をしようとする男なのだ。「なるほど、ミスター・ジー、あなたはその申し出がおかしいと感じ、関わりを持つことを拒否したのですね。その結果、馬が消えてしまった。いつ、どうやって消えたのかはお訊きしません。すでに地元警察に詳しく証言していただいたでしょうから。盗まれた馬について教えてもらいたいのです」

「ダフォディルについて?」ミスター・ジーの明るい表情が翳った。論理的に考えれば、それは逆に、これから何か冗談を言う前兆だと推測できた。「ダフォディルにはレアリー手法（馬の調教法のひとつ。片方の前脚を折り曲げて固定し、自由を奪う）が有効だと思っていた——だが、そうだな、ガルヴェイン手法（馬の首を横に曲げて固定する調教法）のほうが適切だったかもしれない」そう言うと、ミスター・ジーはしゃがみ込んで、皿のような顔の犬の耳を撫でた。

アプルビイはベンチに静かに腰を下ろした。「ふざけないでください、ミスター・ジー、馬学に長《た》けたあなたのことですから——」

「おい」ミスター・ジーが言った。「こっちは一般市民だぞ、覚えておけ。それに、おれの敷地内でそういう言葉は使うな」

「わかりました、もう言いません」アプルビイはパイプを取り出した。「ですが、あの馬についてきちんとした説明がいただけるまで、わたしは帰りませんよ」

ミスター・ジーはアプルビイをじっくりと眺めながら、気の利いた反撃の言葉はないかと考えていた。「ダフォディルについての問題は」ようやく話を始めた。「いつもキャブレターにあった。そういう意味では、オーバーヘッド・バルブの心配はなかったな」そう言うと、ミスター・ジーは笑いだした。あまりにも突然、大声で笑ったために、犬が後ろ脚で立ち上がった。

「勘弁してください」アプルビイはパイプに煙草の葉を詰めた。「ジョークはかまいませんが、ミスター・ジー、これは真剣な話です。ついでに言うなら、わたしはガソリンの臭いが大嫌いでね。たしかにガルヴェイン手法というのが何なのかさっぱりわかりませんが、いつだって自動車ではなく、馬車に乗りますよ」

この嘘の効果はてきめんに表れた。ミスター・ジーは、実に愛想よくベンチに腰かけたのだ。「これだけは教えてやろう」そう言うと、声をひそめた。「おれはな、あの馬が嫌いだった。あいつを気に入ってわざわざ指名する年寄りの客が何人もいた。まるで人間みたいな馬だ、なんて言ってな。おれは人間そっくりの犬も嫌いだが、人間そっくりの馬は大嫌いだ」

「なるほど。ところで、そもそもあなたはどうやってダフォディルを手に入れたんですか？」

「知らない男からだ」ミスター・ジーの答えは暗く、と同時に曖昧だった。「ボローブリッジの品評会だったかもしれない」

「では、前の所有者については何もわからないんですね？」

「少しは聞いたかもしれないがな」ミスター・ジーは陰鬱な間を空けた。「あんた、ロンドンから来たんだろう？」

「そうです」

「それから〝低地の町々〟（旧約聖書『創世記』で神に滅ぼされたソドムとゴモラを含む五つの町）の話は聞いたことがあるだろうな。よし、ロンドンじゅうの嘘と、ソドムとゴモラじゅうのだまし合いを全部合わせてみろ――それが馬の品評会だ。だから、ボローブリッジでダフォディルについてどんな説明を受けたとしても、そんなものは何の証言にもならない。おれは子どもの頃から四十年も馬を買ってきた。そして買うにあたっては、必ず耳を塞ぎ、目はしっかり開けておくんだ」

あのカサカサの男ならダフォディルの正当性と呼びそうなものは、今さら見つかりそうにないことがはっきりした。アプルビイは別の手を試みた。「人間そっくりとおっしゃったのは、どういうことですか？　あの馬は特別に頭が良かったんですか？」

ミスター・ジーは勢いよく首を振った。「とんでもない。あんなに、そう、〝常識《ホース・センス》の足りない馬《ホース》〟は見たことがないね――わかるかい？　だから、最初に警察が調べに来たときも、おれはそう言ったんだ。『あの馬は知能が足りない』って、そう言ってやった。『いなくなったんなら、おれはすっぱりあきらめるよ』ってね。つまり、そういうことだよ。知能の足りない、人間によく似た馬なんか、誰が欲しがるって言うんだ？」

アプルビイは当惑した顔で、ダフォディルのかつての所有者を見つめた。ミスター・ジーは、人間と馬の知能の優劣は、かつてスウィフト（『ガリヴァー旅行記』を書いたジョナサン・スウィフト）が有名なヤフー（知能の高い馬族の国に住む、人間に似た野蛮で邪悪な種族）のエピソードで描いたとおりだと言いたいらしい。とは言え、ミスター・ジーは文学的な人間にはとても見えなかった。それに、時おり繰り出すチクリとユーモアの利いた攻撃も、洗練された皮肉のセンスを欠いていた。そこで、アプルビイはもうひと押ししてみた。「どんな馬だったのか、わたしにはまったく想像ができないんですが、いったいどんなふうに人間そっくりだったのですか？」

ミスター・ジーは警戒するように庭を見回した――あのカサカサの男が大釜に目をやったときとそっくりだ、とアプルビイは思った。「あいつ、数字がわかるんだ」ミスター・ジーが短く言った。

「なんてことだ」アプルビイは込み上げる満足感をかろうじて押さえ込んだ。「それは、たとえばですが、ダフォディルの前である数字を言ったら、馬は立ち止まって、その回数だけうなずいたり、前足で地面を叩いたりするということですか？」

ミスター・ジーがうなずいた。「そのとおりだよ。『スターベックまでいくらで行ってくれるかね？』と客がボドフィッシュに訊いたとする。『五シリング』とボドフィッシュは答える。すると、必ずと言っていいほど、ダフォディルは五回うなずくんだ。おれに言わせりゃ、自然の法則に反している」

「おそらく」とアプルビイは明るい声で言った。「ダフォディルはかつて何かのショーに出ていたのでしょうね」

「だがな、それだけじゃないんだ」ミスター・ジーはアプルビイの腕に手を置いた。「よく聞いてくれ」彼は言った。「近頃じゃ、誰もこんな不思議な話は信じてくれなくなったからな」

「それはそうでしょう」そんなことはないとアプルビイは思ったが、ここは同意しておくのが賢明だと判断した。

「じゃ、これはどう説明する？　ダフォディルは、声に出した数字だけじゃない、相手が思い浮かべる数字までわかったんだ。むしろ、頭に浮かんだ数字のほうが正確に伝わるとボドフィッシュは言っていた。たとえば、こんなふうだ。ボドフィッシュが客をジョンズ・ウェルまで乗せたとする。ボドフィッシュは頭の中で〝この客には三シリング要求してやろう〟と考える。すると、ダフォディルは立ち止まって、三度うなずくなり、足を鳴らすなりするんだ。ダフォディルの引く馬車に乗るときには、いつも頭の中から数字を追い払わなきゃならないんだと、ボドフィッシュはそう言っていた。さあ、これについてはどう思う？」

アプルビイは、ダフォディルのひとつめの特技に比べればたいしたことではないと思った。だがそれを説明するには、心理学や生理学について長々と講じなければならず、何も言わないのが一番だと判断した。「ミスター・ジー」彼は話をそらした。「ダフォディルはそうした奇妙な能力のせいで、普通の馬とちがって価値が高いとみなされたんじゃありませんか？　たとえば、サーカスにいたらどうなると思います？　観客の誰かをダフォディルのそばへ呼んで手綱を握らせ、好きな数字を思い浮かべてもらう。すると、ダフォディルはその回数だけ足を鳴らす。そんな技が見せられれば、どんな興行主も大儲けですよ」

「言っておくが」ミスター・ジーは威厳をこめて言った。「おれは興行主じゃない。だが、もしあんたの言うような意味でダフォディルが価値のある馬だとしたら、前の持ち主についてはっきり言えることがある。サーカスの人間じゃなかったはずだ、でなければ、あの馬を手放すはずがない」

アプルビイが立ち上がった。「ミスター・ジー、あなたは刑事になるべきでしたよ」

「残念ながら」ミスター・ジーは言った。「あんたが馬小屋をやればよかったとは、おれには思えないな」

Ⅵ

とんだ〝捨て台詞〟じゃないか。アプルビイはホテルに戻りながら、そう考えた。この夕方の一連の出来事の後では、まちがいなく〝とどめの一撃〟だ。ダフォディルや魔女たちの話がいくら魅惑的でも、今日のところはこれ以上はごめんだ。

〝スミレ色の時刻〟（T・S・エリオットの『荒地』より）と謳われた夕暮れどきに差しかかり、広い〈ザ・ストレイ〉のあちこちから何台もの幌つき車椅子《バスチェア》（人間が押すか引くかして移動させる、人力車に似た車輪つきの籠状の椅子）が、懸命にねぐらに向かっていた。何匹もの巻貝が這うように進む姿は、その管理された多様性に、美しきイギリス社会の複雑さを最もよく映し出していた。バスチェアを動かしているのは、主にみすぼらしい老人たちで、当人に要因があるのか他者にあるのかはともかく、貧困にあえぐさまざまな階層から集まってきていた。だが中には、金には困っていなさそうなお抱え使用人も混じっている。そういう者がバスチェアを押しているのに対し、みすぼらしい老人たちは引っぱっているようにアプルビイには見えた。引いたほうが効率的なのだが、どうしても動物のイメージを連想してしまって陰鬱な気分になる。バスチェアは押してこそ、人間としてのある種の尊厳と超然さを持ち続けられるのだ。押したり引いたりしながら、みすぼらしい老人たちも使用人たちもそれぞれの目的地に懸命に向かっていく。湯治場やホテル、簡易宿泊所、下宿屋、アパートメント、宿屋、家具付きの部屋。バスチェアそのものにも、独自の階層や秩序があった。それはカーストというよりも階級制度に近く、一気に上昇できる希望があるかわりに、徐々に沈んでしまうかもしれない暗い可能性も常に秘めていた。一部の積極的な者たちは、大事な商売道具の見栄えをよくしようと工夫を施していた。だがたいていの場合、厳しい使用状況から破損が生じていた。ニスはひび割れ、籐籠はささくれ、幌は外れかけ、座面の馬毛や中綿が飛び出している。そして、こうした哀れな光景の只中を、高慢な上級車が走り回っているのだった。扉や、木材とガラスで複雑に作り上げた窓まで取りつけたバスチェアの中には、わびしいマホガニー材の額縁に収まったメゾチント版画のように、乗っている人間の顔が暗くぼんやりと浮かび上がっている。浴場やポンプ室を後にしたバスチェアが、まるで機甲部隊が分散するように、放射状に散っていく。図書館で借りた小説や象牙のステッキを握りしめた老婦人たちが、得意げに箱入りのチョコレート・ペパーミント・クリームを売り歩いている。そして舗道では、何とか生活費をやりくりしている、きちんとした身なりの老人たちが、礼儀正しくバスチェアに道を譲っている。犬を散歩させながら、夕刊紙や煙草が落ちていないかと、うろうろ探し回っているのだ。そして、〈ハロゲイトは武装化に賛成する〉と書かれたさまざまな形の看板に、経験者としての鋭い視線を投げかけている。イギリスは決して屈することはないとでも言いたげに。

そしてアプルビイはと言えば、夕食を摂ろうと急いでいた。早めに食事を済ませて、映画館へ行ってめちゃくちゃくだらない映画を見よう――明日の朝、調査を再開するときに、ダフォディルやハンナ・メトカーフのことがまともに思えるぐらいにくだらない映画を。とにかく、今夜はもうこの件については考えたくない。

「ジョン」後ろから命令口調の声がかかった。「こっちへ来なさい」

道路のほうを振り向いたアプルビイは、目にした光景に心が重く沈んだ。そこにあったのは――ほかでもない、屋根なしのランドー馬車だった。後部座席には老婦人がふたり、隣り合ってゆったりと座っていた。その向かいの席にはねずみ色の帽子をかぶった女性が、ひとり占めしているにもかかわらず、身を縮ませて座っている。そして御者台には、野蛮な部族の若者のようにぼろ布をきつく体に巻きつけて、潤んだ、はっきり言えばバーで飲んできたような目をした太った男が腰かけていた。

「ご機嫌いかがですか、伯母さん？」アプルビイが言った。「ちょうど今から伯母さんを訪ねるところだったんです」

「そうでしょうとも」伯母の声は疑わしそうだったが、気を悪くした様子はなく、淡々とそう言った。

「レディ・キャロライン、甥のジョンよ」

レディ・キャロラインがお辞儀をした。威厳があるのか、質《たち》の悪い風邪をひいているのか、区別のつきにくい顔立ちだ。赤く染まった鼻先、充血した目、そしてそれらに色合いを合わせたとしか思えない赤い服。全身が今にも燃えてしまいそうだ。「メイドメントが席を詰めるわ」レディ・キャロラインが命令口調で言った。

「ミス・メイドメント」アプルビイの伯母が礼儀正しく言った。「席を詰めてくださる？」

ねずみ色の帽子の女性が、座席の隅へいっそう身を縮ませ、アプルビイは自分も乗ることを求められているのだとわかって落胆した。ランドー馬車は、馬と土埃とユーカリのにおいがした。

「ミス・アプルビイ」レディ・キャロラインが言った。「この馬だと、ボドフィッシュはジェイムズ・ストリートを避けたほうがいいんじゃないかしら？」

「ミス・メイドメント」アプルビイの伯母が言った。「レディ・キャロラインが、ボドフィッシュはジェイムズ・ストリートを避けたほうがいいとおっしゃってるの、いつもの馬じゃないから」

ミス・メイドメントは座ったまま、上体をひねって前方を向いた。「ボドフィッシュ」彼女は厳しい声で言った。「この馬なら、ジェイムズ・ストリートは避けたほうがいいわ」

ボドフィッシュは何も言わず、振り向くこともなく、ただ帽子を頭から数インチ持ち上げた。レディ・キャロラインはアプルビイを見定めるように見つめた。「わたくしたち、この馬を信用していないの」彼女は説明した。「特に、ミス・メイドメントは。馬で苦い経験をしたことがあるらしくて、メイドメントが若いときに――バッグはどこ？」

馬車の中で、レディ・キャロラインのバッグ捜索がひとしきり行われた。ミス・アプルビイは協力しなかった。が、やがて声をかけた。「レディ・キャロライン、こういうときはたいてい――」そこで口をつぐみ、レディ・キャロラインに意味ありげな視線を送った。

「ボドフィッシュ」ミス・メイドメントが険しい声で呼びかけた。「止めてちょうだい」

ランドー馬車が停止し、レディ・キャロラインは腰を座席から数インチ浮かした。明らかにバッグの上に座っていたらしい。彼女はそこからハンカチを取り出して、鼻をかんだ。馬車が走りだした。

「ミスター・アプルビイ」レディ・キャロラインが厳しい声で言った。「ロンドンからいらしたの？」

「ええ。今日、こちらへ着いたところです」

レディ・キャロラインがもう一度鼻をかんだ。「気管《チューブ》が鬱血《コンジェスト》しているのね」彼女は言った。

「はい。でも、地下鉄《チューブ》の混雑《コンジェスト》は、以前よりよくなりましたよ」

レディ・キャロラインが眉をひそめた。「あなた、お医者様なの？」

「レディ・キャロラインはね」アプルビイの伯母が説明した。「ご自分の胸の症状のことをおっしゃったのよ」

「失礼しました」アプルビイは、その勘ちがいに動揺した。「いえ、わたしは警察官です。ダフォディルの件を調べに来たのです」

「それでは、あなたなのね?」そう言って、レディ・キャロラインはミス・アプルビイをちらりと見て咳をした。「弟が寄越すと言っていた警察官というのは」

「そうです、レディ・キャロライン」

「なんてことでしょう。ねえ、あなた」と、彼女はミス・アプルビイのほうを向いて言った。「この話はボドフィッシュにも聞いてもらったほうがいいわ」

「ミス・メイドメント、レディ・キャロラインが——」

「ボドフィッシュ」ミス・メイドメントが威嚇するように言った。「あなたもしっかり聞いていてちょうだい」

ボドフィッシュが帽子を持ち上げた。ハロゲイトの中でも静かな通りの景色が、これほど小刻みに上下に揺れながら流れていく経験は、辻馬車か、性能の悪い映写機でしか味わえないものだった。アプルビイは振動のせいで、警視監の姉の付き添い婦と腰をぴたりとくっつけたまま座席で飛び跳ねながら、〝着席運動〟という一見矛盾したような言葉を体感していた。一方のレディ・キャロラインは、またしても鼻をかんでから、身を乗り出して上品な手袋をはめた手でアプルビイの膝を軽く叩いた。

「言わせていただきますけど、この件では警察よりも動物虐待防止協会のほうが満足のいく対応をしてくれたのよ」

「それは動物虐待防止協会に寄付をなさってるからよ」ミス・アプルビイが言った。

「たしかにそうね。でも、警察にだって税金を払っているわ」そう言うと、レディ・キャロラインはアプルビイのネクタイに視線を定めた。バーリントン商店街で売っているものの中では高価な部類のネクタイだった。「警察を養っているのは、わたくしたちなのよ」

「そして」アプルビイがさりげなく言った。「その警察が、あなたの弟さんを養っている。おあいこですよ」

はらはらしたミス・メイドメントが声を上げそうになったが、喉元で抑え込んだ。レディ・キャロラインは乱暴に座席にもたれかかった。「ねえ」彼女は言った。「あなたの甥御さん、どうやらあなたに似て、気転が利くようね。あなたほどの礼儀が備わっているとまでは、今は言えないけれど。さて、お話の続きを申し上げましょう。動物虐待防止協会は、それは積極的に対応してくれたの。そして現在のところ、百八十一ポンドという大変な金額に達したわ」

アプルビイは戸惑っていた。「申し訳ありませんが、おっしゃっている意味がわかりません」

「協会はダフォディルの行方を追って、ちょっとした〝探求の旅《オデッセイ》〟をしてくれたの」レディ・キャロラインはそこで間を置き、その言葉が適切だったかどうかを吟味しているようだった。「いえ、どちらかと言えば、正真正銘の〝急襲〟ね。現在の状況の中にあっては――ボドフィッシュ、聞いているの?」

ボドフィッシュが帽子を上げた。

「現在の状況の中にあっては――」

「戦時中ということよ」ミス・アプルビイが当たり障りのないように言い添えた。

「ありがとう。どうやら現状では、この国の中で馬を一頭密かに移動させるのは、非常に困難なことらしいの。おかげで、ある程度まではダフォディルの足跡《そくせき》を追うことができたわ。ダフォディルの輸送には、相当な経費がかかっているらしいの。慎重に練った計画に沿って、移動手段を購入しては使い捨てにしていく。そういった費用にね。ダフォディルがブラッドフォードに到着するまで、少なくとも百八十一ポンドかかったという報告だったわ」レディ・キャロラインは疑わしそうな目でアップルビイを見た。「でもこの情報は、警察もすでに入手しているでしょう？」

「実はまだ地元警察と接触していないのです。まずは、レディ・キャロライン、あなたにお目にかかってからと思いまして」アップルビイは、これはなかなかうまい物言いだったと気をよくして、伯母にかすかなウィンクまで送った。「ですが、馬がブラッドフォードに連れて行かれたとは驚きました。実は、ヨークで見かけたという確かな情報を得たものですから――ブラッドフォードとはまるきり正反対の方角です」

「ブラッドフォードまではダフォディルを追跡できたけれど、その後はキーリーに向かう道を行ったらしいわ」

「キーリーですって？」ミス・アップルビイが突然声を上げた。「それは興味深いわね。ジョン、あなたなら当然、気づいているでしょう？」

アップルビイは訝しそうに伯母を見つめた。彼女の口調に促されて、アップルビイはずっと以前に捜査した案件について、歴史的、地理的な記憶を懸命に掘り起こした。「残念ながら、キーリーという地名に特に重大な意味は思い当たりません」

「それはそうよ。意味があるのは、ダフォディルがブラッドフォードからキーリーに向かっていたという情報なの。その方向だと、ハワース近辺を通るはずよ」

「ハワース！」アプルビイはそう言うと、いきなり座席に背中をもたせたために、あやうくミス・メイドメントの肋骨に肘鉄を食らわせるところだった。

「そのとおりよ。わたしの言いたいことをわかってくれて嬉しいわ」アプルビイの伯母はそう言うと、レディ・キャロラインのほうへ向き直った。「ジョンは当然、手がかりさえあれば真相を推理できるの。それが警察官の仕事ですもの。だから、残念にもわたしたちが失ったものについて――ボドフィッシュが残念にも失ったものについて――」

ボドフィッシュが帽子を持ち上げた。

「――ジョンがじっくり考えたら、きっとこんな疑問が湧くはずよ。ダフォディルの何がそんなに特異なのかと。その答えは、こうよ。ダフォディルは特異な馬なの。特殊な才能に恵まれた馬なの。つまりは、奇妙な馬なのよ」

「ミス・アプルビイ、わたくしは賛成しかねるわ」レディ・キャロラインが厳かに言った。「ダフォディルが奇妙な馬だなんて。まちがいなく、特殊な才能に恵まれてはいたけれど」

「では、ダフォディルは稀有な能力の馬だと、そう言っておきましょう。そのダフォディルが消えた。さて、ジョンはこれからどうするのか。きっと与えられた手がかりから、できる限り真相を推理しようとするでしょう。まずは資料を調べて。弟さんからもお聞きでしょうけど、スコットランドヤードってところは資料だらけなのよ。そしてジョンは、ダフォディル失踪にはどういう背景があったのかを見極めようとするわ。言い換えるなら、最近ほかにも奇妙な、あるいは特殊な才能に恵まれた馬が、同じように姿を消していないか？　馬でなくても、奇妙な、あるいは特殊な才能に恵まれたほかの動物はいなくなっていないか？　そこで、ある重要な発見をする。最近この地域で、ある若いお嬢さんが突然、何の理由もなく姿を消していることに――ここの住民なら、その件については地元紙を読んでよく知っているわ。特殊な才能に恵まれた、明らかに奇妙なお嬢さん。すなわち、魔女がね」

レディ・キャロラインが鼻をかんだ。ミス・メイドメントがくぐもった警報音のような声を漏らした。アプルビイはただ、あんぐりと口を開けた。

「そして、この稀有な能力を持つ若い女性は、ハワース近郊に住んでいた。だから、ダフォディルの最後の目撃情報でそちらに向かっていたと知ったジョンは、どれほど感動したことでしょうね！」

レディ・キャロラインが眉をひそめた。「なんともおかしな話だわ。とてもボドフィッシュには理解できそうにないわね」

ミス・メイドメントが後ろを向いた。「ボドフィッシュ」彼女は裁判官のように言った。「これ以上は聞かなくてよろしい」

ボドフィッシュが帽子を持ち上げた。

「でもね」ミス・アプルビイが落ち着いた声で続けた。「これはあくまで、ジョンの調査の第一段階にすぎないわ。すでに同僚刑事たちに進言を求め、何人もの部下にあらゆる新聞記事の切り抜きを丹念に調べさせたはずよ」――そこでミス・アプルビイは突然、持っていたバッグを開けた――「ちょうど、わたしがそうしていたようにね」そう言って口をつぐんだ伯母が、ひどく皮肉っぽい視線でこちらを見ていることにアプルビイは気づいた。「ジョンは特に、ルーシー・ライドアウト事件に感銘を受けたはずなの。最近姿を消した――どうやら不道徳な目的で連れ去られたらしい、若いお嬢さんの事件について」

「メイドメント」レディ・キャロラインが言った。「あなたほどの年齢の者が恥ずかしがって聞くような話ではないでしょうに」

「でも、その娘さんには非常に奇妙なところがあったの」ミス・アプルビイは取り出した新聞記事の最初の一枚を読みながら説明した。「ハドスピス警視によって、高度な科学的手法を用いた丁寧な調査が行われた結果、ルーシー・ライドアウトには、顕著な解離の症状が見られたようなの。つまり、彼女はひとつだけではなく、ふたつ、ひょっとすると三つの人格があったのよ。そのために――その――誘惑するのが難しかったと思われるの。それでも結局彼女は誘惑された。どうやら、カプリ島――あまり愉快ではないリゾート地だけど、下層階級の人間ならロマンチックだと想像するであろう場所に連れて行ってやると吹き込まれたらしいの」

アプルビイは目を丸くして伯母を見ていた。おそらくはシャーロック・ホームズが、離れて暮らす、典型的な探偵の才能に恵まれた兄を見るのと同じ目つきだった。「カプリ島」アプルビイは言った。「それは本当ですか？　それに、解離とおっしゃいましたか？」

「そうよ。多重人格とも言うらしいけど」

「ジキルとハイドね」レディ・キャロラインが言った。「ここにいるミス・メイドメントを例に説明しましょうか。メイドメント、あなたが何かしら違法な悦楽に熱烈な欲望を掻き立てられていると想像してごらんなさい」

ミス・メイドメントは座ったまま、体をもじもじさせた――もっともそれは、女主人の命令に従っているせいでないのは明らかだった。

「そして同時に、そのような耽溺を許せない意識も持っていると考えなさい。あなたは、相対するふたつの力の板挟みになって苦悩している。まるで古いステンドグラスに描かれた死人の魂のようにね。天使に髪を引っぱられる一方で、悪魔に足を引っぱられている。想像できるかしら、メイドメント?」

ミス・メイドメントは曖昧な声を上げた。女主人が神学的イメージを引き合いに出すのを受け入れるかのように、どこか祈りに似た声だった。

「双方からあまりにも激しい力で引っぱられた挙句に、あなたは何もかも放り出す。ふたつの中間で自分を解放すると、これまでひとりだったメイドメントがふたりになっていた」レディ・キャロラインは眉をひそめた。明らかにメイドメントが増えるという発想が不愉快だったらしい。「けれども、もちろん体はひとつしかない。その体をふたつの人格で共有し、どちらか片方ずつがある期間、体を独占するの。そうすることによって、自由奔放なメイドメントにも、禁欲的なメイドメントにも、それぞれ出番が回ってくるし、神経面での衝突はある程度避けられる。わかるかしら、メイドメント?」

ミス・メイドメントはまたしても妙な声を上げた。そして思いがけないことに、女主人に言葉を返した。「まったくわかりませんよ。わたしには、まるで悪魔にとり憑かれているとしか思えません」

「解離に関するレディ・キャロラインの説明は素晴らしいわ」ミス・アプルビイが言った。「でも、ミス・メイドメントもまた、とても重要な見解を述べているわ。ジョン、あなたならきっとしっかり受け止めてくれるわね。明らかにこれはとても重要な意味を持っている——あなたがすでに知っているはずの別の事件同様にね。つまり、ブルームズベリーの一件のことよ」

「ああ」アプルビイが言った。

「新聞では」——そう言いながら、ミス・アプルビイは別の切り抜きを探し出して読み上げた——

「〝行方をくらました家の謎〟と呼ばれているらしいわね」

「ミス・アプルビイ」レディ・キャロラインが厳しい口調で言った。「家は行方をくらましたりしないわ。行方をくらますのは、忠誠心の足りない使用人だけよ。何か勘ちがいしているんじゃないこと？」

「いいえ、勘ちがいなんてしてないわ、レディ・キャロライン。その家はまちがいなく夜逃げしたの――それも、おそらくはカプリ島へ。何よりも、そこは呪われた家だったの。ブルームズベリーの住宅地に建つ、立派な十八世紀のお屋敷よ。かつてあのドクター・ジョンソンが幽霊の探索をしたこともある一軒家。それが最近、誰かに盗まれたの」

「家は盗まれたりしないわよ、ミス・アプルビイ。あまりにも馬鹿げた話だわ」

「平時であれば、そのとおりかもしれないわね。でも、今は家を盗むのはとても簡単よ。その家は、少しずつ段階を踏んで盗まれたの。ある夜までは、まったく異常はなかった。次の朝、屋根がなくなっていた。聞いた限りだと、今のロンドンではそんなのは珍しいことじゃないらしいの。その次の朝、最上階のほとんどが消えていた。その後もどんどん進んでいった。人々はそれを見て、何とも不運な家だと噂した――こうも続けて爆弾を受けるなんて、と。でも、一階がなくなる頃には、何かがおかしいと訝しむ声が出てきた。周りに瓦礫がほとんど見当たらなかったからよ。するとある夜、地下室も全部消えて、後にはぽっかりとあいた穴だけが残された。調査が行われた結果、あの家は盗まれたのだという、争う余地もない結論が出された。空襲の最中は、大変な騒音と混乱に襲われるらしいのよ。建物は崩れ落ちるし、大型トラックは四方を走り回っているし、延焼防止のために建物を取り壊してもいる。この機に乗じれば、家を盗むのはおそろしく簡単。大金が必要だけど。それに比べれば、ダフォディルを盗み出すなんて、どうってことないわ」

「ダフォディルは」レディ・キャロラインが言う。「馬なのよ」

「もちろんよ。でも、奇妙な馬だったわ。そして、ルーシー・ライドアウトは奇妙な娘だった。それに、今わたしがお話しした家は奇妙な家だった。どれもたった数日のあいだに、そろって盗まれたの」ミス・アプルビイは記事の切り抜きをしまって、バッグの口を閉めた。「あなたがこの件を調べてくれると聞いて嬉しいわ、ジョン」

「ええ、伯母さん」アプルビイは言った。

第二部　ホエール・ロード

I

海面には何も見えず、波は穏やかだった。海は空とそっくりに見えたが、空よりも空《から》っぽだった――なぜなら、空高くには時おり雲が走ることもあるからだ。一方の海は、いつ見ても空っぽだった。二十四時間ごとに、驚くほど突然夜という暗く長いトンネルを抜けて、船はこのもうひとつの紺碧の空虚の世界へ出てくるのだった。そして二十四時間ごとに、抗うような光ひとつ灯すことなく、再び暗闇に姿を消す。アプルビイは若い頃に見た海の風景を思い浮かべながら、これに似た単調な船旅を思い出していた。長時間ハリボテのトンネルの中をさまよった後、再び長時間、派手な照明を下から当てたドームの下を漂う毎日。

夜のあいだはデッキを閉鎖し、船窓をしっかり閉めきって海を進む。船の中心からは拍動が聞こえ、船が海面に叩きつけられては波しぶきを上げる、ドスン、パシャン、ドスン、パシャンという音が船べりから絶え間なく聞こえてくる。そして日中は、船首が絶えず上下運動を繰り返し、日を追うごとにますます人間の力を超越しているとしか思えないエネルギーで水平線の向こうへと突き進むのだった。船首が上下に揺れるたびに、船のへさきで仁王立ちになって見張りをしているふたりの男の背景も、空と海が目まぐるしく入れ替わるのだった。男たちは潜水艦を警戒して見張っていた。最近では昼間の長い時間、ハドスピスもふたりの横に立っていた。同じように海を見ているようでいて、ハドスピスは船の前後には目もくれず、ただまっすぐ前方の海のどこか遠くを見つめているのだった。ブエノスアイレスかな、とアプルビイは思った。リオデジャネイロかもしれない。パラナ川のずっと上流で、何やらインチキな社会実験が行われているというあやふやな情報が入っていたのだ。ハドスピスは、海に出ると神経系統がひどく参ってしまう珍しい体質だった。早く陸に戻してやりたいとアプルビイは思った。今回ほど奇妙な捜査のために乗り込んだ船の上で、正気をなくした相棒はごめんだ。

ハロゲイトの馬車馬を追って、ハドスピスとともにはるばる赤道まで越えてきた。アプルビイは内心でつぶやいた。しかも、まだどこへ向かっているのかさっぱりわからない。〈われわれはどこへ向かっている?〉〈どこへも向かっていない！　誰も行ったことのないところだ〉そう言ったメフィストフェレス（『ファウスト』に登場する悪魔）の台詞は、きっとハドスピスの興味を引くはずだ。なにせ、悪魔は実体となってハドスピスの前に姿を現すらしいのだから……。アプルビイはデッキの手すりまで行き、海面を見下ろした。かつてのアングル人は海のことを〝鯨の道《ホエール・ロード》〟と呼んだものだ。だが、その道《ロード》は目に見えない。道などないのだ。船は不思議な力で、今はまだどこともわからないゴールに向かって走っている。そしてそれは、ダフォディルを追い求める自分も同じだ。

アプルビイはこの一連の出来事を、主に〝ダフォディル事件〟と捉えていた。と言うのも、ハドスピスがこの件を、あくまでもハンナ・メトカーフとルーシー・ライドアウトの失踪事件としか認識していないからだ。だが実のところ、これは〝幽霊屋敷〟の事件なのだ。アプルビイは改めてそう思った。この事件を追えば、いずれ複雑な頭脳の人間と渡り合うことになるだろう。なぜなら、行方をくらます家というのは、単なるおまけの装飾楽句や装飾音とはちがうからだ。あの家を盗むには、ハンナとルーシー、そしてダフォディル誘拐事件の全部を合わせても比較にならないほどの金がかかっている。家の盗難が特別に難しいのではない。ただ高くつくだけだ。

　アプルビイはデッキをぶらぶら歩きながら、心の中でつぶやいた。まるで童話の中で主人公に課される無理難題のようじゃないか。〈ブルームズベリーに建つ家を一軒盗み出して、イギリスから持ち出せ〉しかも、今は戦時下だ。いや、逆に戦時下だから盗みやすかったのか。通りが一本、まるごとなくなる状況下なら、家の一軒ぐらい消えても誰も気づかない。それに、国外に持ち出すことも、戦時中だからできるのかもしれない。イギリスの港が空襲を受けたら、どうなる？　瓦礫はすぐに砕石としてアメリカへ運ばれ、新しい埠頭や岸壁を建設する基礎として再利用される。その事実はあまりにも生々しく、どこの雑誌も記事にするのをためらう。教会が爆撃される。すると早速その残骸は、港で待機している貨物船まで対空砲を運ぶための舗装道路にされる。なんともおかしな話だ。だが、発想力豊かな人間、あるいは組織なら、かつてサミュエル・ジョンソンが詳しく調べたとされる一軒家をこっそり運び出すのに、この状況は利用できると考えるだろう。とは言え、どうして有名な幽霊屋敷など盗みたかったのか？　アプルビイには、理由はひとつしかないように思えた。そしてそれは、今ハドスピスが思い描いている筋書きよりも、自分が——いや、伯母が、と言うべきか——考えている筋書きと、より合致した。

　どこか船の後方でラッパの音がした。ハドスピスが振り向いて、上甲板のへさきから急ぎ足で歩きだした。少なくとも、食欲はあるらしい。アプルビイは再び何もない水平線に目を向けた。これでは方向感覚など、すぐに失ってしまいそうだ。〝当惑する《アット・シー》〟とは、まさしくこのことだな。アプルビイはぼんやりと、かつて訪れた見覚えのある陸影が見えてこないものかと願った——救いのない場所ばかりだったが。『ガリヴァー旅行記』の空飛ぶ島のように、空にぽっかり浮かんだテーブル・マウンテン。巨大な文字の看板が建ち並ぶマンハッタンの埠頭。ブルックリン・ブリッジ。リバプールの化け物ホテル。インド洋になだれ込むオーストラリアの低くて茶色い、トカゲに似た波紋状の大地。この船の行く先に、その景色のどれかさえ見えてきたなら、と、ばかばかしいとは知りながらも思った。そうすれば、この事件で説明のつかない部分も筋が通るかもしれないのに。だが、船首の向こうに待ち受けているのは南米大陸であり、アプルビイは南アメリカについてはまったく何も知らないのだった。それに、この追跡劇が南アメリカで終わる保証もなかった。

船の食堂には誰もいなかった。椅子に座ると、この何週間もの退屈な捜査が頭によみがえってきた。幽霊屋敷はボストンへ、そこからポート・オブ・スペイン（カリブ海にあるトリニダード島の都市）に運ばれていた。情報はそこで途絶えていた。ハンナ・メトカーフとダフォディルが最後に目撃されたのは、ウルグアイのモンテビデオだった。だが、ルーシー・ライドアウトについては――はっきりしない情報ながら――チリのバルパライソにいたという話で、これは何か重大な意味を持つのかもしれない。アプルビイが顔を上げると、ハドスピスが暗い表情で隣の席にぐったりと座り込んだ。「なあ」アプルビイが尋ねた。「ロビンソン・クルーソー島は、どう思う？」

「エゾライイチョウのロースト」ハドスピスは真面目な顔で言った。ただし、給仕に向かって。

「チリのファン・フェルナンデス諸島のひとつだよ」アプルビイは話を続けた。「特別に不道徳なところなのだろうか。どうやら目的地はその付近になりそうなんだがね」

ハドスピスは首を振るだけで何も言わなかった。愛想のいい話し相手としては、ボドフィッシュといい勝負だな、とアプルビイは思った。実のところ、ありとあらゆる堕落や倒錯による犯罪を知り尽くしたハドスピスも、今回は未知の領域に出くわし、新たな重荷にさすがに押しつぶされそうになっているのだ。これまで何年も知恵おくれの少女たちの誘拐にかかわってきたが、複数の人格を持つ少女の誘拐など、荷が重すぎる。ルーシー・ライドアウトはおそらく、その時々で別の女に変わる愛人を堪能したいという、あまりにも邪悪な人間のもとへ送り届けるために連れ去られたにちがいない。本屋がこっそり〈珍妙な書物〉と分類している本を読み尽くしも、これほど奇妙な話はどこにも書かれていないだろう。そしてハドスピスは今、それが〝邪悪〟の究極の表れであると思い込んでいる。アプルビイは、ハドスピスの注文した料理が運ばれてくるのを待ってから、彼に少しばかり理性を説こうと思った。何と言っても、警察官なら理性を持つべきだから——特に、金をかけて地球の裏側まで捜査に出向く任務を帯びた警察官は。

「なあ、これがルーシー誘拐の一件だけなら、たしかにきみの仮説は妥当かつ充分なものだろう。だが、そうじゃない。ハンナ・メトカーフの件もからんでいる。なぜなら、どちらもある共通する言葉に端を発しているからね。〝カプリ島〟だ。そしてハンナ・メトカーフは、例の馬の一件ともからんでいる。彼女はあの馬と一緒に移動していたんだ。そこまではきみも認めるだろう？　なら、自分自身に訊いてみるといい。きみがこだわっている性目的の誘拐という筋書きに、馬がどう関係するのかを」

懸命に食事に集中していたハドスピスが、一瞬手を止めた。「馬が関係する性的な案件なら、いくらでもあるよ」彼は暗い声で言った。目はどこか遠くを見つめている。カリウスやヘリオガバルス（ともに性的倒錯で知られるローマ帝国皇帝）と交信しているのかもしれない。

アプルビイはため息をついた。「ルーシーとカプリ島。カプリ島とハンナ。ハンナと馬。ハンナは魔女の血筋だ。ルーシーには精神病の症状が見られ、ひと昔前であれば、悪魔にとり憑かれていると言われたかもしれない。馬には優れた知を活かした何らかの能力があり、人間の考えを敏感に読み取ることができる。これらに加えて、幽霊屋敷までがイギリスから盗み出され、南アメリカに向けて運ばれている。以上がこれまでわかっている事実だよ。さあ、きみの説明を聞かせてもらおうか――特に、その家がどう関わっているのかについて」

ハドスピスは病的なまでに神経を集中させてメニューを読んでいた。「もちろん、全部同一人物のしわざだ」彼は言った。「誰もちがうとは言っていない。狂った愛人を何人も欲しがるような男なら、きっと彼女たちを住まわせるために狂った家を欲しがるだろう。大金持ちの変質者どもが、どれほどとんでもないことをしでかすか、あんたは何も知らないんだ。やつらの撮った私的映像を見てみるといい。それから――」ハドスピスはそこで言葉を切り、自分の頭の中に映っている画像を睨みつけていた。やがてゆっくりと、こちらが戸惑うほど集中して食事を続けた。こいつも頭がおかしいにちがいない、とアプルビイは思った。まるでこの世の性欲による罪という罪が走馬灯のように渦巻く中でたたずむ聖シメオンのようだ。ハドスピスに長年ああいう事件ばかりを担当させてきたのは、大きなまちがいだった――その手の事件にのめり込みすぎている。偽造事件の担当に変えさせるべきだ。横領事件でもいい。いや、もう手遅れか。

「なあ、ハドスピス――」アプルビイは言いかけて黙った。ほかの乗客たちが入ってきたからだ。会釈や、もごもごとした挨拶を交わし、彼らもその細長いテーブルに着席した。アプルビイたちが乗っている船は快速貨物船だったが、内気な乗客を六人から八人乗せる程度の設備も備えていた。海上ホテルのような大型客船を嫌い、船上のダンスやスポーツ大会を嫌がるタイプの人たちだ。現在食堂に集まっているのは、ミス・ムード、ミセス・ナース、ミスター・ワイン、そしてミスター・ワインの秘書のミスター・ビーグルホールだった。

「暖かいね」ミスター・ビーグルホールが言った。「ずいぶん暖かい。こんな天気じゃ、毛織物の出番はなさそうだね」

　ほかの乗客たちがこっそりと笑った。戦時中に旅をする人間というのはみな、ただの旅行者ではなく、特命大使のような立場にある。そして彼らは、ふたつのタイプに分類できた。まずは、誰もが知っている、秘密の任務を負った者たち——乗客たちは、アプルビイとハドスピスが、オーストラリア産の毛織物を外国に売り込むという秘密任務を負っていることを知っていた。そしてふたつめは、〝極秘〟の任務を負った者たち。こちらは本物だ。このタイプの者たちは、絶対的かつ広範囲にわたるタブーを周囲に認めさせるほどの絶大な権力を与えられている。つまり彼らは、どこからどこへ向かい、どんな目的の旅をしているのか、誰に問われることも、説明する必要もない。過去も未来もなく、完全なる天体暦の中の存在として捉えられる。おかげで彼らとは、言葉を交わすのはもとより、気の利いた会話をすることさえ至難の業だった。アプルビイは、たしかに今日は暖かいねとだけ答えた。

　ミセス・ナースは、暖かい日はひどく暑い日よりもナイスだわ、と言った。

　いつも無口なミスター・ワインは何も言わなかった。

　ミス・ムードも何も言わなかった。組んだ手を両膝のあいだに強く挟み、視線が突き刺さりそうなほどアプルビイを凝視している。まったく、とアプルビイは思った。あれじゃまるでわたしの後頭部の中の骨まで、科学的な対象として覗き込もうとしているみたいじゃないか。

「ひどく暑いと、体が疲れるの」ミセス・ナースが言った。

ミセス・ナースにはどこか少しばかり妙なところがある、とアプルビイは思った。彼は顔をしかめ、それがどういう意味なのかを考えてみた。地球上の全人類のうち、南大西洋を南下するのは微々たる割合だ。ここを航行すること自体が、わずかなりとも特筆すべきことなのだ。特筆すべき行動を取る以上たいていの旅行者は、何らかの固有の特性なり気質なり性格なりを、さらにわずかなりとも有しているはずなのだ。だが、ミセス・ナースにはそのようなものはまったく感じ取れない。彼女が今こうして海を渡っている理由が何ひとつ思い浮かばない。かと言って、彼女がほかの場所にいることも、まったく想像できないのだ。彼女が普段何をしているのか、具体的に何も思い浮かばない。イギリスの中くらいの田舎町のはずれの、中くらいの住宅地で暮らしていると仮定するのは、ミセス・ナースのイメージにしては明るすぎる気がした。彼女が得体の知れない人間というわけではない――それはむしろミス・ムードのほうだ――し、摑みどころがないわけでもない。聞こえは悪いだろうが、ミセス・ナースについては平凡の極みというのが最もふさわしい表現だとアプルビイは思った。

「穏やかだわ」ミセス・ナースが言った。

それ以上に当たり障りのない発言はないと思えたし、それ以上特徴のない口調も想像できなかった。彼女自身の外見にも特徴がなかった。曇った日に、さして面白くもない景色の中で覗き込んだ貯水槽の水のようだ。言うなれば彼女は――。

「穏やかだなんて」ミス・ムードが張りつめた声で言った。「そんなの、幻想だわ、単なる数学的な消去の結果よ。死に至るほどの嵐が渦巻く中心にいるだけ。その嵐の大いなる電気の流れを、人は人生と呼ぶのよ」彼女はトマトジュースのグラスをテーブルに置いて、ハドスピスのほうを見た。「あなたならきっと、わたしの言うとおりだと理解してくれるわよね？」わけのわからないことを言うミス・ムードの声は、テープに録音したようにかすれて魅力的だった。ハドスピスは背中を丸め、料理を乱暴にフォークで突き刺し、ナイフで切り裂いた。彼はミス・ムードが名の知れた売春婦であるかのように毛嫌いしていた。だが、ミス・ムードは彼の態度を完全に読み違えていた。まるで太陽に向かって渦を巻きながら蔓を伸ばす南洋植物のように、顔をじっとハドスピスに向けている。「心的質料だけがこの世を満たすの」彼女は言った。「優美な世界には、それ以外何もないわ」

アプルビイは、体じゅうをかすかに何かが走り抜けるのを感じた。まるで思いがけない抜け穴が見つかり、そこからいきなり引き上げられたかのようだ。なぜなら、エゾライチョウを口に入れたとたん、突然ミス・ムードについてのある真実を理解したからだ。きっとこの女性も、ハンナやルーシーと同じ目的地に向かっているのだと。

そうだ。そして彼女とハドスピスと自分は、〝同じボートに乗り合わせた〟ということわざどおり、運命共同体だ。近頃では希少品になったボートではなく、今乗っているこの船こそが、その目的地へ向かっているのだ。例のカプリ島まがいの島に向かう船がたびたび出ているのなら――どうやらそのようだ――その一部がはるか遠いホエール・ロードを渡っていてもおかしくない。そして、あのような目つきと話し方をする女なら――先ほどの優美な世界に関する発言を聞くのはもう何度めかだ――ダフォディルの厩舎にぴったりだ。

アプルビイは突然舞い降りたその直感を噛みしめながら、ほかの乗客たちをぐるりと見回した。ミス・ムードがそこへ向かっているのだとしたら、ひょっとするとほかにも――。

ビーグルホールと呼ばれる男が、ミス・ムードを非難するような目で見ていた。そのことには何の不思議もなかった。だが、その非難のし方に、どこか妙なものが感じられた。アプルビイの視線はさらにミセス・ナースへと移った。平凡で何事にも悲観的なミセス・ナース……すると突然、彼女についてもある真実を悟った。アプルビイはミスター・ワインのほうを見た——残っているのはミスター・ワインだけだ。ミスター・ワインも同じようにアプルビイを見た。うまく言い表せないが、人間には危ういところでシャッターを下ろすのが間に合ったと思える瞬間がある。このときのアプルビイがそうだった。そのままほんの少しのあいだ、うつろな目でミスター・ワインのほうを見つめてから、ハドスピスに視線を移した。ハドスピスの目は、これまで以上にはっきりと、彼だけの白鯨を見つめていた——皿の上のグレイビー・ソースの海で潮を吹いている獲物を。アプルビイは、これ以上ひとりずつに目を配るのは無理だと思った。同乗者の五人全員を同時に見張らねばならない。それも、あくまでもさりげなく。こうした観察を辛抱強く続けていたアプルビイだったが、そろそろデッキに上がって新鮮な空気を吸ってこようと思った。

Ⅱ

海も空もいつもと変わりなかった。船のへさきでは、相変わらずふたりの見張りが上下に揺れている。だがデッキを歩くアプルビイは、不思議なほど先ほどまでとは変わっていた。まとまりのない不調和だらけの現実というシステムから、無駄を省いた上質な芝居の世界へ踏み出した役者のように。なぜなら、まったく予想外なことに、彼の追っていた事件が——あるいは、その一部が——実はすぐ目の前で繰り広げられていたからだ。ビーグルホールはミス・ムードを非難めいた目で見ていた。それはまるで、店のカウンターに時代遅れの商品が積んであるのを見つけた客のような目つきだった。そうか、そういうことか。優雅な世界についてあれこれ語るミス・ムードは、これから特売場で安売りされる。目玉商品はルーシー・ライドアウトとダフォディルだ。

ビーグルホールはつまり、商売の世界で言うところの〝バイヤー〟であり、ミス・ムードとミセス・ナースは彼の最新の密輸品なのだ。突然ひらめいたその考えを、アプルビイはさらに推し進めた。ミセス・ナースについては、明白だ。彼女は超一級の霊媒師にちがいない。実直でひどく単純な女性だが、特別な異常事態やトランス状態に置かれると、独創的で持続的に嘘を演じる。それだ——いや、妥協のない理論的な説明をするとしたら、それしかない。ミセス・ナースは、まさにそういうタイプの人間だ。一見浅いプールにしか見えないが、水を掻き分ければ、深い水底にさまざまな危険を秘めている。子どもを失った母親や劇的な体験を求める者、それに王立協会（イギリス最古の科学学会）のフェローとともに、ミセス・ナースが暗い部屋の中で席に着く。彼女の口から、いくつもの奇妙な声が漏れる。流暢に語る声、ためらいがちな声、快活な話し口調の声、途切れ途切れの声、悲愴な声、気取った声、何かを探ろうとする声、何かをごまかそうとする声。そして人々は、『旧約聖書』に出てくるエンドルの口寄せ女の再来ではないかと、熱心に彼女の声に聞き入るのだ。妻の声が聞こえる者。一言一句漏らさず書き留める者。さめざめと泣く者。こっそりその声を録音する者。紙幣を差し出す者。血圧計、脈波計、測温器を使って実証しようとする者……。ひと言で言うなら、ミセス・ナースは確実に客を呼べる商品なのだ。

そして、かすかなギザギザを描くこの青い水平線のどこか先に、霊能力者を集めた大規模なサーカスを作る企てが息づいている。そうでなければ、これまでにわかった事実に合致する――彼の伯母が、集めた新聞の切り抜きをより分けながら言っていたような――説明は、ほかに考えられない。これは規模の大きな謀略だ。ミセス・ナースやミス・ムードには、ビーグルホールと関係がある様子はまったく見えない。もしもビーグルホールが〝バイヤー〟だとしたら、あいだに仲介人を挟んでいたにちがいない。この船に乗り合わせた乗客の中で、明らかになっている関係はひと組だけだ。ビーグルホールは、乗客名簿にミスター・エメリー・ワインとして記載されている紳士の秘書なのだ。ということは、ほぼ確実にワインもこの件にからんでいると見ていいだろう。実のところ、このふたりの〝極秘〟任務は、平凡な想像力ではとうてい思いつかないほどに奇妙なものだったわけだ……アプルビイが操舵室の角を曲がると、デッキチェアに座ったミスター・ワインがこちらをぼんやりと見ているのが目に入った。一瞬、アプルビイの自信が揺らいだ。その男はどこから見ても、立派な〝極秘〟任務を帯びているようにしか見えなかったからだ。

今までのところ、ミスター・ワインが親しげに接してくることはなかった。彼の態度は控えめで礼儀正しかったが、いつも何か考え事に没頭していた。非常に痩せていて、几帳面とまではいかないがきちんと身なりを整え、ときには穏やかな明るさが垣間見えることもあった。社交的な場に出たときにだけ魅力をふりまくのだろう。その彼が今、魅力的な笑みを浮かべていた。「わたしはきみの友人にとても興味があるんだがね」ワインは思いがけないことを言った。

「ロン・ハドスピスのことかい？　ああ、その気持ちはよくわかるよ」アプルビイは、植民地人特有のゆったりとした気安い話し口調と言葉遣いで答えた。ずっと以前にローズ奨学生を観察して身につけたものだ。「あんたのおっしゃるとおりだ、ミスター・ワイン。ロンほどの助手《オフサイダー》は、そうはいないからね」

「きみたちは友人なのかね？」

「仲間《コバー》だよ」アプルビイは大真面目に言った。「おいらたちの親父どうしもそうだった。ロンの親父は根っからのコブドグラ（オーストラリア南部の村）気質でね。コブドグラって知ってるかい、ミスター・ワイン？」

「残念ながら」

「そうかい」アプルビイは懸命に、コブドグラに行ったことのない相手に対して当然向けるであろう、思いやりと、訝しみと、かすかな軽蔑をこめてワインを見つめた。

「わたしがきみの友人に興味を持っているのは、ひどく思いつめていて、何かに悩んでいるらしいからだ。知らない人間から見れば——そうだな、病的なまでに自分の殻の中に閉じこもりすぎているんじゃないかと。気を悪くしないでくれ」

「へえ?」ひどく皮肉っぽい自分自身の声に、アプルビイは何かポーズもつけたほうがいいと思った。大股で進み出て鉄製の柱にもたれた。「ロンは小さい頃からずっと、すごい奥地《バックブロック》で育ったからね。あいつの伯父さんが営む馬鹿でかい牧場の働き手《ジャカルー》だったんだ」

「ほう」ミスター・ワインは礼儀正しくわかったふりをした。

「いつも広い牧場の境界線の監視《バウンダリー・ライド》に出されてた。あれでたいていのやつはやられるんだよ。何週間も誰にも会わないから」

「ああ、なるほど」ミスター・ワインは理解した。「未開地《ザ・ブッシュ》というわけだね」

「いや、マリーだ」アプルビイは深刻な声で言った。「スピニフェクスのときもあるね」でっち上げた話の中で相手を訂正しながら、アプルビイは不安そうに食堂からの昇降口のほうへ目をやった。今ここへ〝仲間《コバー》のロン〟がやって来たらまずいことになる。「牧場の古い連中に会わせてやりたいよ、ミスター・ワイン。みんな孤独と沈黙に慣れすぎちゃって、どこかでばったり出くわして同じ小屋《ハンピー》で夜を過ごすことになったって、お互いにひと言も口を利かないんだから」

「それはすごい!」ミスター・ワインはそう言ってからつけ加えた。「――今、どこで夜を過ごすと言ったかね?」

「だから、ハンピーだよ」アプルビイはきっぱりと言った。「ああいう連中はときどき、ちょっとばかりおかしくなるんだ。何かが見えるとか――そういう類のことさ」

「ほう!　それで、きみの友人にもそういう影響が見られるのかね?」

「あたぼうさ」

「失礼、何と言ったのかね？」

「もちろん、ロンもそうだってことだよ。あいつがよく船のへさきにいるのは、あんたも見かけたことがあるだろう、ミスター・ワイン？　とり憑かれたときには、いつもあそこへ行くんだ」

「気の毒な話だな」ミスター・ワインは話をよく聞こうと身を乗り出していた。「それで、彼にはどんなものが見えるんだね——？」

「どうだろうな」アプルビイは急に皮肉っぽく、無口になった。

ミスター・ワインは椅子の背にゆったりともたれ、定期船の針路について意見を述べ始めた。その定期船の柱に肩をもたれかけたポーズを取り続けるアプルビイは、その機会をとらえて、深く考えもせずに口走ってしまった話の筋書きを省みていた。何も知らないハドスピスを、不思議な人物に仕立て上げてしまった——これはかなり危険な賭けだ。何しろ当のハドスピスには、本当に頭がいかれているようなところがあるのだから。自分たちがオーストラリアの毛織業者だという信憑性を得る以上に、さらにやっかいな偽装を始めてしまった。ついそんなことを言い出したのは、退屈まぎれがしたかったのと、ダフォディルの一件はどうせ正式な捜査ではないという気持ちが大いにあったせいだ。だが同時に、急にとんでもない計画を思いついたからでもあった。ビーグルホールが〝バイヤー〟だとしたら、ワインは〝スカウトマン〟だ——しかも、依頼主はおそらく彼自身だろう。ならば自分の友人が、そんな彼の霊能力者のサーカスに入れる充分な才能を持っていると思わせることは、目的地にたどり着くための一番の近道だと思えた。ハドスピスにしても、ハンナとルーシーを見つけ出すと固く心に誓っている以上、ピエロになる覚悟をしてもらおう。コブドグラが味方になってくれるだろう。

その瞬間、ハドスピスが姿を現し、アプルビイにとってこれ以上望めないほどに、ひどく思いつめたようなしかめっ面を浮かべてふたりの横を通り過ぎた。ミスター・ワインはその様子を、明らかに密かな興味を秘めた興行主の目で見ていた。「聞いた話では」と彼は言った。「船旅に出ると、そうした症状は増幅されるそうだよ」

「おいらは元気そのものだけどな」アプルビイは、奇妙な動物たちに囲まれて暮らすコブドグラ出身者としての活力を見せつけようとした。「まあ、あんたの言うとおりだとは思うよ。それでも、奥地《アウトバック》へ行ったときのほうがひどいぜ。あそこに行って、頭がいかれちまった人間を何人も知ってる。人間どころか、動物までおかしくなる」

「動物が？　これは驚いたな」ミスター・ワインは相変わらず、一番ハッチを回り込もうとしているハドスピスを目で追っていた。

「馬だよ」

ミスター・ワインの視線がゆっくりとアプルビイに戻ってきた。「馬？　馬がおかしくなるのを見たのかね、その――アウトバックとやらで」

「馬ってのは、人間と同じぐらいに孤独を嫌うからね、ミスター・ワイン。あんたやおいらと同じように退屈しちまって、それでおかしなことをやるんだよ。ひどいときなんて、退屈しのぎに数を覚えちまった馬まで知ってるぜ。人間が便所でタイルの数を数えるみたいなもんなんだろうね」

「馬が徐々に数を理解していく様子を、きみは目撃したわけかい？」

「そこまでは見ちゃいないよ。おいらが見たときにはもう、その馬はいっぱしの数学者だったからね」

「なんと」ミスター・ワインは心ここにあらずで海を眺めていた。「簡単な足し算とか——そういったことができたのかね？」

「そのとおり」

「それならきっと、エルバーフェルトの馬のうちの一頭だな」

「エルバーフェルト？　いや、ディスマル・スワンプの馬だったよ、ミスター・ワイン」

「いいや、エルバーフェルトの馬（ドイツのカール・クラールが飼っていた天才馬たち。提示された数字の立法根を蹄を鳴らして答えた）なのだよ」ミスター・ワインが礼儀正しく断言した言葉には、生き生きとした興味が同時に表れていた。「あの馬たちは散り散りになってしまったからね、そのうちの一頭がきみのいたディスマル・スワンプにまでたどり着いたのかもしれない。〝賢馬ハンス〟の話を聞いたことはないかね、ミスター・アプルビイ？　今世紀初頭にドイツに出現した、〝考える馬〟と呼ばれる驚くべき馬たちのさきがけとなった一頭だよ。当時はかなりのセンセーションを巻き起こしたものだがね」ミスター・ワインは、無反応な海に向かってかすかにほほ笑んだ。「クラールはその馬たちについて『考える動物たち』という本を書いたし、もう少し広い視野から『動物の魂』という学術的な定期刊行物までが出版された。それを踏まえて、是非聞かせてくれ。ディスマル・スワンプでは、その馬はどう思われていた？　迷信として受け止められていたかい？　年老いた女たちのあいだで、それは霊のしわざだという話が出たり……そういうことはなかったのかい？」

アプルビイはやはり柱にもたれたまま、できるだけ興味のなさそうな視線をミスター・ワインに向けた。ほんの一時間前までは、獲物と接触できる見込みすらないまま、この定期船の中で一週間も無駄にしなければならないと思い込んでいた。それが今は、ものすごいスピードで捜査が進んでいる。

「迷信？」彼は言った。「あたぼうさ。婆さんたちは、あの馬には悪魔が乗り移ってるなんて言ってたよ」

ワインがうなずいた。「エルバーフェルトの馬たちは、その婆さんたちよりもはるかに大勢の人間に感銘を与えたのだよ、ミスター・アプルビイ。たとえば、クラパレード博士（スイスの児童心理学者。馬の行動を科学的に調査し、本物であると宣言した）とか。それどころか、ヨーロッパ初の知識人であるメーテルリンク（ベルギーの劇作家、ノーベル文学賞受賞者）もだ。彼はこれを超常現象だと確信したのだよ」

「えっ、俗に言う心霊能力ってことかい？　その流行はもう何年も前にすたれたと思っていたよ。〝テーブル・ターニング〟（降霊会で参加者たちが手を載せたテーブルが浮き上がったり回転したりして質問に答える占いのようなもの）や〝ウィジャボード〟（降霊会で使われる文字盤で、霊が文字を示して言葉を伝えるとされる）と同じようにさ」

「親愛なるミスター・アプルビイ、人々の関心事には長続きするものもあるのだよ」ワインは賢明かつ寛大な素振りで頭を振りながら言った。「昨日はテーブル・ターニング、今日は占星術――さて、明日は何が流行るだろう。ひょっとすると『考える動物たち』が再び脚光を浴びるかもしれない」

「でも、まさかあんただって、馬が数を数えるのを超能力と考えてるわけじゃないだろう？」

「もちろん、思わない」ワインの答えは鋭く、素っ気なかった。「単なる超常能力だ」

「へ？」アプルビイは懸命に、聞き慣れない言葉を聞いたときの皮肉っぽい反応を返そうとした。

「こういった馬には、異常に発達した感覚がひとつかふたつあるのだよ。視覚過敏のこともあるが、多くは触覚過敏だ。ほんのかすかな感覚を感知して行動するように訓練できる――興行主がこっそりと送るサインとかね。だが、それだけじゃない。馬たちはさらに、人間が無意識のうちに何気なく与えてしまう触覚の刺激まで感じ取ることができる。馬の首に手を置くとか、ぴんと張った手綱を握る、ある数字を——たとえば〝五〟と——思い浮かべる。馬はすぐに五回いななくなり、前足で地面を叩くなりするだろう。どういうわけなのか、説明は簡単だ。人間は〝五〟と思い浮かべるとき、絶対に〝五〟と動いてしまう。ほんのかすかだが、体全体が五回脈打つのだ。それが馬に伝わる。
これを応用すれば、当然のことながらあらゆる計算もできるようになるのだよ」

「へ？」アプルビイ自身はその単純な生理学的な真実に何の疑念も持たなかったものの、コブドグラっ子の傲慢な不可知論をその短い返事に込めた。

「そうなのだ」ワインはむっとしながら言った。「さらに言うなら、いわゆる他人の心を読み取る技にも、同じようなからくりがある。一八八〇年代に書かれたケンブリッジ大学の学生の日記を、どれでもいいから読んでみるといい。こういう現象が、真面目な科学的実験と娯楽のゲームの中間ぐらいに位置づけられていたのがわかる。大学の教授たちは、互いの応接間でその技を披露し合った。たとえば、ひとりが部屋を出ているあいだに、残りの者たちが何かを隠す。出ていた人間は部屋に戻ってくると、隠し場所を知っている誰かの顳かこめかみを手で触れる。するとどういうわけか、その隠された場所のほうへ自然と体が向くなり、歩きだすなりしてしまうのだ」

「それって、テレパシーとか言うんじゃないのかい？」

「テレパシーは、相手とある程度離れていることが条件だ。多くの場合、身体的な刺激を受けるのが困難なほどの距離を空ける。だが、この場合はちがう。無意識のうちにかすかな筋肉の動きを察知しているだけだ」

「ふーん。まあ、とても面白い話だったよ」そう言ってアプルビイは姿勢を正し、のんびりと伸びをした。「それにしても、その手のことにずいぶん詳しいんだね、ミスター・ワイン」

ワインがにっこり笑った――あまりにもすぐにほほ笑んだので、ひょっとすると瞬間的に顔をしかめたのをごまかしたのではないかと、アプルビイは疑った。「旅をしていると、ずっと昔に聞いたり、何となく読んだりした情報のかけらがよみがえってくるものだ。きみは思い出したりしないかね？空っぽの海は、頭を空っぽにする。すると、とりとめのない考えが浮かんでくる。おや、またトビウオがデッキに飛び込んできたね。あんなに高く飛び上がれるとは驚きだ」

アプルビイも同意した――内心では、昼食後に飛び込んできたのはトビウオだけじゃなかったと思いながら。実のところ、何とも奇妙な魚を釣り上げたようなものだ。はらわたに難題を抱えた魚を。早速ナイフを取り出し、大胆に切ってみたいという強い衝動に駆られる。奇妙な才能に恵まれた馬から魔女へと、手っ取り早く話を進めたい。だが、それはやり過ぎだ。そうでなくても、休暇のような高揚感に浮かれすぎている。またしても船のへさきに立って考え込んでいるハドスピスの姿を見ると、改めてそう実感した。そこでアプルビイは、トビウオやイルカについて話をし、その薄っぺらい話題が尽きると、ワインに別れを告げてデッキを歩いていった。すぐにハドスピスと話をしなければ――きっと簡単には行かないだろうが。まちがいなく、彼は〝ロン〟を演じることに猛反対するだろう。それでも〝スタン〟や〝レス〟と呼ばれるよりはましなはずだ。警察官たるもの、こういうことにも耐えなければならない。

アプルビイはデッキを二周して、もういつものようにひとりでぼんやりと考え事をしているエメリー・ワインの前を二度通り過ぎた。三度めに通りかかったとき、困ったような表情のワインが顔を上げた。「ミスター・アプルビイ、どこかでビーグルホールを見かけなかったかね？」

「いいや――昼食の後は見てないね」

「そうか、探しに行くとしよう。確認しなければならない書類があるのでね。ビーグルホールはとても優秀な男だが、わたしと彼には仕事以外の共通点がない。長旅をするときは、きっと個人的な友人と一緒のほうが楽しいのだろうね」ワインはデッキチェアから立ち上がった。「きみはミスター・ハドスピスとは、個人的に親しい友人だと言っていたね？」

「そうだよ」

「とても親しいのかい？」

「そうだよ」

「それはいいね」ワインが曖昧に言った。「そう、とてもいいね」彼は水平線の彼方に目を向けた――頭の中で何かをじっくり練っているような、まるで気象予報士が強風をうまく利用しようと企てているような顔で。それから、昨日までは見せなかった魅力的な笑みを残して行ってしまった。

アプルビイはしばらく手すりのそばに立って海面を見下ろしていた。ミセス・ナースの言っていたとおりだな。〈穏やかだわ〉波は静かだった。ミスター・エメリー・ワインのおしゃべりのように、まったく乱れがない。だが同時に、海面のどこを取っても止まっているところはひとつもない。水面はうねり、持ち上がり、滑り、勢いを増してはまた失い、平らになり、斜めになる。けっして分析することのできない繊細な動きで。そしてそれは水平線の向こうまで続いていた。巨大で複雑な動き……。

巨大で頑丈な家。合理的な美しさを湛える十八世紀の設計を今に残す家。このわけのわからない冒険旅行の中で、ホーク・スクエア三十七番の盗難ほど謎めいたものはない。ここにこそ、最も重要なポイントが隠されているはずだ。そして幸いなことに、ハンナ・メトカーフやルーシー・ライドアウトに比べれば、あの消えた屋敷はより多くの情報を残してくれている。

アプルビイは自分の船室へ降りていき、引き出しの中から重くて難しそうな科学書を取り出して読み始めた。

III

〈……一八六六年の夏にピークを迎え、その後は徐々に減少し、ついに一八七一年にはまったく見られなくなった。当初はまるで生きているかと思うような実体を伴っていた人影が、末期近くにはぼんやりと半透明になっていた。以前は起きていた現象もまた、徐々に起きなくなっていた。たとえば、重いものを引きずるような音や、勝手に灯る明かりといった現象だ。

こうした事案の目撃証言がまったくのでたらめだと否定することは難しい。なぜなら、関係者のほとんどは高度な教養人であり、全員が、少なくとも表向きには、中立的な考えを持っていたからだ。たとえば証人のひとりであるサー・エドワード・ピルビームは、著名な科学者だった。強調されるべきは、彼がこれらの現象の検証実験に携わるようになったのは、たまたまレディ・モリソンのところに長期滞在していたのがきっかけであり、以前から心霊現象に興味を持っていて精神的に暗示にかかりやすかったわけではないことだ。だが、このモリソンの事案では、ある一点において真に〝幽霊が現れた〟と判定できないことに注目してほしい。一連の現象はある特定の場所で、別々の機会に、別々の人物の前で起きた。だが、レディ・モリソンが初めてそれを体験した件は、執事がワインセラーで自分の身に起きた冒険談を人に話すよりも前に、すでに噂になっていた。つまりレディの一件以降に〝幽霊〟を見たと訴える者はみな、事前に何らかの暗示か期待感を持ち得たと仮定できるのだ。

さらに、いくつもの意味において特筆すべきは、ブルームズベリーのかの有名なホーク・スクエア三十七番で起きた一連の超常現象だ。一般的には物理的証拠はめったに残らないものだが、ここには伝統的な〝幽霊話〟と非常に似た証言が残されている。たとえば小プリニウスは著書（付録H、『古代における死人の亡霊』第五節〈アテノドロス〉参照）の中で、ある特定の家なり場所なりで起きた悲劇と、目撃者を戸惑わせ、怖がらせるような曖昧で正体のはっきりしない光景や音とを関連づけている。また、モリソンの事案と同じように、幽霊は〝徐々に姿を消していく〟とも記されている。調査に参加した者たちは――筆者から見れば性急に――このことを、魂が〝ゆっくりと尽きていく〟証拠だと捉えた。つまり、霊が生き永らえる力は一時的なものにすぎず、すでに明け渡したこの世に、ただ仮住まいをしているというわけだ。だが、ホーク・スクエア三十七番の事案がほかのものとは決定的にちがう点は、別にある。ホーク・スクエアの家の中に幽霊が出たケースは二件あり、それぞれ実験によって確認されたよく似た内容の、だがまったく無関係の記録が別々に残っていること。そしてその二件めは、最初の一件について知っている人間が全員死んだ後に起きたことだ。ヘイボール博士が、かの有名な『グラブ・ストリートの記録集』の中で、それまで誰の目にも触れることのなかった手書きの記録をもとにモレル大佐の一件を紹介したのは、幽霊騒ぎのずっと後の一九一一年になってからだ。それまでは、どの研究者もそんな事案は聞いたことさえなかった。そして面白いことに、モレル夫人が世界じゅうから夫の幽霊の一件を隠し通したように、そのときにはすでにコック・レーンで、あの不幸な経験をしていたジョンソンも（十八世紀にコック・レーンの下宿屋に幽霊が出ると騒動になり、ジョンソンたちが調査した結果、詐欺と断定。主人たちは逮捕されるに至った）ボズウェルから隠し続けたのだった。繰り返しになるが、モレル大佐の幽霊を見たという記録が発見されたのは、一九一一年のことだ。一方、スペッティギューが幽霊を見たという二件めの事案は、一八八八年から九二年にかけて起きている。このことから、多くの人間は〈どの程度信じるかはここでは論じないものとして〉、こう結論づけるだろう。つまり、特に霊に感度の高い特定の建物が存在するのだと。奇妙にも超常現象の発生を招きやすい環境があるのだと。こうしたことはもちろん、たとえば中世の古城や教会などについて、すでに古くから信じられてきた。だが、ホーク・スクエアの家は、それとは少しちがう。一七七二年にも、一八八八年にも、その家には一般的に〝幽霊が出る〟ような兆候はまったく見られなかった。だが、そのどちらの年にも超常現象は起きた。そのことについてドクター・スペッティギューが十九世紀末にかけて残した記録は、十八世紀にモレル夫人がまったく別の人物について書き記したものと、奇妙にも似ている。ところが、ドクター・スペッティギューは、モレル夫人のことを知る由もなかったのだ。この点こそが、ホーク・スクエア三十七番を現在の研究における標準句《ロークス・クラシクス》たらしめている〉

いくつもの小さな光が船室の窓の下から射し込み、低い天井に当たってちらちらと揺れている。電気扇風機は、まるで見えないテニスの試合を観戦しているかのように、単調に首を左右に振っている。どこか遠くでベルの鳴る音がする。近くの隔壁が断続的にきしんでいる。だが、本のページの下方に目を止めたアプルビイは、こういったものに一切気づかなかった。彼に聞こえていたのは、広大な廊下に数えきれないほど並んだドアを叩く音だ。上空高く飛ぶ戦闘機が鼓膜を脈打つように響かせる音だ。防空壕の中で「まちがいなく爆弾が落ちたな、今の音は」と話しているいくつもの声。燃え上がる街の大火を背景に、ブルームズベリーの建物のシルエットが映し出される光景。ブルームズベリー全体が燃えている。あっちでは教会が倒壊し、こっちでは大学図書館が崩れている。そして、ここ――この小さな区画の片隅――では、閃光と煙と騒音ではっきりわからないが、理性ある人間の行動としては最も奇妙奇天烈な行為が懸命に繰り広げられている。

いや、本当に理性ある行動だったのだろうか？　魔法使いのように、ホーク・スクエア三十七番の家を盗み出す作業は。それとも、ドクター・スペッティギューやモレル夫人の研究に夢中になりすぎた人間が、すっかり気の狂った世界へ導かれた挙句の行動だったのか。

その家に幽霊が出たという最初の一件についての記録は、ヘイボール博士が公開したたった一通の書簡しか残っていない。その手紙は、もちろんいくぶん暗示めいた性質を秘めてはいるが、幸いなことに理論的な考えの人間によって書かれている。

〈親愛なるモレル夫人へ

奥様。本日をもって、ミスター・フランシス・バーバーとともに行なった、ホーク・スクエア三十七番における三夜の滞在が終了したことを報告いたします。これからお伝えする情報――具体的には、われわれの滞在中に不吉な霊は一切現れなかったこと――を聞いて、はたして奥様が落胆なさるのか、安堵なさるのかは、わたしにはわかりません。モレル大佐の幽霊が姿を見せてくれていたなら、この件はいまいましいペテンや伝染性の空想の流行を超えた現象だという新たな証拠となっていたはずでしょうが。結論として、われわれの調査はほとんど成果がなく、奥様が今後何かしらの行動を起こされるのなら、どんな手段を取るべきか、ご自分で決断なさらなければなりません。ですが、まずはその前に、何があったかを簡単にご説明しましょう。あそこで起きた出来事を、わたしは充分把握していますので、その点はご安心ください。

　モレル大佐のご逝去は急なことではありましたが、一見、特に不審なところはなく、日頃から大佐が不安だと指摘されていた、例の使用人が関わっていることを示すものは何ひとつありませんでした。大佐の死後、夫婦そろってお宅を辞めていなくなった、あのイタリア人の使用人のことです。生前ご主人が口にしていた不安を、奥様がたまたま、亡き大佐の同僚だったバートラム大尉に伝えた直後に、その大尉のもとに初めて幽霊が現れました。こんな痛ましい事案ですから、できる限りやわらかい表現で申し上げますが、奥様、突然死と毒というふたつの言葉は、どうしても頭の奥深くで繋げて考えてしまいがちです。ましてや、姿を消したイタリア人などという、いかにも連想を掻き立てる印象的な言葉まで加われば、なおさらです。もしもバートラム大尉が想像力豊かな人であるなら――大尉はインドに戻ってしまったので、今のわたしには判断できませんが――頭の中で空想物語を展開させる材料がそろっていたことになります。

　ですが、亡きご主人の幽霊はご友人のバートラム大尉だけでなく、尊敬すべき立場にある何人かの方々の前にも現れており、彼らも目撃したと証言しています。ただしその幽霊は、大尉に対しては、自分を毒殺した犯人に復讐してくれと毎回必ず訴えたのに対して、ほかの人間の前では、ただ押し黙っているか、うめき声を上げるだけでした。大尉は、よく見知った友人の姿と声の両方をはっきり感じ取りました。では、面識がない人物には、声よりも姿のほうが感じ取りやすいものなのでしょうか？

幽霊をまったく信じないのは、人間が死んでから最後の審判の日まで霊魂として存在するという考えを否定するものです。ここで問われているのは、肉体を離れた霊魂は生きているわれわれと接触することができるのか、そして今回われわれは霊魂が接触しようとしてきた事例に遭遇しているのか、です。世界が誕生してから五千年が経つというのに、死後に霊魂が姿を現したことがあるのかないのか、いまだにはっきりしないのは不思議です。すべての議論は、そんなことはないという結論に至っています。あると論じるためには、積極的にその現象を維持させる厳粛な手段を講じなければなりません。今回の場合は、特にそうです。

あの家を売るという決断は、撤回されるようお勧めします。そして、これ以上何もなさらないでください。奥様は幽霊を安らかに眠らせなければと、この世をさまようことから解放する手段を見つけたいとおっしゃっていますが、それは迷信や、むやみに神を冒瀆する書物によって焚き付けられた不安にすぎません。なぜなら、肉体を離れた霊魂の喜びや惨めさは、特定の場所とは無関係で、理性的に考えるなら、この世に現れたからと言って、その霊魂の幸福や悲痛が軽減されたとは断言できないからです。また、幽霊が現れたことが超常現象だからと言って、それがあたかも大佐を殺した犯人らしき男を捕まえろという神の命令のように思われることにも、わたしは反対です。もし現れたのが本当に霊魂だったとしても、われわれにわかるのは、その霊魂が疑わしい存在だということだけで、運んできたのが天のそよ風なのか地獄の熱風なのか、その意図が邪悪なものなのか愛に満ちたものなのか、想像もつかないのですから。疑わしいというだけで犯罪を告発すれば、どれほどの苦悩が降りかかるか、ハムレットのこの疑問を思い出してください。〝そなたは善良なる霊か、呪われた悪魔か？〟要するに、生きている人間の世界における正義を追求するためには、あくまでもこの世にある、理論的な証拠に基づいていなければならないということです。あまりにもおぞましい出来事に触れる話ですから、わたし自身の考えを述べるべきではないのでしょうが、卓越した能力と同時にカーライル主教としての優れた資質を持つ、友人のダグラス博士も賛同してくれました。以上、謹んで申し上げます。

サム・ジョンソン

フリート・ストリート、ジョンソンズ・コート

一七七二年三月二十日〉

モレル大佐の幽霊についての資料は、これで全部だ。この手紙自体は特に重要なものではなく、重要と呼べる点があるとしたら、ジョンソン博士の賢明なアドバイスだけだ。もしもモレル大佐が本当にイタリア人の使用人によって毒殺されたのだとしたら、その使用人の妻も関わっていないはずはなく、大佐の奥方に〝苦悩が降りかかる〟ことを考慮して、追求はあきらめるようにと聡明にも諭したジョンソン博士には敬意を表すべきだろう。〝尊敬すべき立場にある何人かの方々〟というのが誰なのか、もう少し詳しく書き残してくれていたら助かったのだが、彼が手紙を書いた意図を考えれば、その必要はなかったのだろう。それ以外の部分については、忠実な黒人の下男を伴った賢人が、誰もいない家の中で三夜も寝ずの番をしているところを想像して楽しむしかない。

次は、ドクター・スペッティギューが見たほうの幽霊の記録だ……。

またしても、アプルビイは読んでいる途中ではたと止まった。いつも午後遅くになるとより深い拍

動音に切り替わるエンジンの音が、ちょうど響きだしたのだ。まるで重い船体を夜通し運ぶための準備をしているかのようだ。再びベルの音が鳴り、操舵手が前方へ歩いていく足音が頭上から聞こえてきた。下の階の食堂からは、フォークやスプーンの金属音や皿がカチャカチャぶつかる音がする。七時半になったら夕食だ。いつもと変わらず、エゾライチョウ《ヘーゼル・ヘン》のローストの変成ぶりについて軽口が交わされることだろう。アプルビイは顔をしかめた。まだ航海は一週間も残っており、彼はハドスピスと一緒に毎日三度、ワインとビーグルホールとミセス・ナースとミス・ムードと食卓を囲む——ハンナ・メトカーフとルーシー・ライドアウトの生霊とともに。さらには、ダフォディルの生霊も。焦げたハシバミ《ロースト・ヘーゼル》色の馬か……。アプルビイは頭を切り替え、再びホーク・スクエア三十七番の資料を読み始めた。

さて、ここでスペッティギューの一件を見てみよう。こちらのほうがより印象的であり、遡及してモレル大佐のあやふやな一件に重要な意味を持たせることができる。先ほどから見てきたモレル大佐の一連の出来事から百二十年以上が経ち、ホーク・スクエアの屋敷には、ミスター・スマートという商人が住んでいた。ミスター・スマートの妻は、彼の親しい友人であるドクター・スペッティギューの妹だ。夫婦には何人かの幼い子どもがいた。そしてその家族構成がのちに、この一件に実に興味深い一面を持たせることになる。同じタイプの建物と同様に、その家も中央の細長い吹き抜けを囲むように螺旋階段が上階へ伸びていた。ミセス・スマートは、用心深い親なら誰もがするように、転落事故防止のために吹き抜けの二階と四階（子ども部屋のある階）に網や格子を取りつけていた。一八八八年の夏、一家はそろってヤーマスのホテルに滞在し、保育士ひとりを除いて住み込みの使用人たちは全員、一時的に賄いつきの下宿屋に移っていた。休暇中は特に問題は起きず、ミスター・スマートはとても上機嫌に過ごし、子どもたちとビーチでクリケットなどをしていたようだ。休みが終わると、休暇明けにはいつもしてきたように、自宅での生活を〝再開〟するために、ミスター・スマートは家族よりも一日早くひとりでホーク・スクエアに帰ってきた。ヴィクトリア朝時代においては、この〝再開〟の作業はかなり複雑なものだったらしい。我が家に到着したその日の午後に、戻ってきた使用人たちを迎え入れ、その夜は所属している社交クラブに泊まり、翌朝に家族が帰ってくる、という流れだ。繰り返しになるが、これは当時当たり前とされていた習慣だ。ところが、屋敷に戻ってきた使用人たちは、玄関ホールの大理石の床の上で主人が死んでいるのを発見した。先に述べた網や格子は取り外されており、階段の最上階には、ミスター・スマートが落ちた痕跡が残っていた。

この悲惨な出来事は、自殺と他殺の両方が疑われ、死因審問では死因不明との評決が出された。他殺だと見る者たちは、ミスター・スマートが死んだ日時を重視した。ミスター・スマートはその日に――おそらくその年にはその一日だけ――まちがいなくひとりきりで自宅にいたからだ。だが反対に、それは自殺を除外する理由にはならないという主張もあった。なぜなら、ひとりきりになれる日だからこそ、ミスター・スマートは家族へのショックをやわらげるために、親しい者ではなく、確実に使用人に自分の死体を発見させることができたからだ。さらには、殺人犯が格子を取り外したうえで被害者を家の最上階まで誘い出すのは、不必要なまでに複雑な殺害方法である一方、ミスター・スマート本人が格子を取り外したのだとすれば、たとえば窓から飛び降りるのとはちがって、邪魔をされずに自分の命を断つための理にかなった手順だと思われた。

これらの情報だけを頼りに、これほど時間が経ってしまってからミスター・スマートの死因を推測するのは意味がない。彼の友人たちのあいだでは、当初は自殺説が受け入れられていたようだ。それは主に、ふたつの点が根拠とされた。まずは、ミスター・スマートには個人的に敵対している人物も、私生活での不正行為もないように思われたこと。そしてふたつめに、彼の個人資産を調べてみると、その困窮ぶりが明らかになったことだ。あのまま生きていたならば、暮らしぶりを大きく変えなければならなかっただろう。そしてその悩みが彼の頭の中を大きく占めていたと思われた。事実、その財政面の逼迫によって、遺された家族は大変な影響を受けることになったのだ。

ミスター・スマートの友人であり、義理の兄でもあるドクター・スペッティギューの名前はすでに何度か登場している。近所で医者をしていたこの紳士は、もうすぐ家族が増える予定で、診療所を兼ねた自宅では手狭になるという問題に直面していた。そこで、未亡人となった妹の住むホーク・スクエアの屋敷の何部屋かを診察室として借り、彼女の収入を補うために賃料を支払っていた。兄妹間のこの素晴らしい取り決めは、ミスター・スマートが亡くなった三ヵ月後ぐらいに実行に移され、当時のロンドンではまだ珍しいことに、二軒のあいだに直通の電話線も引かれた。心霊現象が起き始めたのは、ドクター・スペッティギューが新しい診察室に移ってすぐのことだった。

この有能で冷静な医者の前にはっきりと現れた幽霊は、記録に残る幽霊の中でも特に際立っていると言わなければならない。なぜなら、文学作品に描かれた幽霊像と本物の幽霊の姿を併せ持っていたからだ。一般的に本物とされているほかの幽霊のように、その幽霊もなかなか姿を見せず、流動的で曖昧な形をしており、たいていは人間の視界の端で光の柱がすっと走る程度のものだった。多くの場合、目には見えず、音だけが聞こえた。幽霊にまつわる書物を読んでよく知っている多くの人間にはお馴染みとなった、ラップ音や重いものを引きずる音などだ。一方で、この幽霊は話すことができた。

それも、何かを伝えようという目的を持って。これはおそらく、小説家や文学者の想像力から生み出された幽霊たちを真似たのだろう。手短に言うなら、ミスター・スマートは死んだ後も、何が何でも自分を殺した犯人に復讐がしたいと訴えていたのだ。

しばらくのあいだ幽霊は、ドクター・スペッティギューにしか見えなかった。はっきりとミスター・スマートの姿をしていることもあったが、そのときは話すことができなかった。だが、それ以外ではたびたび——声を出すことに心霊的な能力を使うためなのか——姿はぼんやりとしか見えないかわりに、まちがいなくドクター・スペッティギューの亡き友の声が聞こえてきた。ただしドクター・スペッティギューによれば、その声は生きていた頃より〝いくぶん落ち着いた厳粛さを秘めた〟ものだったようだ。話す言葉はいつも同じだった。「わたしは殺されたのだ、アーチボルド、殺されたのだ」そして間を置いてからつけ足す。「わたしを殺したのは——」だが、必ずそこで声は弱まり、止まる。良心がとがめるのか、犯人を覚えていないのか、肝心の情報を言わない理由がよくわからない途切れ方だ。

本をよく読む人間なら、超常現象についての鋭い、だが軽い調子の評論家だった故ミスター・アンドリュー・ラングが記憶に残っているだろう。彼はかつて、ふざけたエッセイの中で、幽霊とされているものが無益で不可解な行動を取るのは、失語症を患っているからではないか、つまり、ある特殊な精神疾患のせいで特定の考えを言葉に表すことができないのではないかと述べている。それならば、それに関しては次の事実が重要な意味を持つ。(一)ドクター・スペッティギューは意識、あるいは無意識のうちに、このラングのエッセイを思い出していたのかもしれない。(二)ドクター・スペッティギューは医者であり、失語症という概念はよく知っていた。であるならば、ラングの気まぐれな意見も、ドクターの頭のどこかで真実味を持っていたのかもしれない。(三) ミスター・スマートの幽霊とされるものを見た者はほかにもいるが、話を聞いたことがあるのはドクター・スペッティギューひとりだけだった。

ホーク・スクエアにおける二度めの幽霊騒ぎがその後どうなったかは、簡単な説明で済む。幽霊の出現は何年か続いたが、徐々にその明度と頻度が低下し、最後にはぼんやりと霊らしきものが見えたり、弱々しいラップ音や引っ掻き音が聞こえたりするだけになった。だがそれまでに、驚くほど大勢の人間がその超常現象を感知していた。その中には、偶然居合わせたドクター・スペッティギューの患者が少なくともふたり含まれており、彼らが事前に具体的な情報を知っているとは思えなかった。何と言ってもそのうちのひとりは、十年間滞在していた中国からその朝帰国したばかりで、船を降りた直後に二輪馬車に轢かれ、手術を受けるためにドクター・スペッティギューのもとへ運び込まれたのだった。これはきわめて興味深い。だがさらに興味深いのは、ミセス・スマートや子どもたちがこうした超常現象を一切経験していないことだ。幽霊の出現は、必然的に広く知られ、ミスター・スマートの謎めいた死と結びつけられた。だが、関係者たちが存命のあいだは、ドクター・スペッティギューが幽霊から聞いた言葉は伏せられるとともに、科学的な検証実験の結果については、論理学協会の心霊調査委員会で極秘に報告されただけで公表されることはなかった。ただし、この委員会の議事録には、そのときの詳細な報告が残されている。

博物館だ。アプルビイは本を閉じながらそう思った。犯人はホーク・スクエア三十七番をどこかに再建して、タイプ別に分類された幽霊の博物館を作るつもりなのだ。ルーシー・ライドアウトは地下で、悪魔にとり憑かれた人間として展示される。ミセス・ナースは客間で降霊会を開いてみせる。ミス・ムードは食料貯蔵室で水晶玉占いをする。ハンナ・メトカーフは部屋から部屋へと箒で飛び回る。ダフォディルは裏庭で前足を踏み鳴らす。モレル大佐とミスター・スマートの幽霊はキッチンのかまどの前で、ヤーマスで釣ったニシンを焼く。そして、まちがいなくそれ以外にも、より風変わりな展示がたくさんなされるだろう。マオリの〝トフンガ〟やエスキモーの〝アンガクト〟、イギリス領ギアナからは〝ピーメン〟、北米からはデネのヘアスキン族、そしてオーストラリアからは〝ビラーク〟。さらには、彼らを守る霊たち。たとえば、ケナイマやムラートやジョッサキードや――。

とにかく、一切合切集めてくるつもりなのだ。アプルビイはそこまで考えたところで、突然立ち上がった。これは空想の話だ。幽霊話を信じるのと同じで、空想力の要る話だ。そしてこんな話を一瞬でも信じる者などいないだろう……彼は本を引き出しに戻した。この本は整然かつ冷静に科学的表現で書かれている。まったくもって興味深い。そして同時に、憂慮すべき本でもある。

船室の扉が開いて、ハドスピスが入ってきた。たった今まで、上下に揺れる船のへさきに立っていたらしい。間髪入れずにアプルビイが言った。「ワインだ。あの女性たちを連れ去ったのは、ワインなんだよ。場所はさっぱりわからないが、どこかに幽霊やら珍しい人間やらを集めた途方もない博物館を作ろうと企んでいるんだ。霊媒師やまじない小屋、狂乱した人や幽霊なんかを集めて」

ハドスピスは腰を下ろした。遠くを見つめていた目の焦点が、ゆっくりとアプルビイに絞られていく。そして同じようにゆっくりと、彼の意識がアプルビイの発したひとつの言葉に向けられた。「博物館？ まあ、そうだとしても驚かないね。あの手の連中がコレクションしているものと言ったら信じがたいからな。ブリュッセルにいた、ある老人なんて――」そこで言葉を切った。「今、ワインと言ったか？」

「エメリー・ワインだよ」

ハドスピスは首を振った。視線がまたどこか遠くへ旅立つのが手に取るようにわかった。「そんなはずはない。あの男は犯人のタイプに当てはまらない。女を国外へ売り飛ばす男には三つのタイプがあって――」

「だから、今回の事案は女を売り飛ばす人身売買じゃないって言ってるじゃないか。〝珍しい人間〟の人身売買なんだよ。この博物館には――」

ハドスピスがうなずいた――心ここにあらずといった様子で。「そういう博物館なら、わたしもよく知ってる。ブリュッセルにいた、ある老人なんて――」

「しっかりしてくれよ、ハドスピス、今はそんな老人の話はどうでもいいんだ。わたしたちは、まったく別のものに直面してるんだから。ワイン、あるいはワインを雇っている別の誰かが、とにかく普通じゃない人間を集めた博物館を作ろうとしているんだよ。その定義に当てはまる人間なら誰でもいいし、金に糸目はつけない。そういうわけで、きみに訊きたいことがふたつある。ワインがどうしてビーグルホールという名前の秘書を雇っているか、わかるかい？」

「わかるはずないだろう。馬鹿げた質問だな」

「語源にこだわってるんだよ。〝ビーグルホール〟というのは〝幽霊《ボーグル》の巣穴《ホール》〟に由来するスコットランド語で、つまりは〝悪霊の巣窟〟と言う意味だ。ワインは何でも慎重に選び抜いて手元に置きたいわけさ。どこかに自分のコレクションにふさわしい対象はいないかと、常に目を光らせている。そこで、ふたつめの質問に繋がるわけだ。ワインがどうしてきみに対して格別に興味を持っているか、わかるかい？」

「わたしにだって？　わたしに興味など持つはずはないだろう。ほとんど口も利いたことがないんだから」

「わたしは口を利いたよ。ワインとはかなり仲良くなって、きみの幻視能力の話もした」

「幻視！」ハドスピスは勢いよく立ち上がった。「わたしをからかってるのか？」そう言って、また勢いよく腰を下ろした。「わたしには幻なんて見えないぞ。見ているように見えるかもしれないが、何も見えない」

「いいんだよ。肝心なのは見た目なんだから。ワインには、きみが日常的に幻を見ると言っておいた――コブドグラの奥地で羊の群れとともに孤独な生活を送ってきたせいだってね」

「それはいったいどこにあるんだ？　どうしてわたしが――」ハドスピスは、文字通り口をあんぐりと開けてアプルビイを見つめていた。

「オーストラリアだよ、たぶん。いや、タスマニアか、ニュージーランドだったかな。すぐに調べないとな。とにかく、それがきみの生まれ育った背景だ」

「あんた、頭がすっかりいかれたんじゃないのか。そもそも、わたしは植民地人のことなど何ひとつ知らない」

「まあ、手始めに、彼らは自分たちのことを植民地人とは呼ばない。あとは、彼らが誰に対しても広い心と狭い了見の持ち主だということだけ覚えておけばいい。それさえ忘れなければ、彼らになりきれるだろう。そのうえで、見えないものが見えるという話に説得力を持たせたら、向こうからご招待いただけるチャンスは大きいと思うよ」

「つまり、あんたの想像上の博物館の展示ケースに収まるために努力しろと言ってるのか？」

「そうだよ」アプルビイは何でもないような口調で言った。「とにかく、それがハンナとルーシーのもとへたどり着く近道なんだ――もちろん、ダフォディルにも。わかるかい？」

ハドスピスにそんなことがわかるはずもなかったが、アプルビイはたっぷり三十分かけて持論を説明した。それでもなお、ハドスピスは訝しんでいた。「話はわかったよ」彼は言った。「けどな、わたしは幻視がどんなものか、さっぱりわからないんだぞ。おまけに、その男があんたの思っているとおりのやつなら、そういう能力について精通していそうじゃないか」

アプルビイはうなずき、あの作り話はやはり性急すぎたのではないかという不安がよみがえってきた。「もちろん、似たような現象であれば何でもいいんだ。空中浮揚はできないかい？　ほら、ふわふわ浮き上がって窓から外へ飛び出して、また別の窓から戻ってくるとか」彼は目の前の引き出しを指で叩いた。「かの有名なホーム（ダニエル・D・ホーム、スコットランドの有名な霊媒師）は、クロフォード伯爵やアデア子爵の前で浮いて見せたぞ」

「船では」とハドスピスが厳しい声で言った。「窓が開かない」

「オーラリー伯爵の執事だった男もすごかった。体が風船みたいになってしまうんだ。部屋に閉じ込めると、中から何度も天井にぶつかる音が聞こえてきてね。部屋に踏み込んだ者たちが寄ってたかって彼の肩を押さえても、どうしても浮き上がってしまうのだそうだ」

「なあ」ハドスピスが言った。「そんな話、あんたは信じてるのか?」

「いいや。でもワインは信じてる。それから、クペルチノの聖ヨセフの一件もある。たまたま宗教的な言葉をかけられただけで、たちまち彼の体は浮き上がった。大きな叫び声を上げて空中に浮かび、いつまでも飛び回っていた。高位の聖職者たちは、初めこそそれをよく思わなかったが、最終的にはきわめて啓発的な現象であると公式に認めた」

「わかった、幻視でいい」ハドスピスはあきらめたように言った。「それでも、どうして単にワインを尾行するだけじゃ駄目なのか、さっぱり理解できないね」

アプルビイは首を横に振った。「正直に言えば、このかすかな糸口を除くと、彼を犯罪と結びつけられそうなものはまだまったく見つからないんだ。ハンナ・メトカーフは成人しているし、犯人はいざとなったらルーシーの母親を買収することもできるだろう。つまり、すべてはあくまでも少女たちの自由意志による行動で、犯人に彼女たちを性的に搾取する意図がないなら、われわれはまったく手が出せない。もちろん、家を盗んだのは違法だ。だが、敵国によって空爆されたと思われた建物が、実は地球の裏側で発見されたところで、常識人の陪審を納得させるのは難しいだろう。ダフォディルの件に至っては――まあ、馬というのは、競馬のトラック同様、法廷においても当てにならない存在なのは誰もが知るところだ」

「言い換えるなら」とハドスピスが言った。「その博物館がどれほど馬鹿げたものでも、犯罪行為があったとは証明できないんだな。それなら、幻視のふりをするまでもないじゃないか。国に帰って、何も見つからなかったと報告するだけだ」

「何も見つからないとは言ってない。博物館にうまく入り込めたら、そこで明らかな犯罪行為を発見できるかもしれない。それに」――アプルビイは、鋭い目を同僚に向けた――「少女たちが不当な扱いを受けていないという証拠はどこにもない。たとえ連れ去った第一の目的が博物館に飾るためだったとしても、その後――」

ハドスピスは物理的に席から立ち上がるとともに、敵に対しても立ち上がった。「わかった。どうやらあんたは参考文献をたくさん持ち込んでいるようだから――」

アプルビイはスーツケースの中を探った。「きみにはガーニー（エドマンド・ガーニー、イギリスの心理学者）とマイヤース（フレデリック・マイヤース、イギリスの文学者、心霊研究者）共著のこの一冊がいいと思うよ。この本では、特別に奇妙な七百人以上の事案について報告しているから、ひとつぐらいはきみに使えそうなものが見つかるだろう。わたしのお勧めは、まぶしい光を伴った声だ。それなら時を選ばずに現れてくれるらしい。幽霊だと、何か特別な機会でないと出てこないからね――たとえば、どこか遠くで誰かが死んだことを知らせるというような」

「なるほど。だが」ハドスピスの思いつめた表情が狡猾そうに変わるのを、アプルビイは満足げに見ていた。「今日だって特別な機会だぞ。あんたの誕生日なんだから」

「ちがうよ」

「なあ、わたしに幻を見る力があるって言うんなら、今日があんたの誕生日ってことにしてもいいじゃないか」

アプルビイは苦笑いを浮かべた。「まあ、それぐらいはしかたないか」

「よし。今日はあんたの誕生日だ。今までコブドグラじゃやったことのないようなパーティーを、今夜この船でやるぞ」

「やれやれ」アプルビイが言った。そしてデッキへ向かいながら、ひょっとすると自分はあの同僚を見くびっていたのではないかと疑い始めていた。ハドスピスにしても、若い頃には捜査のためにビールをたくさん飲まなければならない場面ぐらいはあったにちがいない。だが、内偵を進めるためとは言えとんだお祭り騒ぎまで発案するとは、やはり驚きでしかない。何はともあれ、パーティーを開くのはいいアイディアかもしれない。このところ、あまりの蒸し暑さにみな閉口していたからだ。

南大西洋はいつにも増して穏やかで、海峡を渡る者にはこれ以上望めないほどだった。奇妙なオリーブ色に染まった西の空を、赤銅色の太陽がゆっくり滑っていく。まるで生垣の隙間から農家の男が覗いているようにも見えたが、こちら側には作物など一本も生えておらず、刈り取るもののない海が、ただぐったりと元気なく船を取り囲んでいるだけだった。海というのは、われわれのエネルギーを大いに象徴している、とアプルビイは船尾方向へ歩きながら考えた。海を見ているだけで、われわれは心地よい力強さを吸収できる。元気いっぱいの友人のそばにいるのと同じように。〈深い海のそばには、誰にも踏み込めない社会があり、音楽が鳴り響く〉（バイロンの詩『チャイルド・ハロルドの巡礼』より）。そしてその音楽が鳴りやめば、われわれの胃袋や内臓は元気を取り戻すだろうが、社会は堕落し、われわれの魂は言い表せないほどの失望を味わうだろう。

海についての瞑想を終えた頃、アプルビイは短いプロムナード・デッキの最後部に着いた。そこはスモーキングルームから出られる屋外スペースになっており、両側はガラス張りで、奥のハッチから飲み物が取り出せた。娯楽のつもりなのか、下の階の三等船室用の小さなサンデッキがその位置からちょうど見下ろせた。上階の乗客たちは、そのスペースで夕食前にシェリーやカクテルを軽く飲みながら、下の暗がりにいる人々のつまらない行動をつぶさに眺められるのだった。こんなふうに人間という生き物を観察できる機会はただでさえ貴重だったが、さらに好奇心がそそられることに、同じ船で旅をしているほろ酔い客同様に、三等室の乗客もたった六人ほどしかいなかった。ゆえに、彼らについてはすぐに詳しくなった。まるで自分たち専用の水槽か小さな動物園のようなものだ。たとえば、とアプルビイは考えながら、酒を飲まずに——これから始まるパーティーには用心深く臨まなければならない——椅子に座った。たとえば、すぐ下に見える、あのイタリア人娘はどうだ。とてもきれいな顔をしているのは、ひと目でわかる。全身は汚れているのだろうが、この距離でははっきりわからない。どのみち、美しい田舎娘が少しばかり汚れていたとしても、まともな精神状態の者なら特に気にしないものだ。

　アプルビイはその娘を眺めていた。ミスター・エメリー・ワインの謎めいた言動を頭の中でじっくり思い返しながら、娘の姿を目で追い、日が陰ってきたことを残念に思っていた。ユーサピア——たしか、彼女の名前は〝ユーサピア何とか〟だったはず——は、落ち着かない様子で、誰もいない狭いデッキをしなやかに歩き回っていた。のんびりとした定期船の旅にあっては、その姿は非常に魅力的に映った。尻の筋肉が発達している。きっと舞踏会用のドレスは似合わないな。だが、それはおしゃれな人間たちの傲慢な意見だ。カラブリア（イタリア南部の州）の魅力をたっぷり秘めたユーサピアは、そのままの姿で充分美しかった。モレル大佐の使用人のイタリア人の妻も、このように魅力的だったのだろうか。職務に忠実なアプルビイは、捜査にからめてそんな憶測をめぐらせた。一七七二年当時、大佐はそのイタリア人の妻をどう思っていたのだろう？　ワインにとって、モレル大佐はどんな存在なのだろう？　あるいは、ヤーマスのビーチで子どもたちと楽しげに遊んでいたミスター・スマートの幽霊にとっては？　こうした疑問は憶測どころか、無意味な想像にすぎない。それに引きかえ、あそこにいるユーサピアは、実際に触れることのできる物理的な存在だ。

彼女は襟ぐりが大きく開いた、胸にぴたりと貼りついた白いチュニックを着て、足首の辺りで裾が揺れる黒いスカートを穿いていた。妙に落ち着きなくデッキをうろうろと歩き、ときどき海のほうへ、続いて自分の足元の徐々に境界線の見分けがつかなくなっていく影へと、視線を走らせていた。空気はひんやりしていた。赤銅色の太陽はすでに水平線に隠れ、右舷の船室の上空が赤く染まっている。徐々に小さくなっていくその赤いかけらが突然溶けて流れ出し、間もなく夕闇が訪れることを知らせるように、儚く細い炎の線となって水平に伸びていた。その光景を、アプルビイは振り向くことなく感じ取っていた。目はユーサピアに向けたままだった。彼女は船べりへ行って双係柱に腰を下ろし、手すりに背中をもたせかけた。ますます暗くなっていく中で、ひとりきりでじっと座っている。背中には手すりがあるだけで、はるか下に海面がある。周りは人気《ひとけ》のないデッキ。頭上にはどこまでも広がる空。じっと座った彼女の姿は、周囲がさらに暗くなるにつれて、かすかに明るさを残す海を背にしたシルエットとなった。両手はそろえて膝の上に乗せている。するとアプルビイは、何かが彼女の頭の上を舞っているのに気づいた。

それは白くぼんやりとした、湯気のかたまりのようだった。徐々に形がはっきりしてくると、鳩かと思った。ユーサピアの頭上をくるくると旋回し、鳥には絶対にできない動作で空中で止まった。やがて揺れたり、震えたり、見えない噴水の吹き出し口に置かれたボールのように上下したりした。回転しながら高く遠くまで飛び上がったかと思うと、石のように勢いよく落ちてきて姿を消し、再び現れると、ユーサピアの膝の三フィートほど前で浮いたまま留まった。さらに弧を描いて上昇し、今度はユーサピアの頭上三フィートほどの空中に浮いていた。そこでまたしても回転を始めた。アカシアの花のように真っ白なユーサピアの両手は、黒いドレスの布の上に置かれたまま、一切動いていない。

アプルビイは、下にいるその娘同様に、身じろぎもせずに座っていた。脈が乱れている。頭皮に妙な感覚をおぼえる。化学者であれば、さっきまではなかったはずの物質が血管内を流れているのを発見しただろう。これは興味深い。なぜなら、その娘に対しては、せいぜい軽い性的な興味程度の感情しか持たずに眺めていたからだ。まさかこんな不可思議なことが起きるとは思ってもみなかった。それなのに、この出しもの——ほかに客のいない奇妙な劇場の出しもの——は、即座に効力を発した。こうも簡単に、頭の中の不可思議な領域まで到達できるものなのか。

歴代のローマの街は——とアプルビイは、今は深い興味の対象となった娘から目を離さずに考えた。現在のローマと同じ場所に建っていた古い街はどれもそのままの姿で残っていて、かつてあった街の上に順に重なるように存在し続けている。フロイトは、人間の頭も同じようなものだと言っていた。たしかに、こういう瞬間には、まるで炭鉱夫が炭層を勢いよく掘り進めるように、頭の奥深くの層にまで入り込むことができるようだ……すでにユーサピアの姿は、目を凝らさなければ見えなくなっていた。例の物体はまだ浮かんで飛び回っていた。

おそらく彼女の頭の三フィートほど上で飛び回っているが、彼女の両手は膝の上にある。突然、ほんの一瞬だけ、彼女の片手が見えなくなった。すると同時に、その物体はさらに三フィートか四フィート上昇した。ある程度高さのある部屋なら、天井に届く、いや、天井にぶつかっているところだ。アプルビイはそれ以上じっとしていられなかった。立ち上がり、用心深くデッキチェアや柱のあいだを縫うように前へ進み出た。ユーサピアが生み出すこの戯れには、天候が影響しているのかもしれない。空気は冷たく、乾燥して重苦しかった。そこに何かを秘めているかのように。

スモーキングルームから何人かの声が聞こえてきた。乗客が夕食に集まってきたのだろう。アプルビイはもうしばらくは何にも煩わされたくなかったので、煙草に火をつけようとデッキの食料貯蔵庫に滑り込んだ。その狭い空間を落ち着きなくうろうろと歩いた――一番奥まで行き、計量器の脇をよけてまた戻って……そこで足を止めた。計量器を見て、何かを思いついたのだ。そうだ、あのホームという男の話だ。ホームは直接手を触れることなくテーブルをいくつも宙に浮かせてみせたが、そのとき計測された彼の体重は、テーブルの重さ分だけ増えていた。事実、ああいう不思議な現象の裏には、単純に物理的な説明が可能なはずなのだ。ユーサピアのちょっとした見世物の仕掛けがどうなっているのかはどうでもいいことだ。だが、やはり知りたいとは思った。

ラッパの音が鳴ったので、アプルビイは下へ降りていった――が、まだ考え事を続けていたせいで、階段で声をかけられても、すぐにはビーグルホールに気づかなかった。ビーグルホールは、そのことをジョークのネタにして喜んだ。「夢想《ウール・ギャザー》（〝羊毛を集める〟の意味もある）の最中だったのかい、ミスター・アプルビイ？　まったく、あんたほど仕事熱心な人にはめったにお目にかかれないよ」

「へ？」アプルビイは、自分がコブドグラ出身だったことを思い出して答えた。

この短い返事は、うまく発音できれば大変な効力を持つらしく、ビーグルホールはどうにも不安そうに笑った。「いや、真面目な話、眠くなるような午後だったね、そうは思わないかい？　こんなにだらけた気分《レイジー》になるのは久しぶりだな」

「何だって？」

「だから、こんなにだらけた気分《レイジー》は――」

アプルビイは握りこぶしでもう片方の手のひらを叩いた。「そうか、わかったぞ！」彼は言った。

「それだ！」

「それ？」

「ずっと探していた羊毛の束だよ」アプルビイは明るい笑顔を向けた。「ところで、今日がおいらの誕生日だって、ハドスピスから聞いてるかい？」

実際よりも酔っ払ってみせるのは簡単だ。大学生なら一度や二度はやったことがあるだろう。完全に素面《しらふ》なのに、ひどく酔ったふりをするのは難しいことではない。だが、酒を一滴も飲んでいないにもかかわらず、ほろ酔いから徐々に段階を踏んで酔っていく様子を演じるのは、かなりの技術を要する。そしてハドスピスが自らに課したのは、どういうわけか、まさにこの難しい演技だった。夕食が進むにつれ、航海中さんざん波に揺られ続けてきたワインを飲み、どんどん酔っていくようにしか見えなかった。

祝宴の主賓であるアプルビイはそんなハドスピスの様子を、感嘆といくらかの不安を持って見守っていた。その出来栄えは、ユーサピアの出しものと同じぐらいに完成されていた。以前にもやったことがあるにちがいない。実のところ、ハドスピスは若かりし日の栄光を再現しつつ、そこに科学的な真実味を足しているのだった。酒はまちがいなく次々と消えていき、どう見てもハドスピスの胃袋に収まっているとしか思えなかった。ひょっとすると、酒をいくらか飲むたびに、人の目を盗んでサラダ油を半パイントほど飲み込んでいたのかもしれない。あるいは、こういうときのために、普段から酔い止めの薬を持ち歩いていたのかもしれない。とにかく、まるでハドスピスらしさがなくなり、ひと言で言うなら、騙された少女たちのことなど頭から消えたかのように見えた。ところが実際には、ハドスピスは若さを取り戻すように、驚くべき想像力を駆使して捜査を進めていたのだ。コブドグラという故郷を作り出したのはアプルビイで、その地名はおそらく実在する。そこへハドスピスは、さらにミザリーという町について大いに語ったのだが、そちらはおそらく実在しないだろう。ミザリーは隣町のエデンよりも進歩的な雰囲気の町らしい。ハドスピスによれば、ミザリーほど先進的な町がほかにあるとすれば、ピンピンジーかダーティー・フラットぐらいだが、どちらも百マイル離れているし、放牧地《レンジ》を越えた奥にあるとのことだった。

「レンジ？」ビーグルホールが少しばかり興味を覚えた様子で尋ねた。「レンジって、どういう意味だい、ミスター・ハドスピス？」

ハドスピスがグラスを置いた。「おれのレンジのことだよ」彼はこだわるように言った。「おれと、レン伯父さんのレンジだ」

「ああ——なるほどね」

「今はもうおれだけのものだけどな」ハドスピスの体が大きく揺らいだが、それは真剣に聞き入っているミス・ムードの鼻先をわざとかすめるための動作だった。「おれは羊を十エーカーごとに一匹ずつ配置することができるんだぜ」

「そんなことをしたら」とミセス・ナースが気楽な調子で言った。「後で集めて回るのが大変なんじゃない？　牧羊犬をずいぶん走らせなきゃならないわね」

ハドスピスは答えず、荒い息をしていた。

「じゃ、あんたの伯父さんは——その——レンは亡くなったのかい？」ビーグルホールが尋ねた。

「亡くなったんじゃない」ハドスピスが言った。「消滅《ペリッシュ》したんだ」

「そう、ペリッシュったんだよ」アプルビイはでたらめなオーストラリア風の言い回しを使って、ハドスピスの発言を裏付けるように言い添えた。なにしろ、切羽詰まった挙句に他人を演じだしたのはアプルビイであり、ハドスピスを援護する義務があった。「ロンは彼の骨を見つけたんだ」

「全部はそろってなかったけどな」ロンは、ひどく酔っ払った口調ながら、話の正確さにこだわった。

ミス・ムードは、まるで拾われたのが自分の骨ででもあったかのように苦悩に満ちた声でささやいた。「どの骨？」しゃがれた声でそう訊いた。

「警察はよ」ハドスピスは彼女を無視して話した。「レンが殺されたってことにしたがってたんだ。でも、あれは単なるペリッシュだ、まちがいない。だって、黒人たちはレンジには一歩も入ろうとしないんだぜ。魔物が出るからってな」

「どんな魔物だね？」そのとき初めて口を開いたワインが、鋭い口調で訊いた。

ハドスピスは急にごくごくと酒を飲みだし、一瞬の沈黙が流れた。「バニップ（オーストラリア奥地の水辺に住んでいるとされる怪物）だよ」アプルビイが答えた。「バニップが出るんだ」

「そうそう、バニップだ」ハドスピスが言った。

「そのバニップというのは何なんだね、ミスター・ハドスピス？」ワインの質問はまっすぐに、亡きレンの甥に向けられていた。

ハドスピスはゆっくりとグラスを下ろした。「バニップというのは、ほとんどの白人には見えないんだ」彼は言った。すっかり酔いが醒めたような口調だったが、その効果は絶大だった。

少なくとも、ミス・ムードはそれを聞いて立ち上がった。「あなたには見えたの？　ミスター・ハドスピス」

答えの代わりに、バーンという大きな音とガタガタと鳴る音が響いた。誰もが——やけに落ち着き払ったミセス・ナースを除いて——飛び上がった。ハドスピスがテーブルを乱暴に叩き、ワインのボトルをもう一本持って来いと給仕係に怒鳴っていたのだ。船長がその夜は食堂に来ずに、上級船員たちと夕食を摂ってくれていて幸いだったとアプルビイは思った。ハドスピスはもう一度テーブルを強く叩いたが、誰も彼を止めようとしなかった。三度めに叩きながら怒鳴っていると、ミセス・ナースは耐えきれなくなり、席を立とうとバッグを探し始めた。だが、誰かが食堂を立ち去るより前に、ハドスピスは急におとなしく、感傷的になった。「ジョンの誕生日を台無しにして申し訳ない。誰だって誕生日は年に一回しか巡ってこないっていうのに」

「そうとも、いいことを言うね」アプルビイは、自分も少しは酔ったふりをしておこうと、そう言った。

「変なものが見えるからって、どうだって言うんだ」ハドスピスはミス・ムードに向かって、まるでハエを追い払うように手を振った。「こういうときには、やっぱり歌がなくちゃな。みんなで歌おう。みんなで一緒に——」

「一緒に〈ワルツィング・マティルダ〉を歌おう」とアプルビイが言った。地球の裏側の住人にとって、それが正しい選曲にちがいないと思った。まずは自分から歌い始めた。

あるとき陽気な放浪者《スワッグマン》が、三日月湖《ビラボン》のほとりの
クーリバーの木陰で野宿をしてた
湯沸《ビ》かし器《リー》が沸くのを待ちながら、座って歌った

「誰か、おいらと手荷物《マティルダ》ひとつ持って放浪《ワルツィング》の旅しないか?」
そこへ羊《ジャンバック》が、三日月湖《ビラボン》の水を飲みに来た
飛び上がった放浪者《スワッグマン》が喜んで捕まえた
袋に羊を詰めながら歌った
「おまえ、おいらと手荷物《マティルダ》ひとつ持って放浪《ワルツィング》の旅しよう」

そこへ馬に乗った牧場主《スクワッター》がやって来た
警察官《トルーパー》も来た――一人、二人、三人も!
「その袋の中の羊はどうした?
おまえ、おれと来い、その手荷物《マティルダ》を持って歩くんだ《ワルツィング》」

「不吉な歌だね」ワインが言った。「少なくとも、不吉な結末が待ち受けていそうだ」

「〝ビラボン〟っていうのは、バンイップのことなの?」ミス・ムードが尋ねた。

アプルビイは何と答えていいかわからず、続きを歌い始めた。ハドスピスも一緒に歌おうとした。もごもごと口ごもっていたが、彼の泥酔状態を考えれば誰も不思議に思わなかった。

放浪者《スワッグマン》は跳び上がり、三日月湖《ビラボン》に飛び込んだ
「おいらを生け捕りにできるもんか!」と叫びながら

三日月湖《ビラボン》のほとりで野宿をしたら、幽霊になった彼の歌が聞こえるだろう
「誰か、おいらと手荷物《マティルダ》ひとつ持って放浪《ワルツィング》の旅しないか？」

「ワルツィング・マティルダ、ワルツィング・マティルダ
誰か、おいらと手荷物《マティルダ》ひとつ持って放浪《ワルツィング》の旅しないか？」
三日月湖《ビラボン》のほとりで野宿をしたら、幽霊になった彼の歌が聞こえるだろう
「誰か、おいらと手荷物《マティルダ》ひとつ持って放浪《ワルツィング》の旅しないか？」

ハドスピスが元気よく拍手をした。あまりにも元気がよすぎて、その場の注目は再び彼に集まった。「ブラーボ！」彼は大声を上げた。「ブラー――」その言葉が奇妙に途切れた。振り回していた手をだらりと両脇に垂らす。どうやら急な吐き気に襲われたようだと、人々は不快感を募らせた。だが、ハドスピスが吐き気とは別の感覚にとらわれているらしいのが徐々にわかってきた。顔をしかめているのは体調不良のせいではなく、何かに困惑しているからだ。何かを待つように、思い悩んだ、奇妙にうつろな表情を浮かべながら、彼は食堂の階段を見つめていた。
アプルビイはここでも、ハドスピスの芝居は最高の出来だと思った。ただ、ここの観客はみな、いわばその道の専門家ばかりだ。ここは自分がマクベス夫人となり、宴席の作法にのっとって従士の幻を呼び戻そう。「なあ、ロン」彼は大きな声で呼びかけた。「〈マティルダ〉の歌の続きはどうだったっけ？」
ハドスピスははっきりとわかるほど、だが強調しすぎない程度に体をびくりと反応させ、突然陥っ

た精神状態が何だったにしろ、そこから我に返った。「マティルダ？」ぼんやりと訊き返した。それから全員に向かって大きな笑みを浮かべた。「そう言や昔、マティルダって名の頭のいい女の子がいてな」彼は酔っ払いのいやらしい目つきになった。「おれはそのマティルダっていう少女を誘い出して――」

今度こそミセス・ナースは本当にバッグを摑んで立ち上がった。「とても楽しいパーティーだったわ」彼女は言った。「ミス・ムードとわたしはあの小さな客間に寄ってコーヒーを飲んで帰るわね。おやすみなさい」ミセス・ナースは、その落ち着き払った最後の挨拶に断固とした意志を込め、ミス・ムードはそんな彼女の後に従って――少しばかり名残惜しそうではあったが――食堂を出て行った。

ハドスピスはグラスに酒を注ぎ、ベストのボタンを外し、声をひそめた。「そう言や昔、グラディスって名の少女がいてな……」

時刻は午後十時を回っていた。アプルビイはコーヒーを飲み干し、煙草を消して、新鮮な空気を吸おうとスモーキングルームを出た。マティルダとグラディスという、ともに特異で興味深いふたりの少女たちの話題は、ハドスピスの長い恋愛遍歴の思い出話の中にとっくに埋もれてしまっていた。そのハドスピスは今、ワインとビーグルホールを相手に、より直近の求愛の成果について面白おかしく話して聞かせていた。何と言ってもハドスピスは、この分野においては多岐にわたる事案を熟知しているのだ。現在航海中のすべての定期船のすべてのスモーキングルームの耳目を満足させられるほどに。そしてワインとビーグルホールは、それを黙って聞いていた。ビーグルホールは彼の話が気に入っていたからであり、ワインのほうは――おそらくは――別の企みがあるからだろう。ワインという男は、なかなか本心を見せようとしなかった。どれほどの人物なのか、予測がつかなかった。そして今回の夢物語のような作戦によって、本当に彼を包囲できるのかと言えば、とてもできるとは断言できなかった。

「さて、ご感想は？」いつの間にかハドスピスも新鮮な空気を吸いに外に出てきたらしい。暗闇の中から用心深くかけてきた声は、アプルビイが戸惑うほどに素面《しらふ》そのものだった。

「まったくひどいものだ。ダーティー・フラットやその近辺の大牧場主は、きみやレン伯父さんのような人間とはまるでちがう。どちらかと言えば、シュロップシャー州（イングランド南西部の州）のような田舎の紳士階級だよ。もっともシュロップシャーじゃ、地主一人あたり羊は六頭ほどしか飼っていないだろうがね。それはともかく、きみが徐々に酔っ払っていくあの演技は、なかなかたいしたものだったよ」

「この先は、徐々に酔いから醒めていく演技が待ってる。そっちのほうがはるかに難しい」

「そうだろうね。ところで、マティルダやグラディスやそのほかの少女たちの話は、あれはいったい何だい？　わかってるのか？　明日素面に戻ったとき、わたしは自分の親友がひどい好色漢を自認するような男だと、自慢げに言わなきゃならないんだぞ」

ハドスピスは楽しそうにクックッと笑った。でっち上げの告白話が神経症にいい影響を及ぼしているのは明らかだった。実のところ、彼は新しい心理療法をいくつも発見したも同然なのだ。クックッと、彼はもう一度笑った。その声は楽しそうではあったが、用心深い冷静さも含んでいた。「まあ、もうちょっと付き合ってくれ。これから二十分ほど後に、重大なことが起きる。だが、本当にでかいのは真夜中になってからだ」

アプルビイはため息をついた。早くベッドで横になりたかったのだが。「わかったよ。主役はきみだ」

ハドスピスが暗闇に姿を消した。スモーキングルームのドア付近からハドスピスの声が聞こえてきた。「じゃあな《チンチン》」

夜闇は暗く、アプルビイは目を凝らした。あのハドスピスが一九〇〇年代に流行った品のない挨拶の言葉を使うとは、ちょっとした驚きだ。だがそれを言うなら、同じように古くさい、計算する馬やら、物質を出現させることが得意なイタリア人霊媒師やらの存在は、かなりの驚きだし、魔女や、悪魔にとり憑かれた少女ともなると、さらに〝年代物〟だ。実のところ、とアプルビイは灯火管制で真っ黒なままのデッキをもう一度歩きながら考えた。この船は一九四〇年代の世界を後にして、十八ノットという経済速度ぎりぎりのスピードで過去に向かって突き進んでいるのだ。時を超える船か。船長はエメリー・ワインだ。H・G・ウェルズ（〝SFの父〟と呼ばれるイギリスの作家。タイムマシンのアイディアを生み出した）みたいだな……アプルビイはデッキを何周かして、またスモーキングルームへ戻ってきた。中に入ると、ハドスピスの声に迎えられた。「女は若い少女に限るよ」そう言っていた。

「そうとも、若いに限る」ハドスピスは重ねて言った。酔いが徐々に醒めていく演技だな、とアプルビイは思った。なぜなら、その嘆かわしい性癖を語る中にかすかな戸惑いが、もしかすると恥じ入っているのかと思うような戸惑いが感じられたからだ。ハドスピスは相変わらず自信たっぷりに話し続けていたものの、黙って聞いているワインとビーグルホールのほうを、ときどきこっそり横目で見ていた――自分の馬鹿っぷりを暴露したことに気づいて気まずくなった男がよくやるように。「ロンドンである少女に会ってさ」ハドスピスは、失いつつある尊大さを懸命に取り戻そうとするように言った。「ほんの数ヵ月前だ。ルーシーって名前だったな……」

アプルビイは突然、大きな音を立てて長椅子に座り込んだ。わたしが鈍感すぎた。話がそこへ向かっていることにもっと早く気づくべきだった。

「ルーシー?」ワインが大いに興味を持ったように言った。「気づいているかい、きみの話の中にルーシーという女性が登場するのは、これが初めてだよ。メアリーは四人、ジェーンは三人もいたのに。ビーグルホール、わたしの数えまちがいかな?」

「その娘だが、信じられないほど」ハドスピスはワインの皮肉を無視して、いっそう声を高めた。「幼くなるんだ――ときどき」

ワインが葉巻を灰皿に置いた。「ときどき?」彼は鸚鵡返しに尋ねた。

ハドスピスは、今度は声を低くした。「ルーシーは、そりゃおかしな娘だった。そこがかわいいところでもあったんだけどな。あの子と一緒にいると、驚きの連続だった。あるときは裁判官のように厳粛になる。そしてあるときは――そう、十二歳の子どもと言ってもおかしくないんだ。かわいそうなルーシー・ライドアウト」

ハドスピスは悲しそうに天井を見上げていた――つまり、こいつらがどんな反応を示すかの観察は、全部わたしに任せるというわけだな。そして、この明白な反応は見逃しようがない。アプルビイはひと目見てそう確信した。ワインと秘書は、ひどく驚いたような視線を交わしたのだ。悪夢のような誕生日パーティーを開いた効果が、ようやく表れてくれた。さらに、最近は巻雲のようにズタズタになって風に流されてばかりだったダフォディルの捜査も、ようやくアプルビイの前にはっきりと見えてきた――丁寧に凝結させた結晶のような対称形の物質ほどに、はっきりと。

ハドスピスは、今度は椅子に座ったまま落ち着かない様子で何度も重心を移し替えていた。またしても戸惑いを感じている男の表情を浮かべていたが、今回は酒で羽目をはずし過ぎたことに気づいて落ち込んでいるという雰囲気ではなかった。いつもの深く思いつめたような表情がいくぶん戻っており、どこか遠くを見つめながら、少し怯えた目をしている。「あの娘には、ほかにもおかしなところがあって」彼は言った。「今日、何度も——」彼はそこで口をつぐみ、立ち上がって、比較的しっかりとした足取りでスモーキングルームの中を歩き回った——酔いがどんどん醒めてきているように。「おれがこんなに饒舌になったのは、きっとそのせいだな」ちぐはぐな言葉でさっきの発言を締めくくった。

一瞬の沈黙が流れた。ワインは用心深く再び葉巻に火をつけようとした。「きみは今、何か言いかけていたね」ワインは続きを促すように言った。「たしか、〝今日、何度も——〟」

だが、ハドスピスはずかずかと部屋の奥まで歩いていくと、冷めたブラックコーヒーをカップに注いで一気に飲み干した。振り向いたときには、目に見えて、いっそう元気のない表情になっていた。「おれの長話なら、気にしないでくれ」彼は言った。「パーティーをやると、ついぐだぐだと話してしまう。わかるだろう? ずっと女たちと遊んでたおれが、ずっとこんないまいましい船旅をしているんだから」彼の主張は、ひどく下品ではあったが、理屈は通っていた。「そうだ、ものすごいヘビの話でもしてやろうか?」彼はまたしても落ち着きなく重心を移し替えながら、しばしうわの空になった。「よし、トランプをしよう。そうすりゃ、ぼんやりした頭も働きだすぜ。パーティーの後は、寝る前にトランプでひと勝負、ふた勝負するのが一番だ。おまえも入れよ、ジョン」

ジョンは三人のところへ歩いていったが、時計を見ると、まだ午後十一時十五分だった。ビーグルホールは、ポーカーがいいと言った。ハドスピスはブリッジがいいと言い張り、その主張を通した。どうやら、実際に一部の人間に見られるような、急速に酔いが醒めるという特技を発揮しているらしく、その演技は説得力があった。ゲームは賭け金の低い、退屈な展開で、ビーグルホールが商売人らしくしきりに用心深い勝負をする一方、ワインは一貫して正統な手しか打たなかったので、頭の中で何か別のことを考えているんじゃないかと疑いたくなった。ハドスピス自身は、オークランドかシドニーから出てきたばかりの普通のビジネスマンにしか見えないほど、すっかり素面《しらふ》になっていた。そして誰もいないバー・カウンターの上では、時計が真夜中に向けて着実に時を刻んでいた。

　彼らの足元のずっと奥底でエンジンが拍動し、船体に叩きつけては流れていく水の音がかすかに聞こえてきた。南半球を航海するときにだけ船のロープ類から鳴るという甲高い音が時おり耳に届いた。たしかにブリッジというゲームはぼんやりした頭を働かせるが、広い海の真ん中で真夜中にするブリッジには、船旅の孤独感を妙に強調する効果もあった。すぐ近くにあるのは、眠っている者であれ、寝ずの番をしている者であれ、自分とわずかなりとも繋がりのある人間の存在だ。そしてその外側、たしかな意識が構築したあらゆる限界を超えた先には、究極の異質な世界が広がっている。われわれはつい、宇宙の星までの距離こそが人間の想像力を超えた長さだと考えがちだ。だが、二週間も航海に出てみれば、やはり頭で認識できる範囲を超越するほどの距離を渡ってきたと実感するものだ。夜を徹して、エンジンは不思議にも尽きることのない力で前進を続けた。そして四人の男たちは、緑色のベーズ張りの四角い台の上でトランプの札をひっくり返し続けた。

　ハドスピスはアプルビイとペアを組んでプレイしていた。ちょうど〝ダミー〟（パートナーが指定したものが出せるようにカードをすべて晒すこと）でカードを表向きに並べているところだった。カードを並べ終えたとたん、ハドスピスはアプルビイの肩越しの、どこか遠くを見てほほ笑んだ——明らかな喜びと、少しばかりの驚きが混じった笑みだった。「ルーシー！」彼は言った。「そこにいたのか——」そこで口をつぐみ、顔をしかめ、急に不安そうな声で言った。「ルーシー、何をしてるんだ？　そんなものを持って、いったい何を——？」

アプルビイは、ワインの反応を観察すべきだったにもかかわらず、思わず後ろを振り返った。背後のドアは閉まったままだった。そのドアの奥にはカーテンともうひとつ外扉があるが、それも閉まっているはずだ。だがハドスピスはまちがいなく、その先のデッキを見つめていた。ハドスピスが突然立ち上がり、片手で目を拭った。「彼女、銃を持っていた」しゃがれた声で言う。「木がたくさん生えていた……ヤシの木が……」完全に酔いの醒めた目で、彼は三人の顔を見つめた。「おれは酔ってるんだな」彼は言った。「ひどく酔ってるにちがいない——すまない」彼は後ろを向き、不器用に椅子をテーブルに戻して、よろよろと部屋を出て行った。

演技としては超一級の出来だった。アプルビイは称賛したい気持ちを抑えて、どうにか口笛を吹いた。「気の毒なロン！」彼は言った。「あそこまでひどいのは、さすがに初めてだな」

ビーグルホールが立ち上がった。怖がっているのと同時に怒っているようだった——懐疑的な人間がこんな状況を目にしたら、そうなるにちがいないのだろうが。ようやく口を開いたとき、その口調はいつもより好戦的だった。「あいつ、次はピンクと緑のネズミまで見えるとか言いだすんだろうよ。これだから、船に乗ったらウィスキー以外の酒は飲むべきじゃないんだ」

「そうじゃない」考えにふけりながら散らばったトランプをひとまとめにしていたワインが、首を振りながら言った。「これはどうやら——少なくとも表面上は——もっと興味深いもののようだ。わたしの記憶が正しければ、これはたしか、正気の人間による不定期な真性幻覚というものだと思う」

「それって、千里眼のことかい？」アプルビイが尋ねた。

　ワインは肩をすくめた。「きみ、それは迷信や言い伝えに出てくる言葉だよ。そういうものを本気で信じるのであれば、もちろん、その古い呼び名を使わざるを得ないだろう。わたしはと言えば、今も大いに議論の余地ありとされるものでも科学的に説明するほうがいいね」彼は振り向いた。「気づいていたかね、今は真夜中の零時だ。きみの友人の言っていたルーシーとやらは、生きているんだろうか？　それとも、ひょっとしたら、つい今しがた死んだんじゃないだろうか？　こういう事案を研究する人間であれば、その点が知りたいと思うだろうね」彼はあくびをした。「さて、そろそろ引き上げるとしようか？」

「そうだね」アプルビイはそう言ってドアに向かおうとした。突然足を止め、ワインの肩にさりげなく手を置いた。「それにしても、ミスター・ワイン、あんた、馬についての馬鹿話に詳しいと思ったら――この手の馬鹿話にも詳しいんだな。ひょっとしてあんた自身、こういったものの研究者なんじゃないのかい？」アプルビイは手を離して何気なく下ろしたが、そのときワインの筋肉がこわばるのを手に感じていた。ワインがどんな返事をするにしろ、それは慌てて考えたものにちがいない。

「わたしがおばけの研究を？　ミスター・アプルビイ、まさか、ご冗談を」

「おばけとか、考える動物とか、いろんな霊媒師とか――そういったものの研究だよ」

　ワインのまぶたがぴくぴく動いた。それからほほ笑んだ。ほんの少し面白がっているらしいのがわからなければ、馬鹿にした笑みとしか思わなかっただろう。「いやいや、そんなはずはないよ。ビーグルホール、わたしたちの使命はそんなものよりはるかに重要だなどと言ったら、失礼に当たるだろうか」そう言って、ワインは楽しそうに笑った。「これで失礼するよ、ミスター・アプルビイ。おやすみ」

VI

アプルビイは、簡易ベッドから勢いよく起き上がって両足を床に下ろし、ベッドの縁に座った。膝の上に置いた両手を、朝日が明るく照らしていた。「見えるかい?」彼は言った。右手の親指がほんの少しだけ動いている。「これが見えるかい?」

「ああ、見えるよ」ハドスピスはちょうど早朝のデッキの散策から戻ってきたところだった。「でも、いったい何をしようとしてるのかは、さっぱり――」

「パンタグラフ式のマジックハンド、別名〝無精ばさみ《レイジー・トング》〟だよ。ビーグルホールが前に〝だらけてる《レイジー》〟と言ってたのを聞いて、これを思い出したんだ。かつて流行った玩具なんだが、今ではエレベーターの扉などにもこの原理が応用されている。はさみのそれぞれの刃に、棒を格子状に組み合わせた装置を取りつけるんだ。はさみを閉じる――親指を小さく動かすだけで閉じられる――と、装置が勢いよく前方に、驚くほど長く伸びる。はさみを開くと、すぐに折りたたまれて小さく縮む。ユーサピアはそういう器具を使ったトリックの練習をしていたんだ」

ハドスピスは首を振った。「でも、器具を使えばすぐに見破られるだろう? どんな奇術師も、そんなトリックじゃ観客を騙し通せない」

「物体を出現させる霊媒師は奇術師とはちがう。と言うより、ある種の奇術師ではあるんだが、奇術ショーを見に来た客なら黙っていないような特殊な状況を依頼者に強いるんだよ。霊媒師はまず、真っ暗闇に近い部屋の中で席に着く。自分の腕や脚に触れることは許可するが、念入りに計算されて起こすさまざまなけいれんを、超自然的な力によるものだと言い張る。もしも無理な条件を突きつけられたら――たとえば、降霊会が始まる前に衣服や体を丹念に調べさせせろと強制されたら――そのときは、今日は霊たちが降りてきてくれないようだと言えばいい。ユーサピアはそういうタイプの奇術師だ。ワインはそれを知っていて、自分のサーカスに入れるつもりで連れてきたんだよ」

「それがワインの狙いか。つまり、ペテン師を集めることが」

「いや」アプルビイはきっぱりと首を振った。「話はそんなに単純じゃない。物質を出現させる霊媒師の中で、厳しい科学者の検証実験を受けて偽物と暴露されなかった者はおそらくいないだろう。ところが、その検証実験に参加した高度な知識人の中には、霊媒師たちは自らの身を守るための緊急手段として、しかたなく偽物の術を見せたのだと言う人もいる。霊媒師というのは――大まかに言えばだが――結果を出して初めて報酬をもらう。その実験手法や態度からわかるように、科学者たちは超常的な存在を疑っているのだろうが、霊媒師たちが真にそういう存在との媒体であることは充分考えられる。ところが、科学者たちの厳しい条件のもとでの検証を迫られると、超常的な存在は離れてしまう。そこで霊媒師たちは、自らの評判を落とさないために、トリックにすがる。何度も偽物だと証明された霊媒師であっても、さらなる検証実験を重ねる必要性を訴えるのは、そういうわけさ。ワインはユーサピアがトリックを使っているとわかっていても、彼女が本物なのかどうかを真剣に検証したいと思っているのかもしれない」

「あるいは、やつは見世物ショーの興行主なのかもしれない」

「そのとおりだね。わたしたちの捜査の行く先に待っているのは〝世界で最も奇妙なショー〟とか、その類のものかもしれない。だが、重要な質問はこうだ――情けないほどの休暇気分でワインに接近した刑事たちの捜査の行く先に待っているのは、はたしてワイン自身だろうか？」アプルビイは立ち上がって伸びをした。「風呂に入ってくるよ。ワインに会ったら、直接聞いてみるとしよう」

「そんなことはするなよ」ハドスピスは真剣に心配して言った。「いや、つまり、これ以上の無茶はするなということだ。あんたはすでにダフォディルの親類かもしれない馬を知っているとワインに漏らしたし、わたしはルーシー・ライドアウトを知っていると漏らした――」

アプルビイは笑いだした。「わたしはまったく罪のない話しかしていないよ。だが、きみの話は、名誉棄損で徹底的にやられる可能性はあるぞ。しかも、イギリスの乙女たちを守る立場のきみが、まさかあんな話までするとは――」

ハドスピスが片手を上げた。「わいせつな話など」彼は威厳を込めて言った。「今はどうでもいい。わたしが言いたいのは、これまでにあまりにも多くの偶然を装ってきたから、これ以上は慎重に慎重を重ねなければワインに気づかれてしまうということだ。わたしにしても、昨夜あんなふうにルーシーの幻が見えたふりをするべきじゃなかった。恥ずかしながら、ちょっと調子に乗り過ぎていたかもしれない」

「そんなことはないよ。しっかり自分の足であの場を去ったじゃないか。それを言うなら、ワインも同じだった。つまり、まったくうろたえている様子はなかった。ビーグルホールのほうは、もう少しで何かしら秘密を漏らしそうだったけどね。ワインは抜け目がない。たった今、彼が何を考えているのか、あるいは企んでいるのか、わたしには見当もつかない」

「それは、あんたがなかなか起きて来ないからだ。ワインは今朝早くからどこかへ電報を送ろうとしていたんだぞ」

アプルビイは手に取ったばかりの大きなスポンジを持ち上げたまま、ぴたりと止まった。「電報？　まさか。船を乗っ取るよりも無理なことだとわかっているはずだろうに」

「いや、あいつは表向きには何らかの〝極秘〟任務を帯びているんだぞ、忘れたのか？　どこかへ電報を送るためなら、持ってる権限は何でも使うだろう」

「どうやらわたしたちはまちがいなく彼を揺さぶることに成功したようだ。でも、通信士たちはワインの〝耳の中に蚤《のみ》を一匹突っ込んで〟（『厳しく叱る』の意味）追い返したんだろう？」

ハドスピスは、その下品な慣用句に眉をひそめた——が、すぐに笑みを浮かべた。「あんたの言葉を借りるなら、〝蚤を半匹だけ〟耳に入れた程度かな。とにかく、電報を発信することは絶対に無理だと言われていたよ。なにせ、この辺りは今ピリピリしてるからな」

アプルビイはハドスピスをじっと見つめた。「外交的な問題でも持ち上がってるのか？」

「いや、文字通りの意味で言ったんだ。一級航海士から聞いた情報なんだがね。何でも、この沖合に嵐が来ていて、その雷のせいで、彼がこれまでに経験したことがないほどの電波障害が起きているらしいんだ。ゆうべ空気に妙なものを感じたのも、そういうわけだったんだな」

「酒のせいだけじゃなかったとわかってほっとしたよ。それじゃ、今もその妙な現象は続いているのか？」

「もちろん。風呂になんか入ったら、感電死するぞ」

アプルビイは、その危険を冒してでも風呂に入ることにした。温かい塩水の中で体を伸ばし、船の揺れに合わせて沈んだり傾いたりするのを浴槽の水面が頑なに拒否している様子を観察しながら、ワインが送ろうとした電報はかなり重要な内容だったにちがいないと思った。ホーク・スクエア三十七番が盗まれたいきさつと、どこかで繋がっている気がした。


　ミセス・ナースがミルクのピッチャーを手に取った。「これはたぶん粉末のミルクを水で溶いたものよね」彼女は言った。「悪いけど、これはナイスとは呼べないわ。特に、紅茶に入れるのには向かないわね。そもそも、この船で出される紅茶そのものがナイスじゃないわ」彼女はミルクピッチャーをテーブルに戻してから、ふと言い添えた。「何だか空が変だと思わない？」

「こんな空の色は、今までに見たことがないな」ワインが言った。

「おかしいのは色だけじゃないわ」今度はミス・ムードが言った。「何だか波打っているように見えるの」

　ビーグルホールがうなずいた。「あの無線機のアンテナを見ればすぐにわかるよ、明らかに変だ。小さな青い悪霊みたいな光が電線の上を走ったり飛んだりしてる。ミスター・ハドスピスには信じられないかもしれないけどね、本当にそこにいるんだよ」ビーグルホールはそう言いながら、その話を持ち出したのが正しかったかどうかを確認するように、ちらりとワインのほうを見た。それから落ち着きのない笑い声を上げ、目の前の皿を向こうに押しやった。「異常に蒸し暑いと思わないかい？妙な気分になる。食欲なんて湧かないよ」

「妙な気分？」ミセス・ナースはそう言うと、自分も妙な気分がするかどうか、しばし確かめていた。

「いいえ、わたしは何も感じないわ」

ミス・ムードは神経質そうに、大ぶりの琥珀のネックレスを手でいじっていた。「星たちの影響ね」彼女は憂鬱そうに言った。「何か大変な災難が起きるのかもしれない。何にしても、食事は摂ったほうがいいと思うわ」そう言うと、ロールパンを包んでいた紙袋を破って開けた。

「こうした気圧の異常は、熱帯地域ではよく起きることだ」ワインが言った。「まだ解明はされていないようだがね。それでも、ミス・ムードの言うような災難の心配はないだろう」

ミス・ムードはワインの言葉を聞いても、明らかに安心できないようだった。ロールパンを食べずに、その小さな紙袋を細かくちぎっていた。

「妙な気分？」ミセス・ナースがもう一度言った。

それまで何の反応も示さずにベーコンと卵を食べていたアプルビイが、ワインのほうを向いた。「乳牛《カウ》？」

「たしかに、妙な天気だな」彼は言った。「嫌な感じ《カウ》だ」

「神経に障るんだ。前に砂嵐に遭ったときも、これと同じような感じだったよ」

「そうだったな」ハドスピスが大きくうなずいた。「あのとき、レン伯父さんが言ってた――」

「あの扇風機を見てみろ！」ビーグルホールが興奮気味に指さした。「今までに見たことあるかい、あんな――」

生温かい空気の中、電気扇風機は動いていた――が、突然その形が渦を巻く霧に包まれてぼやけ、バチバチと放電が起きた。

「なあ、見たことがあるかい、あんな――」ビーグルホールはもう一度、芝居がかった身振りで言いかけたが、今度はミス・ムードの悲鳴に遮られた。彼女の目の前のテーブルに落ちていた小さな紙くずが吹雪のように舞い上がり、頭上でぐるぐると回るのを見て悲鳴を上げたのだった。一瞬、彼女の驚愕した顔が、まるで旋回するカモメの群れの中心にそびえる山の頂のように見えた。やがて、カモメたちが降りてきて翼を休めるように、小さな紙くずは彼女の琥珀のネックレスの上に集まってくっついた。

きわめて奇怪な出来事だった。だが、落ち着き払ったミセス・ナースの行動のほうが、はるかに奇怪だった。「妙な気分？」弱々しい声でそう言うと、目を閉じて椅子に倒れ込んだのだ。しばらくすると、まぶたは開いたものの、瞳は上を向いたまま白目になっていた。「妙《クィア》？」弱々しい声でそう言ったとたん、勢いよく立ち上がった。「近い《ニア》」がらりと声が変わった。「とても近い」彼女の声はさらに低くなり、外国風のアクセントまであった。「皇帝陛下は、それが近い《ニア》とおっしゃっている。用心せよ《ビウェア》と。いや、備えよ《プリペア》と。皇帝陛下はみなに、それが明白《クリア》だと知ってほしいとおっしゃっている。陛下はすべてお見通しだ。皇帝陛下は何でもご存じだ。ここで起きていることのすべてをご存じだ。皇帝陛下は祈れとおっしゃっている。それはとても近くまで来ている」長いため息をついた。「何だか、心の中が空っぽになった気分だわ」彼女は哀れっぽい声で言った。

ベーコンの最後のひと切れを食べかけていたアプルビイが、再びワインに顔を向けた。「今何が起きたのか、あんたなら専門用語を使って説明できるんだろうね、ミスター・ワイン？」

「彼女なら、きっとじきに正気に戻るだろう」ワインはわざとぼかしてそう言うと、コーヒーカップに口をつけてそれ以上の答えを避けた。

「今のは〝トランス〟ってやつかい？」ハドスピスが尋ねた。「そう言や、レン伯父さんが昔知ってた女が――」

間欠泉が噴き上がるように、ミス・ムードが突然甲高い声で笑い始めた。食堂の中を、その恐ろしい笑い声が延々と響いた。すると笑い声は、急に始まったのと同じように、突然止まった。ミス・ムードは荒い息をしながら、椅子に座ったまま体を硬直させ、目を見開いていた。

「こりゃまた奇遇だな」アプルビイは、動じることのないフクロウのように平然と言った。「ロン、おまえが今レン伯父さんの話をしかけたんで思い出したんだが、おいらの伯父さんのシドも、この娘さんによく似たカウガールを知ってたよ」そう言ってアプルビイは、ミス・ムードのほうへうなずいてみせた。

「カウガールだって？」ワインが言った。我慢の限界だとでも言いたそうだ、とアプルビイは思った。ワインを打ち負かす瞬間まであと少しだ。

「そう、カウガール。そのカウガールがそんな状態になったとき――」アプルビイはもう一度ミス・ムードのほうへうなずいた。「こんなことができたんだ」そう言って、アプルビイは上着の襟に手を伸ばし、留めていたピンを引き抜いた。「こんなことだよ」彼はもう一度言ってテーブルに身を乗り出し、ミス・ムードの腕にピンを深く突き刺した。「ロン、おまえもピンを持ってないか？」アプルビイはポケットの中を探った。「それか、誰かペンナイフを持ってたら――」

「やめたまえ」ワインが言った。「そんなことはしちゃいけない。ミス・ムードは今、明らかにヒステリー性知覚麻痺に陥っている。だが、注意しないと――」

「ほらな！」アプルビイが感銘を受けたように遮った。「やっぱりあんた、ちゃんと専門用語を知ってるんじゃないか。でも、ミスター・ワイン、おかしいと思わないかい？　こんな狭い船の中に――」

「おい、彼女の手を見てみろ」ハドスピスはミス・ムードを指さしながら言った。「あれは何をやってるんだ？」ミス・ムードの右手は、テーブルクロスの上で奇妙な動きをしていた。

「鉛筆」——アプルビイはあちこちのポケットを探った——「それと、紙はないか。自動書記——いや、何かそういったようなこと——を始めるつもりなんだ。そう思わないかい、ミスター・ワイン？」

「そのようだな」ワインが言った。

「さっき言いかけたことだが、おかしいと思わないかい？　こんな狭い船の中に、こう何人も——」

「金色の髪の少女はどこだ？」ミセス・ナースがまたさっきの口調で言った。「金色の髪の少女はどこだ？　金色の髪の少女はどこだ？」

　相変わらず体を硬直させたまま、何かを書くような動作をしていたミス・ムードが、すすり泣きを始めた。扇風機からパチパチと火花が弾ける音がして、かすかに焦げ臭いにおいが辺りに充満した。

「メントール（ギリシャ神話に出てくる指導者）が金色の髪の少女と話がしたいそうだ。急げ。メントールが急げと言っている。妨害による影響が出ている。金色の髪の少女はどこ——」

　階段を降りてくる足音がした。いつの間にか食堂を抜け出していたビーグルホールが、いきなり駆け込んできた。「あのイタリア娘が！」彼はワインに向かって焦った声で言った。「三等室の食堂で彼女も同じような状態になってます。タンバリンがどうとか言って。それと、テーブル。〝テーブルを回す《ターニング》〟とか何とか……」

　長く尾を引くような轟音が響いて、彼の言葉を掻き消した。まるでティタン（ギリシャ神話の中の巨人の神）がタンバリンを鳴らしたかのような、まるで神々のテーブルがひっくり返ったような音だった。何度も何度も雷鳴が繰り返され、まばゆい稲光の合間に、空が弱々しく光った。そこへ、遠くから雨の降りしきる音が聞こえてきた。ミスター・エメリー・ワインに引き連れられた女たちが、一斉にひどく突飛な行動を始めたのは、不気味な大気現象のせいかと思われたが、何てことはない、あれは単純な熱帯低気圧だったのだ。

「何度も言いかけたように」アプルビイが言った。「この狭い船の中に、どういうわけだかこんなに何人も――」

「きみの言うとおりだ」ワインが言った。

「まさか同じような人間がこんなに集まっているなんてさ。そういう特殊な人間の会合とか病院とか、もともと同じ目的地へ行くために一緒に船に乗ったのなら話は別だろうけど。でも、ミセス・ナースとミス・ムードはお互いを――」

「そうとも」ワインが言った。「まさしく、非常に興味深いことだ」

「ミセス・ナースとミス・ムードは、お互いを同類だと知ってたかどうかはわからないし、そのうえ、三等室にも同じような女性がいるって話だろう？　やっぱり、どうにも不思議――」

ワインがアプルビイの腕を掴んだ。「親愛なるミスター・アプルビイ」彼は言った。「新鮮な空気を吸いにデッキへ出ないかね」

Ⅶ

排水口を流れる雨水がゴボゴボと音を立て、上階のサンデッキを雨粒が叩きつけていた。その向こうには、まだ弱い稲妻が光り、湿り気を帯びた重そうな空から雨が滝のように流れ落ちていた。南大西洋のどっちを向いても、何もかもが水浸しだ。

「正直に言おう」ミスター・ワインが言った。「正体を偽っている人間がいる」

「ビーグルホールとあんたのことかい？」

「ビーグルホールとわたし然り、ハドスピスときみ然り。少々堅苦しい言い方だが、わたしたちの立ち位置を的確に表しているはずだ。ところで、きみにユーサピアを紹介しなければね。実に魅力的な娘だよ。たしかに彼女には、人を欺くところがある。だが、きれいな娘には道徳心など必要ない、そうだろう？」ワインは洗練された笑みをアプルビイに向けた。「もっとも、ユーサピアを紹介する相手としては、きみの友人のほうがふさわしいのかもしれないな。彼の頭の中から、グラディスさえも拭い去ってくれるだろう」

アプルビイはワインを真正面から見据えた。「そんなことばかり言っていては、いつまで経っても肝心な話に踏み込めませんよ」

雨の打ちつけるガラス窓を背に、ワインは小馬鹿にするように軽いお辞儀をした。

「あなたのおっしゃるとおりだ《アイ・スタンド・コレクテッド》。もっとも、シド伯父さんやレン伯父さんが同じことを言ったら、〝叱られて立たされている《スタンド・コレクテッド》〟という意味になってしまうのだろうが」

「シド伯父さんもレン伯父さんも、単なる出まかせですよ」ひとまず守りに立たされたアプルビイは、懸命に防備を固めた。

「また、ご謙遜を」ワインは礼儀正しかった。「彼らの人物像は、非常に信憑性のある、称賛に値するものだったよ。レン伯父さんの骨を見つける話は、少しばかり無理があったかもしれないが、まあ、あの地域なら奇妙なことが本当に起こることもあるからね。煙草をどうだね？」

アプルビイは一本受け取った。「ミスター・ワイン、戦時中に政府の特命を帯びているふりをして、実際にはまったく性質の異なる目的で国外へ出ることは、重大な犯罪行為に当たるのをご存じないのですか？」

「そう言うが、まさか国外に出る者の全員が全員、本当に戦争に関する任務を負っているはずはないだろう？　それに、今は表面上そうだとでも言わなければどこへも出られない」ワインはマッチを擦った。「〝ひと山当てようと戦地へ向かう者もいれば、はるか遠い島々を見つけに行く者もいる〟シェイクスピアの言葉だ（『ヴェローナの二紳士』の台詞）。その意味を考えれば、きみがさっき言っていた肝心な話とやらに踏み込むまでもなく、おのずとわかるはずだ。それに、実のところ、きみだってわたしと同じじゃないのかね？　きみとハドスピスは、本当に羊毛製品の知識があるのかい？」

「ないかもしれませんね。でも、少なくともわれわれは、とても重要な任務のために旅をしているのです。そうでなければ、このご時世ですから、故郷を離れたくはありませんよ」

ワインが首を振った。「井の中の蛙《かわず》大海を知らず、だな。わたしならきみに〝はるか遠い島々を見つけに行く〟ことを勧めるがね。そうとも、わたしと一緒に来てみる気はないか？　ためらうことなどない。〝もしや、幸せの島々《ハッピー・アイルズ》が見つかるかもしれぬ〟」

「〝そして、かつての英雄アキレウスに会えるかもしれぬ〟（テニスンの『ユリシーズ』より。〝幸せの島々〟とは、冒険の旅を続けた英雄たちが死後に行く神話の島）ということですか？」力ない声でそう言いながらも、アプルビイの頭は活発に働いていた。ワインの誘いには、何かしら未知の要素か、奇妙な誤解が含まれているにちがいない。

「そうかもしれないな。そこにはアキレウスも、ヘクトール（アキレウスと決闘をして殺された、ギリシャ神話の英雄）もいるかもしれない」

「ほかの亡霊――たとえばミセス・ナースが言っていたメントールや皇帝陛下も？」

「うーむ」ワインは顔をしかめて考え込んだので、引用するためのシェイクスピアの言葉でも探しているのかとアプルビイは思った。ワインが口を開いた。「ここからが本題だ。偶然一堂に会した人たちが、嵐のせいで一斉におかしくなったとしても、おそらくそれほど珍しいことではないだろう。わたし自身、落ち着かない気分になったぐらいだから。だが、ミセス・ナースとミス・ムードが同時にトランス状態に陥ったことに加え、ユーサピアまでが同じようになったと聞けば、たしかに非常に強い何らかの力を感じるね。先ほどわたしも認めたように、人の正体は見た目とは異なることがある」

「それに、人の関係性も見ただけではわかりませんよね。ミセス・ナースとミス・ムードが特別な共通点を持っていることも、あなたと何らかの繋がりがあることも、ふたりからはまったく感じられませんでした。あのイタリア人の娘も含めて、彼女たち三人はまちがいなく、あなたとあなたの秘書にエスコートされたひとつの集団であるにもかかわらず。ひょっとすると、彼女たちは本当にあなたのことを何も知らないんじゃありませんか？」

ワインがうなずいた。「ああ、実を言えば、そのとおりだよ」

「あなた自身のかかわりをそこまで隠すとは、あまりにも異常ですよ。自分の目的を果たすために仲介者や囮《おとり》を雇って、彼らをさまざまな地域に派遣したのでしょう？」

「そのとおりだよ、ミスター・アプルビイ。それに、忘れちゃいけない、ルーシー・ライドアウトも連れて来させた。正直に言うが、ゆうべはきみの友人の見せかけの騒動に、ひどく困惑させられた——激しい不安に駆られたよ。実を言えば、最後の数分まで、あれが巧妙に考えられたでっち上げだとは気づかなかった。おそらくきみは、あのハロゲイトの数を数える馬のことも知っているのだね？それ以外にも、いったいどこまで知っているのやら。ハンナ・メトカーフという若い女のことは聞いたことがあるのかい？　彼女は魔女なんだ。本物の」そう言ってワインは、平静さを失うことのない、いつものほほ笑みを浮かべた。

この出会い自体が機械仕掛けだったかのように、話がものすごい速さで展開している。そしてこの男は絶対に、ただの思いつきで情報を漏らしているはずがない。きっと何か目的があるのだ。ひょっとすると、一気に多くの情報を浴びせて、こちらの思考が追いつけなくなることを期待しているのかもしれない。そして彼は——これだけのことを進んで話したこの男は——こちらについての情報はどれだけ摑んでいる、あるいは摑んだつもりでいるのだろう？　アプルビイは探りを入れてみた。「ハドスピスが、実際にはルーシー・ライドアウトと会ったことがないとでも言いたいんですか？」

「そんなことは言っていない。ただ彼は、ゆうべは実に巧みに騙してくれたと言っているんだ」

アプルビイは吸っていた煙草を投げ捨て、相手をちらりと見た。最後の発言をしたときの口調に何か——躊躇と強調が入り混じったようなものが、いくらか感じられ、よくわからないが、それがとても重要なことのように思えたからだ。「実のところ、ハドスピスの何もかもがでっち上げだと思っているんじゃありませんか？　超常現象の体験などまったくないと？」

「嘘だとは思っていないよ。本物でなければ――」ワインはそこで言葉を切り、ふたりのいる小さなシェルター・デッキの奥から籐椅子を二脚引き寄せた。「座って話さないかね？　そして、きみ自身の話に戻そうじゃないか。何と言っても、お互いに交代で話すのが順当だろう。それに、きみたちの関心の対象が羊でないことはすでに明らかだ――隠喩的な〝羊〟は別として」ワインが再びアプルビイにほほ笑みを向けた。アプルビイはそれを見て、初めて醜い笑顔だと思った。醜いと同時に、謎を秘めてもいる――いまだにわからない何らかの誤解をもとにした笑みだからだ。いや、本当に誤解だろうか？　それともワインは、誤解があると見せかけているのだろうか？　そこを見まちがえば、命取りになりかねない。そして最善策は、大胆な手に打って出ることだ。

「ミスター・ワイン、ひょっとしてわたしとハドスピスが私服警官だと思っているんじゃありませんか？」

「ほう」ワインが言った。

「もしそう思っていらっしゃるのなら、その推測はそれほど外れてもいませんよ」

「ほう」ワインがもう一度言った。それから急に椅子に深くもたれて笑いだした。心の底からの笑いであると同時に、まったく馬鹿げた考えを聞いたときに出る笑いでもあった。「親愛なるミスター・アプルビイ、お互いにもう少し正直になろうじゃないか」そう言って急にまた上体を乗り出すように座り直し、アプルビイの腕に手で軽く触れた。

「わたしの話を聞いてくれ」彼は言った。

第三部　ハッピー・アイランド

I

ブクッ……ブクッ……不気味な泡が水面に浮かび上がって弾けると、その重苦しい音はたとえようもないほど不吉に響いた――ただし、泡がひとつ弾けるたびに、そのすぐ後から嬉しそうな拍手が聞こえた。「またいたわ！」少女が声を上げる。「あそこにもいた！　ほら、あのお鼻を見て。それに、あのお目々！　ミスター・ワインが言ってたの、歯のお掃除をしてくれる小さな鳥さんもいるんだって。わあ、すごいしっぽ。ね、見て見て！」

　蒸気船を取り囲む水面は黒く油のように重く、その大型生物たちが水に飛び込んだり、しぶきを跳ね上げたりする以外に、波ひとつ立つことはなかった。「ほら、また！」少女が大声で言った。舵を握る男――一日じゅう舵の前に立ち、人を寄せつけずにひとりで夢想している男――は、その少女の声に突然低い笑い声を上げた。「ラガルト」彼はスペイン語で言った。「トカゲ《ラガルト》だよ、お嬢ちゃん《セニョリータ》」舵を切ると、高速で走る小さな船はきしんだ。また舵を切ると、櫂が一本、狂ったようにカタカタと鳴った。最後に舵を引くと、蛇行するカーブを曲がり切って、前方のずっと先まで続く川が目に入った。

　船はどういうわけか川の南側の岸に沿って進んでいた。川岸は低く、蒸し蒸しとして、木が密集していた。北に目を向けると、一面に川が広がって、岸はほとんど見えない。船はすでに海から二千マイルもさかのぼってきたはずなのに、乗っている者たちはとてもそれを事実として受け入れられそうになかった。ブクッ……「ほら、またいた！」ルーシーが有頂天で叫んだ。彼女の拍手の音に、木生シダからピンクと黄色のオウムの群れが飛び発っていった。

船尾の天幕の下で椅子に寝そべりながら、ミスター・エメリー・ワインは慈愛に満ちた笑みを浮かべた。そのとき、彼の頭の中をある考えがよぎった。「ルーシー」彼は声をかけた。「ママへのお手紙は書いたのかね？」

「うん、書いたよ、ミスター・ワイン」

「お聞きのとおりだよ」ワインは瞑想にふけっているような目を、ハドスピスに向けながら言った。ハドスピスは陰気な顔で顎を掻いている。「あの子は毎週、母親に手紙を――あの子の中の誰かが母親に手紙を書いている。わたしはできるだけそれを往復の大型飛行艇まで届けてやっている。ミセス・ライドアウトはなかなか素晴らしいご婦人だ。きみも彼女に会ったことがあるんじゃないのか？」

ハドスピスが顔をしかめた。今この船のへさきにいるあの純情な乙女との色恋話を、あのパーティーの場で想像力にまかせて好き放題に語ってしまった人間にとって、その質問はひどくばつの悪いものだった。たしかに、ミスター・ワイン所有のこの蒸気船に乗り換えてから、互いにさんざん嘘の説明を交わしてきた。それでもなお、ハドスピスはルーシーの目をまともに見ることができずにいた。

「もちろん」とワインは言った。「あの子を連れ出すにあたっては、少々高圧的な態度をとらせざるを得なかった。何と言っても、紳士的にふるまっていては、きみたちのような人間に先を越されるかもしれないからね。競争するということは、ときには人を多少無節操にさせるものだ。だが今では、ミセス・ライドアウトともよく理解し合えていると思っているよ。だからこそ、アプルビイが、自分は私服警察官だなどとジョークを言ったときにひどく面白く思えた。結局わたしには、逮捕されるべき根拠がほとんどないのだからね」

「馬の一件がありますよ」アプルビイが言った。

ワインは楽しそうに笑った。「たしかに、あの馬はわたしが盗んだよ。だが、よろよろの馬車馬を連れて南アメリカへ逃亡する男など、聞いたことがあるかね？　証拠がめちゃくちゃだと言われて、裁判にも持ち込めないだろう。そうとも。もしもきみが警察官なら――そして、ここにいるハドスピスも仲間だとしたら――わたしを逮捕するのは難しいと思うだろう」彼はソフトドリンクをひと口飲んだ。「知っているかね、ハドスピス。わたしはときどき、きみが本当に警察官なんじゃないかと思うことがある。だが、わたしはかつて、きみがコブドグラの住民だという話を信じた男だからね。見た目から推測するのは賢明でないと心得ているよ。ラッドボーンについても同じだ。きみたちは彼がどんな男だと思う？　つまり、表面的にはどういう男に見えているんだい？」

「そんな人には会ったこともありませんよ」アプルビイが言った。

ワインはため息をついた。「まったく、きみたちときたら、ときどき本物の馬鹿になるね。ラッドボーンは、わたしを監視するようにときみたちを雇った男じゃないか。言わせてもらうが、彼には、互いに科学的な成果を競う健康的なライバル関係を重要視しすぎるところがある。そして自分の手の内を相手に知られると、異常なほど無口になるんだ……ルーシー、レモネードを飲むかね？」

「うん、飲みたい。ちょうだい、ミスター・ワイン」

「とは言え、ラッドボーンは退屈そうに見えて、人並み外れて有能な男だよ。いっときは、彼にわたしのコレクションの大半を押さえられてしまうんじゃないかとびくびくしていたものだ。どれも希少で貴重なものだからね」ワインは声を抑えた。「たとえば、あのルーシーを見てごらん。彼女と同じような人間は世の中にあとふたりといないだろうね。ミセス・ナースもそうだ。ユーサピアぐらいなら、ほかにいくらでも見つかるだろうがね。だが、ミセス・ナースのような、物理的現象を伴わない最高級の霊媒師となると、自分が生きているうちにたったひとり現れるかどうかだ」ワインは両手をそっと擦り合わせた。「あれは科学実験と身体検査に耐えうる最高級の素材だよ——そうとも、最高級の素材だ。これでわたしもきみたちの組織に打ち勝ったと思う。ラッドボーンはこれ以上わたしに対抗できないだろう。だからこそ、きみたちにわたしのコレクションを見に来ないかと誘ったのだ。帰国したらラッドボーンに全部報告してくれ」ワインはかなり上機嫌な様子で笑った。「はるばる訪ねてくれて、きみたちには心から感謝しているよ。何と言っても、たどり着くまでは長く辛い旅路だからね——もちろん、帰り道も」

「非常に興味深いものが見られると期待しています」アプルビイが言った。

「ああ、きっと見られるとも。ホルヘ」——ワインは使用人の男に向かって言った——「ミス・ライドアウトに膝掛けを持ってきてくれ。少し冷えてきた……きみたちにとって、きっと興味深いものが見られるだろう。『ブリタニカ百科事典』には、心霊研究に特化した本格的な研究所は、世界じゅうどこを探しても存在しないと書いてある。それが誤りだということが、じきにきみたちにもわかるよ」

「ルーシーにも、ですね」アプルビイが言った。

ワインが顔をしかめた。「どういうことだ?」

「ルーシーも、じきにその研究所を目にするのでしょう? それにしても、なぜルーシーなんです?

つまり、彼女が伝統的な心霊研究の対象者だとはとても思えないのですが。あの子は稀な、だが広く知られた精神疾患——ひとりの人間の人格が複数に分裂するという症状——に苦しんでいます。たしかにこうした症例は、昔は悪霊にとり憑かれていると信じられてきました。ですが、本格的な心霊研究で実験するようなケースとはまるでちがうんじゃないでしょうか。ルーシーのケースは、精神病理学の範囲であって、心霊学ではありませんよ」

「そうだね」ワインは言った。船べりへ視線を移して外を見やり、まるで川の中のワニたちに答えを求めているようだった。「だが、あれはヒステリーだという見方もある。それも忘れてはならない」彼はその曖昧な発言を肯定するように、ぼんやりと大きくうなずいた。「さらには、そこから派生する別の疑問もある」彼の声に自信が戻ってきた。「ミセス・ナースが、彼女自身とは別の複数の声で話すとき、はたして彼女は見えない世界と繋がっているのか——彼女も、一時的にルーシーと同じ精神疾患に陥っているだけじゃないのか。わたしの言っていることがわかるかね？」

アプルビイは理解した。たしかにこの男は、こうした分野には詳しいらしい。ワインの企みが何であれ——そしてそれは絶対に、これまで彼が説明してきたものではないはずだ——彼は心霊研究についての科学的知識を充分に備えていた。はたしてこの男は、隠された別の意図があったとしても、本当に本人が言うとおりの人間なのだろうか？　それとも、今までの話はまったくのでたらめなのか？たしかに、大規模な心霊研究に身を投じる人間がいることは考えられる。これまでにも多くの優れた知識人たちが、そうした研究にのめり込んできたのだから。さらに、彼にラッドボーンというライバルがいること、そして研究対象となる人材を集めた秘密の場所を確保するために、どんな奇妙で奇抜な手段もいとわないことは、たしかに考えられる。だが、そのような人間が、南米大陸の川を何千マイルもさかのぼった奥地に活動拠点を集約させることなどあるだろうか？　そのような要塞へ、ハロゲイトの馬車馬と、ブルームズベリーの屋敷と、さらには、ライバルが送り込んだスパイだと決めつけたものの、当人たちは私服警官だとたわ言を繰り返すような、ふたりの男まで運ぶものだろうか？　目的地までは川を相当さかのぼる。ということは、帰りも相当かかるだろう。ワインはわれわれをあの大型定期船から自分の所有する蒸気船へ、すんなりと乗せてくれた。そして今、こうして同行させてもらっている……アプルビイは、本当に奇妙なことを探るためなら危険をいとわない男だった。そこで、椅子にもたれ、のんびりとマテ茶を楽しむことにした。こうした数々の疑問には——そして、ほかの疑問にも——いずれ自然と答えが明らかになるだろう。

ルーシーは膝掛けで足先をくるんでもらっていた。ワインは、それでよしと言わんばかりにうなずくと、グラスを置いて満足そうなため息をついた。「気の毒なラッドボーン」彼は言った。「そうだ、クリスマス・プレゼントとして、ラッドボーンにユーサピアを贈ってやろうか。それが彼にとって、ほんのわずかな慰めになるようにと祈って」

その皮肉を聞く前から陰気さをまとっていたハドスピスは、招待主であるワインに暗い視線を向けた。「どうもあんたは、すっかりラッドボーンを打ち負かしたつもりでいるみたいだな」

「そんなことはない。あいつは賢い男だ。だが賢さだけじゃなく、弱さも持っている。こういう研究には、その弱さが命取りになる。実のところ、あいつは騙されやすいのだ。自分ではわかっていないが、あいつは何でも簡単に信用しすぎる。ラッドボーンは心のずっと奥底では不思議なことを追い求めてやまない。そして、きみたちも賛同してくれるだろうが、科学者にとってそんな欲求は矛盾と無意味以外の何ものでもない」

「でも、不思議なものを追い求める気持ちは、あなたの原動力でもあるんじゃないですか？」アプルビイはさっと顔を上げて、鋭い目でワインを見た。「幽霊や驚嘆への憧れがないのなら、どうしてわざわざこんな面倒なことをするんです？　ご自分を正真正銘の懐疑論者だと言うのなら、ミセス・ナースをさらうことに何の喜びも感じないでしょうに」

ワインは苛立ったように首を横に振った。「親愛なるアプルビイ、もう少し考えてからものを言いたまえ。わたしは客観的な立場をとっている。そして、わたしは科学者だ。つまり、自然の法則から外れたものには興味がない。もしも幽霊などというものが本当にいるのなら、幽霊は自然界に存在し、自然の法則に従っていることになる。だがラッドボーンは、自然界を超えたものに対して、密かなノスタルジアを感じているのだ――ドキドキしたり、ゾクゾクしたりするものや、謎を楽しむための謎といったものに対してね。あいつはその幽霊たちが、どこまでも異常であってもらいたいのだ。どこかの農家の小屋で体感したのと同じ感情を、研究室でも再現したいのだ」ワインはいつの間にか立ち上がり、激しい口調で熱弁していた。「あいつとわたしの主張が正反対なのは、そこなのだ。さまざまな現象を分類したとき、どうしても説明のつかないものが存在するのかどうかは、大いに議論されている。そうした特殊な現象は、存在するのかもしれないし、存在しないのかもしれない。だが、もし存在するとしたら、その現象は説明がつかないものではなくなるはずだ。その現象を起こす法則は必ず発見できる――それを見つけることこそが、わたしの使命だ。ラッドボーンは、あれだけの能力と高貴な身分に恵まれていながら、つまるところ、降霊会に集まる愚かな女と変わらない。彼は真実ではなく、スリルを追い求めているのだよ、わかるかね？」

アプルビイは、わかったと控えめにぼやかして答えた。

「すまない、少々熱が入り過ぎたようだ」ワインは科学者としての熱い思いを収め、いたずらっぽいほほ笑みを見せた。「さて、わたしはそろそろ下へ降りて着替えるとしよう」

ハドスピスは、汚れひとつないワインのパナマ帽が昇降段を降りて消えるまで見ていた。それから、アプルビイのほうを向いた。「なあ」彼は用心深くささやいた。「ラッドボーンって男は、実在すると思うか？」

「実在したらいいとは思う。もしもラッドボーンがワインの空想上の人物なら、わたしたちはその男の部下であるはずがない。それはつまり、わたしたちがワインの仕掛けた罠にまんまとひっかかったということになる。目をしっかりと開けていたにもかかわらず」

「目を開けていたことは慰めにはなる」ハドスピスは疲れた目で、ルーシー・ライドアウトの姿を追っていた。

「わたしは、ラッドボーンは実在するような気がする」そう言うアプルビイの目も、ルーシー・ライドアウトに向けられていた。「もしそんな人物がいるのなら、話がひどくややこしくなるだろうがね」

「おいおい、これ以上ややこしくなるのは勘弁してもらいたいな。ちなみに、わたしはラッドボーンだの、ライバル関係だのという話は、まったく信じていない」ハドスピスが言った。

「わたしだってそうだよ。ラッドボーンが実在すると思うと言ったのは――別の意味でだ」

ハドスピスがアプルビイの顔をじっと見た。「だって、そいつが存在しないのなら、われわれはくそみたいにでたらめな組織の人間だと名乗ったことになるんだろう？」ハドスピスはつい汚い言葉を使ってしまったことに気づいて、顔をしかめた。「しかもわたしは、そのラッドボーンの指示で、ワインに連れ去られる前にルーシーを見つけ出したという話まででっち上げてしまった。あんたの誕生日パーティーの一件だって、そのでっち上げ話をもとに、われわれがワインを罠にかけようとして仕組んだことになってるじゃないか」彼はそこで口をつぐんだ。「なあ、わたしはあのワニたちがどうにも気になって、おかしくなりそうだよ」

アプルビイは笑った。「反対にルーシーはまったく健全な意味で、ワニたちが気になってしかたないようだね。まるで動物園に遊びに来た子どものように、心に浮かんだことを口にしている。なあ、ワインはわたしたちが警察官だという理由だけで、ここから追い返したりはしないと思わないか？ たとえ彼が言うように、研究材料となる人材を異常な方法で集めていることを咎めに来たのだとしても」

「いや、追い返すと思うね」ハドスピスが言った。「わたしだけでなく、あんたもそう思ってるはずだ」

アプルビイがまた笑った。「レン伯父さんのお気に入りのフレーズで答えるなら、〝あたぼうさ〟。あるいは、シド伯父さんなら〝そうともさ〟とでも言うかな」

「まあ、いいこともないわけじゃない。あのぞっとするようなムードって女と別のボートで向かうことになってよかったよ。ワニに食われた人間の骨を、あの女が一本一本数え上げているところを想像すると――」

「骨なんて一本も残らないよ。ワニの消化器は、動物学でわかっている限りでは最強だからね。呑み込まれたら、数秒で骨まで溶けてしまう」

「適切な関連情報をすぐに提供できるのは、あんたの素晴らしいところだな」左舷の手すりの向こうで、かたまって生えた植物が流れるように通り過ぎていく様子を、ハドスピスは暗い面持ちで眺めていた。「本当にどこかの島を目指しているんだろうか?」

「たぶんね――ただし、以前睨んでいたファン・フェルナンデス諸島ではないようだ。この広い川の中に島がいくつもあって、何島かずつかたまっているらしい。こんな大陸の真ん中に、立派な群島がいくつもあろうとはね。そしてどうやらワインは、その群島のひとつを所有しているそうなんだよ」

ハドスピスは自分の体を無理やり椅子から引き起こすようにして立ち上がった。「なあ、いったいどのぐらいの金がかかっているか、考えたことがあるか? これは科学研究というより、大規模なビジネスとしか思えない」

「本当だね。そこで、またワニの話に戻ってくるわけだ。科学は、やたらとたくさんの白いマウスやモルモットを無駄に消費するから無慈悲だと言われる。だが、邪魔なライバルをワニの棲む川に放り込もうと本気で考える人間は、大規模なビジネスの世界にしかいない」

ハドスピスは自分の顎を撫でて黙り込んだ。それからアプルビイに背を向け、階下へ降りていった。一方のアプルビイはそのまま天幕の下に残り、川岸に霧が立ちのぼる様子を座って眺めていた。夕暮れが迫るなか、熱く澄んだ空気は、その不快な蒸気の中に消えていった。有害な湯気を立てる霧は初めは、あちこちに散らばる蒸気のかたまりか、目に見えないほど繊細な最高級のヴェールのような形で現れた。ところがすぐに、辺り一面が霧で満たされた。今日一日変化のなかった見慣れた風景が、巨大な手でカーテンを引かれたように覆い隠されてしまった。油断のならない薄暗い闇が辺りを包んだ。

それ以上は何も起きなかった。アプルビイはじっと座って水面を眺めていた。何も起きない。ワインめ、ここに隠れ家を築くにあたって、その象徴としてふさわしい場所を慎重に選んだにちがいない。

ブクッ。

「またいたわ！」

アプルビイは考えにふけっていた。唇を固く結び、厳しい目で前方を見据えた。だが、やがてその表情がやわらいだ。「ねえ、ルーシー」優しく声をかける。「ちょっとこっちへおいでよ。一緒にお話をしよう」

Ⅱ

「ルーシー――」アプルビイはそこで口をつぐんだ。「小さいルーシー――」彼はそう呼ぶと、また口をつぐんだ。「今は小さいルーシーでいいんだよね？」

　ルーシー・ライドアウトがうなずいた。

「ここに来られて嬉しいかい、ルーシー？」

「嬉しい。楽しいんだもん。ね、聖ウルスラって知ってる？」ルーシーはそう訊くと、親しげで屈託のない瞳でアプルビイを見上げた。

「いいや。聖ウルスラは知らないな」

「女子校の名前よ。みんなで大きな蒸気船に乗って、世界じゅうを旅する学校なの。毎日がすっごく楽しいのよ。もちろん、本当にある学校じゃないけどね。本に出てくるの」

「なるほど」

「でもね、この旅は本物でしょ。だからあたし、毎日楽しいの。いつでも好きなときにレモネードが飲めるし」

「素敵だね。でも、ほかの――ほかの人たちはどうだろう？　きみみたいに楽しんでいるのかな？」

「病気のルーシーは、嫌なんだって。初めは何度も逃げ出そうとしてたのよ。でも今は、なんて言ったって、いつでもお勉強ができるようになったから。病気のルーシーはね、ミスター・ワインにラテン語を教えてもらってるの」小さいルーシーはしぶしぶながら、彼女に敬意を表して言った。「それでおとなしくしてるのよ」

「もうひとり――」

「本当のルーシーのこと？　本当のルーシーは、ものすごく興奮してる。でも、怖がってもいるみたい。ただ、あなたが来てからは――」小さいルーシーは話すのをためらった。「こんなことをあなたに言っちゃったなんてばれたら、すごく怒られちゃうな」

「それなら、この話はもうやめたほうがいいね」アプルビイは隣にいる、子どものような若い娘を、明らかに混乱した目で見ていた。ルーシー・ライドアウトと――ルーシー・ライドアウトたちと――会話をするのは難しく、本来は専門家に任せるべきなのだろう。アマチュアのアプルビイでは、その時々の彼女がどんな状況なのかを理解できたときでさえ、いつも失敗と背中合わせなのだ。覚えておくべき基本情報としては、ルーシーは常にひとりずつしか現れないということだ――そして、その時々のルーシーも残りのふたりのことを、客観的かつ好意的に、だが目ざわりな存在として捉えている……。「彼女の気分を害するような話なら」とアプルビイは言った。「しないほうがいい」

「あのね、本当のルーシーったらあなたに恋してるのよ」

「へえ、そうなのか」アプルビイはひどく困惑した。

小さいルーシーの瞳がいたずらっぽく踊った。「だからね、もしあなたがいいんなら――」

「そこまでにしておきなさい」

小さいルーシーは傷ついたようだった。「ごめんなさい。あたし、そういうことって、まだ全然わからないから。まだって言うか、わかるまでにはうんとかかるだろうな。だってあたし、まだ十二歳だもん。もう何年も十二歳のまんまなの。ときどきね、楽しいことは全部、ほかのふたりに取られちゃってる気がするの。でも、大きくなってもあのふたりみたいに嫌な思いばっかりするんなら、子どものままでよかったって思うこともあるの」彼女はそこで一旦話をやめて顔をしかめた。大いに困惑している顔だ。「でもたいていは、こんなんじゃなかったらよかったのにって、ほかのふたりなんかいなきゃいいのにって思うんだ。三人とも、同じことを考えてるんじゃないかな。自分のほかにふたりいることを知ってからはね」

「なるほど。それで、お互いの存在を知ったのは、いつなんだい？」

「初めは、本当のルーシーひとりしかいなかったの。あたしが出てくるようになっても、あの人はずいぶん経つまであたしのことにちっとも気づかなかったのよ。あたしはあの人のことをよく知っていたのにね。もうひとりいるんだってお互いにわかってからは、ふたりでうまくやってたよ。それからまただいぶ経って、病気のルーシーが出てきたの。あたしたちふたりは病気のルーシーのことを全然知らなかったし、向こうもあたしたちのことを知らなかった。みんな、あたしたちは三人なんだってことを知らなかったのよ。そこが一番悲しかった。それからあたしたちふたりは病気のルーシーのことを知って、嫌いになった。病気のルーシーもあたしのことを知ったけど、本当のルーシーのことは知らないままだったのよ。おかしいでしょ」

「たしかに、おかしな話だね、ルーシー」

「ほかにもね、おかしなことがあったのよ。いい意味でね、たぶん。病気のルーシーは、ものすごく頭がよかったの。でも、記憶がなかったの。自分が出てくる前のことは何も覚えてなくてね。だからあたしたちふたりは、病気のルーシー宛てにメモを残していろいろ教えてあげたの。たとえば、自分たちの紹介を書いておいたら、病気のルーシーはそれを読んで、少しずつ理解していったわけ。最近はね、一対一なら、なんとなくだけど直接話せることもあるの。話がめちゃくちゃで、わけがわからなくなっちゃうんだけど」小さいルーシーの明るい笑顔は、ひどく同情を誘うものだった。「あたしもあなたが大好き」彼女が言った。「あのね、ひとつ訊いてもいい？」

「もちろんだよ、ルーシー」

「あなたの中には、何人いるの？」ルーシーは遠慮がちながら、期待を込めた目でアプルビイを見つめた。

アプルビイは突然むくむくと怒りが湧いてきて、デッキのほうへ目をやった。世界のあちこちの都市には、彼女を救うことのできる専門家がいるはずだ。まるで数式を解くように、彼女の症状をすっきりと解明できる専門家が。この少女は治せる。正常になれる。ひとりの人間になれる。ところがどうだ。南米大陸奥地の島へと連れ去られている……「わたしはひとりしかいないよ、ルーシー」彼は言った。

ルーシーの口がへの字に歪んだ。「あたしみたいな人って、ほかにいないのかな――」彼女が視線を泳がせた。すると、突然手を叩いた。「フラミンゴよ！」大声で言う。「ほら、すごくきれい！」彼女は小さく息をつき、体をぶるっと震わせた。「ミスター・アプルビイ」彼女が言った。「ソクラテスの死について教えてくださらない？」

ワニたちが何事もなかったかのように水音を立てた。飛び発ったフラミンゴの群れは、いくつもの翼がひとかたまりになって遠ざかっていた。ホルへと呼ばれる、見るからに悪党顔の下男が、小さなデッキを蚊帳で囲み、ランプに火をつけた。船の前方から、何やら食欲をそそる強烈な匂いが漂ってきて、船の櫂が単調に掻いているあの川の水が、実は全部グレイビー・ソースなんじゃないかと思わせた。だが、ルーシー・ライドアウトは夕食のことなど少しも気にしていないようだった。その視線はアプルビイにじっと向けられていた。

「それで彼は、死というものがけっして夢を見ることのない長い眠りであれ、いにしえの偉人たちの魂とともに黄泉《ハデス》の国で新しい生を得ることであれ、いずれにしても死ぬのは幸福なことだと言ったわけさ」

「それだけなの?」緊張した面持ちで話に聞き入っていた病気のルーシーの顔は、ランプの光を受けて青白く見えた。

「わたしの覚えている限りではそれだけだよ、ミス・ライドアウト」

「どうもありがとう。あなたのお話、とてもわかりやすかったわ。わたし、ものを知らなすぎるのよ。貧しくて、無教養な家で育ったから。おまけに、わたしが何か学ぼうと思っても、いつだって邪魔が入るから」

「そうなのかい? もっともそれは、多かれ少なかれすべての人に当てはまることでもあるよ」アプルビイは、病気のルーシーというこの人格がきわめて内気なことを承知していた。

「ミスター・ワインの島には大きな図書室もあるんですって。何百冊も本があるって、ミスター・ワインは言ってたわ」——彼女の声は畏怖の念に消え入りそうだった——「それでも、やっぱりわたしはこんなところへ来たくなかった。ラテン語の勉強はとても難しいんですもの。〝愛する《アモ》〟と

〝思い出す《モネオ》〟ってラテン語は知ってる？」

「もう忘れちゃったな」

「このふたつの言葉は忘れちゃいけないわ。今のわたしを言い表すなら〝アモ〟だと思うの」

「どういう意味か、わかるのかい？」

病気のルーシーは膝掛けを体にきつく巻きつけた。「我は愛する」抑揚のない声で言った。「汝は愛する、彼は愛する」そこでしばらく黙り込んだ。「知りたいことが、本当にいっぱいあるの」根気強く教科書を読んで英文法の勉強した人間だけが身につける正確な発音で、彼女はそう言った。「でも、邪魔が入るの——ほかのふたりが邪魔するの」

「ひどく邪魔されるのかい？」

「そのことは話したくないわ」

「じゃ、別の話をしよう」

「ほかのふたりがわたしの邪魔をするの。小さいルーシーは欲張りなのよ。自分の時間がもっと欲しいって、欲張るの。わたしを押し込もうとするの——押し戻すのよ、ずっと奥のほうへ——」

「奥って？」

「何もないところよ」病気のルーシーが低い声で言った。「何もない底のほうへと、押し戻そうとするの。わたしが存在できないように。わたし、抵抗しなきゃならないの。それはとても難しいことよ。わたしにとっての存在は〝アモ〟であり、〝モネオ〟だわ。でも、小さいルーシーにとっては、フラミンゴであり、ワニであり——触れたり、見たりできる物なの。彼女は幼くて、まだ何も知らない。でも、たしかに生きている。最後には彼女ひとりが勝ち残るんじゃないかと、ときどき怖くなるわ。

わかってもらえるかしら？」

「少しはわかる気がするよ」アプルビイは、ほとんどルーシーと変わらない低い声で言った。「それから――」アプルビイは言い淀んだ。ルーシーの別人格を、いかにも本物として会話するのには、ためらいがあった。「たしか、小さいルーシーがいるわ。彼女については何も話したくない。あの人は悪だから」

「本当のルーシーがいるわ。彼女については何も話したくない。あの人は悪だから」

「悪とは？」アプルビイが厳かな声で言った。

「彼女の場合男狂いなところよ」

「なるほど」アプルビイは、なるべくルーシーの姿が目に入らないように視線をそらしている自分に気づいた。こういうケースに詳しい精神科医ではない彼にとって、彼女の肉体を直視するのが非常に気まずく感じられることが時おりあった。「いや、でもそんなことは――」

「わたしが言いたいのは、彼女は今にもその悪に染まってしまうおそれがあるということよ。わたし、それがとても心配なの。あなたも――あなたはそんなことにならないように、彼女には気をつけてくださるわね？」

　言われるまでもなく、彼女たちにかかわるつもりなどない。だが、聞き出したいことはたくさんあった。ミセス・ナースとミス・ムード、それに人を欺くあのユーサピアは、どこかへ連れて行かれて、次にいつ会えるかもわからない。今のところ尋問できる相手と言えば、ルーシーたちしかいないのだ。その中で狙いを絞るとしたら――ワインの本当の目的にほんのわずかなりとも接した可能性があるとしたら――彼女たちのうちの誰だろう？　どのみちアプルビイには、特定のルーシーの人格を呼び出す能力などない。出てくるのが誰であれ、黙って受け入れるしかない。そこでこうやって、今のルーシーから話を聞き出そうとしているのだった。「ミス・ライドアウト、この旅がどうやって始まったのか、何か覚えていることはないかい？　初めに行こうと誘ったのは誰だった？　その人物は誰に――きみたちのうちの誰に話を持ちかけた？」

「その話はしたくないわ」病気のルーシーは膝掛けをいっそうきつく体に巻きつけた。「ミスター・アプルビイ、マルクス・アウレリウス・アントニヌスの金言について教えてくださらない？」


「……それで、われわれの中には善なる泉があって、その底を少し掘るだけで――」

ルーシー・ライドアウトが突然起き上がった。「ね！」彼女が言った。「気づいてたかい？　あんたが話してるのは、もうあの子じゃないんだよ」

「えっ、そうだったのか、てっきり病気のルーシーだと思ってたよ」アプルビイは優しく、だが疲れた声で言った。「もっとも、わたしが気づかなかったのも無理はないだろう、ほんの数秒前まではまちがいなく彼女だったはずなんだ」

「あんな子、どうだっていいんだよ」本当のルーシーには下品な訛りがあったが、人を不快にさせるものではなかった。「それに、あのチビッ子もどうだっていいよ。と言っても、あのちっこいのは悪い子じゃないんだよ。あの学者女がやって来るまでは、ふたりでけっこう楽しくやってた時期もあったんだから。それはそうとさ、あのふたり、あたいとあんたのことを何か言ってなかったかい？」

「それは――言ってたよ」

「そんな話、本気にするんじゃないよ、ジャッコー」本当のルーシーはきっぱりと、陽気に言い放った。「男がほとんどいないこんな状況でだって、あたいはあんたなんかお呼びじゃないんだから」

「わたしのことは、ジョンと呼び捨てにしてくれてかまわない。だが、ジャッコーなどと呼ぶなら、次からは返事をしないよ」

「ジョンやジョン、そなたは誰の味方ぞ？　ふん、これは学者女の真似さ！　詩みたいだろ？」

「わたしはどちらの味方でもない。きみたち三人が一緒に話し合うべきだと思っているんだ」

「三人一緒なら幸せになれるとでも言いたいの？　嫌なこった。あたいがなんでこんなとこまで逃げて来たか、知ってるかい？」

アプルビイは首を横に振った。「いいや——でも、知りたいな。どうしてだい？」

本当のルーシーは、これは彼にアプローチする絶好の機会だと思ったらしい。アプルビイのそばまで近づくと、彼の座る椅子の肘掛けに腰を下ろした。「あんたはきっと、あたいが面白半分に家を出たって思ってるんだろうね？」

「そんな考えが浮かびはしたね」

「でもね、そうじゃないんだ。そんなふうにして家を飛び出した女の子たちの話は、いくらか聞いて知ってたからね。それに、初めはあたいだってその手の話かと思ったんだ——外国人風の男に誘いかけられたときにはね。でも、後からミスター・ワインが出てきた。ジョン、あいつは犯罪者だよ」

「それは知ってる。でも、それなのにどうして——」

「犯罪者って言っても、そういった犯罪じゃないよ。つまり、こういうわけさ。好き勝手に人生を楽しみたい女の子は、自分で自分の身を守らなきゃならない、周りの人間にも用心深く目を光らせなきゃならないって身構えてる。そこへミスター・ワインが現れて、カプリ島に連れて行きたいなんて言うんだからね。でもさ、あいつが声をかけた目的はけっして、その——言いたいことはわかるだろ？

そういうんじゃなく、まったく別の目的があった。彼自身の奥深くに秘めた目的が」

「きみの見抜いたとおりだよ、ルーシー。彼は何か秘めたものを、そしてひどく恐ろしいものを狙っているんだ。だがそれは、少女たちの人身売買とは関係ないはずだ」この本当のルーシーは、実のところ、ほかの人格たちよりも頭がいいとアプルビイは確信した。それどころか、彼女なら力を貸してくれるかもしれない。「それで、きみはワインの心の奥深くに何かが秘められていると見抜き、それが何なのかと興味を引かれて興奮した。かなり退屈だったきみの人生に突然、冒険の扉が開いた。そういうことなのかい？」

本当のルーシーはやわらかな笑い声を上げながら、アプルビイの髪を撫で始めた。「あんたと踊れたらいいのにな」彼女は言った。

「話をそらさないでくれ」

「そらしてないよ」彼女は急に身を屈め、アプルビイの頭のてっぺんにキスをした。「ただ、あんたは頭が良くて優しいなって、だけど、あのちっこいのがしょっちゅう出てくるんじゃ、絶対にあたいをガールフレンド候補として見ちゃくれないだろうなって、そんなふうに思っただけさ」

「それについても、きみの見抜いたとおりだよ。さあ、話を戻してくれ」

「わかったよ。あたいがこんなところまで来たのはね、ひょっとしたら、あのふたりから離れることができるかもしれないって思ったからだよ。言っとくけど、あたいはもうあのふたりにはうんざりなんだ。馬鹿みたいなチビッ子と、あの学者女のことさ。あいつらはあいつらなりにいい子なのかもしれないけど、誰だってひとりになりたいもんだろ？　どこか知らないところへ行って、あのふたりが嫌がるようなことをすれば、何て言うか、あいつらががっかりして出て行ってくれるんじゃないかって思ったんだよ。でも、今のところは効果なしだ、そうだろ？　小さいルーシーは、いつまでも楽しいことばかりが続く旅だと思ってるし、学者女は、ベンジャミン・ケネディの書いた『短縮版ラテン語文法』を読みながら、すっかり舞い上がってるのさ」この最後の部分に、本当のルーシーはいたずらっぽい敵意を込めたが、その言い方は、聞きようによっては魅力的にも感じられた。「ここには映画もない、ラジオもない、男もいない——ちがった、男はほとんどいない」

「謝るほどのまちがいじゃない」

「実のところ、この船は学者女にとっちゃパラダイスだし、チビッ子にとっちゃ動物園に無料招待されるよりも楽しいはずだよ。だから今のところ、あたいの計画はうまくいってないわけ。何とかしてあれを変えようと思ったのに——つまり——」

「環境を変えようとしたんだろう？　その計画は賢明なものだったと思うよ、ルーシー。ただ、あまりにも向こう見ずだ。この新しい環境は別人格のどちらかにとって、とても都合のいいものかもしれないじゃないか。もしそうだったら、きみの居場所は残っていると思うかい？」

「どこにもないだろうね。あたいはどこにもいられなくなる、存在さえしてないみたいに。それでも、チャンスがあるなら賭けてみなきゃ。そもそもあたいが本来の人格なんだから。計画がどうなろうと、最後に一番大きなチャンスがあるのはあたいだと思うんだ。そうじゃないなら、水に飛び込んで溺れ死んでやる——あいつらを道連れにして」

「そんなことはするな。それから、こういうこともするな。ミスター・ハドスピスの機嫌が悪くなるぞ」——アプルビイはそう言って、彼の顎の下に触れていたルーシーの手を払った。「教えてくれないか、ルーシー——どうして今まで一度も医者に診てもらわなかったんだ？」

「なんで医者なんかに?」彼女はアプルビイをじっと見た。「今まで病気ひとつしたことがないのに?」

「なるほど」本当のルーシーがあまりにも聡明で理論的に話をしていたために、ライドアウト・ワールドには絶対的かつ偏った無知がはびこっていたことを、アプルビイはあやうく忘れかけていた。「あと五分で夕食の時間だ」静かに揺れているランプに腕時計をかざして言った。「ルーシー、ワインは何を企んでいると思う? 彼の本当の狙いについて、何か気づくようなことはこれまでになかったかい?」

彼女は真面目な顔になった。あまりにも真面目な表情に、アプルビイは一瞬、病気のルーシーが戻ってきたのかと思ったほどだ。「ミスター・ワインはほかにも何人か集めてるんだ——ほかの人とはどこかちがうところのある人間を」

「それはもう知っている」

「それから——」彼女はそこで口をつぐんだ。「ジャッコ——いや、ジョン。あんた、ビーグルホールって男には会った? そうか、会ったんだね。ビーグルホールがどういう男なのかは、あたいにもよくわかるんだ。わかるったって、あたいみたいなのとは、ほとんど接点がないタイプだけどね。ビーグルホールの目的は、ずばり、金《かね》だよ。とにかく、金がたくさん欲しいだけなんだ。でも、ワインはちがう。たしかにワインも金は欲しいだろうさ。でも、それよりももっと欲しいものがあるんだ。ああいう男は、相手が逃げないようにがっちり摑んで暴力をふるうんだよ、自分の思いどおりになるまで。でも、それともまたちがうんだ」

「ちがう?」

「そういうタイプじゃない。さっきも言っただろ、あいつはちがうって。そういうタイプだけど、どこかちがう」本当のルーシーは、難解で曖昧な概念を懸命に言葉にしようとしていた。「たとえるとするならば――」彼女は使い慣れない構文に挑んで言葉に詰まった。「たとえるとするならば、彼はある特定の女の子や、女の子というもの全体に対してじゃなくて――言ってみれば、すべてのものに対して、言うことを聞かせたいと思ってるってこと」

「言い換えるなら、彼には恐ろしいまでの権力欲があると」

「ああ、ジョン、やっぱりあんたはすごく賢い人だね」ルーシーはアプルビイの耳に触れた。「できることなら――」

水を掻く櫂の音を掻き消すように、小さな銀のベルのチャイムが鳴った。それを聞いてルーシー・ライドアウトはすっくと立ち上がった。「ねえねえ、ミスター・アプルビイ、こんな遅くに夕食だなんて、わくわくするわね！　もうこんなに真っ暗なのに！　食後にはメロンも出るかなぁ」彼女は手を叩いた。「ほら、あの小さくて丸いベビーメロンのことよ！」

アプルビイは、小さいルーシーの後について階段を降りていった。

Ⅲ

うんざりするほど引き伸ばされたパラドックスのように、日一日その小さな蒸気船が蒸気を吐きながら、水を掻きながら、懸命に目的地に向かうほどに、川幅はますます広がっていった。川自体は広くなったが、あちこちに危険な砂洲が出現し始めた。船はなるべく川の中ほどを選んで進んでいったので、左右どちらを見ても水平線しかないこともあった。ときには漁師――茶色い肌の痩せた全裸の男たち――の乗ったカヌーの横を通ったり、遭遇したカヌーの数があまりに多かったので、ミスター・ワインの指示でライフルが何丁かデッキに準備されたりもしたが、何事もないまま船旅は続いた。

昼間は暑さが厳しく、夜はきらめく星の下、やわらかな温かい空気に包まれた。これだけ川をのぼると、蚊も出なくなった。デッキの蚊帳は片づけられ、夕食時には天幕も畳むようになった。夜が更ける頃にはクルーが船首楼デッキに集まり、不気味なドラムに合わせて何やら呪文を唱えるような歌を歌うのだった。ハドスピスはこれまでに何度か、ワニの数がだんだん減ってきた気がすると指摘していた――だからといって、けっして安堵しているわけではなさそうだった。ひょっとすると、いつもの憂鬱な気分に戻ってしまったのかもしれない。あの大型定期船でずっと船のへさきに立って船の行く先を睨み続けていたように、今度は蒸気船の船尾に立ち、川に残される二本の船跡を見下ろしているのだ。いにしえのセイレーン（ギリシャ神話で、船員を甘い歌声で誘惑して船を沈ませる妖精）の術にでもかけられているんじゃないのか、とアプルビイは思った。ブエノスアイレスにいるあいだに、ハドスピスは地元警察ときわめて有効な協力態勢を築いていた。リオでは、彼がカーディフで解決に導いたはずの有名な事件が、またしても同じ手口で繰り返されていた。あいつ、ずいぶん痩せたな、とアプルビイは思った。これじゃワニたちの食える肉の量が落ちていく一方だ。

日を追って落ちていったものは、ほかにもあった。中でも顕著だったのは、あのライバル科学者のラッドボーンという男についての話の中身だ。と言っても、あいかわらず微に入り細にわたるラッドボーンの話が出ない日はなかった。ワインはラッドボーンの話を脚色しながら語るのが、すっかり習慣になっていた。彼にはラッドボーンについてのお決まりの武勇伝があった。ワインがどれほど気だるそうに、その場で思いついたようにその話をしても、筋書きにそれなりの一貫性が維持できていたのは、ひとえに語り手の高い知的能力のおかげだった。残念ながら、アプルビイもハドスピスもその話に対して、文学者のように公平な批評を下せる立場にはなかった。まるでワニのオーラをまとっているかのように、彼の武勇伝は聞いている者を不快にさせた。それでも、黙って話を聞くことには利点もあった。エメリー・ワインのうぬぼれがよく見えたからだ。

〝このふたりを罠にかけてやったぞ。彼らはルーシー・ライドアウトやハンナ・メトカーフや、もしかするとわたしが関わっているほかの案件についても調べに来たのだろう。すでにふたりの正体を知っていることはうまく隠し、わたしが彼らをライバル科学者――この罠のために創り出した架空の男――のスパイと勘ちがいしていると思い込ませてやったぞ〟ワインは自分の説明が、少しばかり特徴に欠け、嘘っぽいことに気づいていなかった。実のところ、彼はアプルビイたちの洞察力を見くびっていた。〝なに、こいつらの洞察力など気にすることはない。騙されているにしろ、嘘だと気づいているにしろ、どのみちここから逃げられないのだから。この先にはわたしの所有する難攻不落な要塞が待っているし、後ろに広がるのは、何百マイルにもわたってワニたちの待ち受ける川なのだから〟

ワインはうぬぼれている。その事実はアプルビイたちにとって役立つものではないとしても、興味深いものだった。彼が悪党であるなら、きわめて質《たち》の悪い悪党にちがいなかった。質《たち》の悪い悪党の中でも、最悪と言えるかもしれない。ところが、最も質《たち》の悪い悪党にはたいてい見られるような、何重にも予防策を張ったり、用心深く警戒したり、攻撃されないように手を尽くしたりするところが、彼にはなかった。ラッドボーンという人物を創り出すことだけに、すべてを委ねていた。そしてその空想力が、彼の身を滅ぼすのかもしれない。

世界規模の戦争から遠く離れたこの地に、自然科学の知識の境界線を見きわめるための巨大研究組織を、これほど迅速に築き上げようとする計画には、かなりの空想力が必要だっただろう。ミセス・ナースを通して語られるいくつもの声、ユーサピアのトリックと本当は持っているという何らかの能力、ミスター・スマートの古い一件、そしてさらに古いモレル大佐の一件。これらはみな、超自然と呼ばれる現象の事例が散見しているにすぎない——こうした現象は、充分な説得力をもって公衆の面前で披露されることはなかったにもかかわらず、世界のどの国でも、いつの時代でも、なぜかそれを信じずにはいられない人間の心の隙間にしがみついて離れなかった。現代でも、居間のカーテンを閉めきって〝降霊会〟を行なう降霊術師は、高度な教育を受けた者に向かってはたいしたことは言わない。いわゆる霊たちは、気分が悪くなるようなくだらない話しかしないし、物理的な現象を出現させる技は、巧妙ではあっても、結局はただのつまらない奇術だと思われ、たびたびそう証明されてもきた。その学生なり実験者なりがより広い見識を持ってこうした現象に臨み、時代や文化のちがいを超えて何度やってもまったく同じ結果が見られるという驚くべき類似点に気づいたときにこそ、初めて感銘を受けるのだ。二十世紀のロンドンに、ある〝超常的〟な現象に戸惑う科学者の一団がいた。ところが彼らは、それとまったく同じような自然界の奇行や奇癖が、かつて十七世紀のアフリカで、自分たち同様に知的で鋭く懐疑的だったイエズス会の宣教師たちを戸惑わせていたことを発見する。不可思議というのはこういうことだ、とアプルビイは思った。この点こそが謎なのだ――個々の事例がどれほど印象的であろうと、こうした広汎性があってこそ、科学研究の一分野としての正当性を主張できる。そして、このいかにもあやしげな自然界の隅っこに大規模な攻撃を仕掛けるには、空想力が不可欠になる。

これまでに、そんな攻撃が仕掛けられたことはなかった。巨大な力を手にする可能性を考えれば、一度も攻撃されてこなかったのが不思議なくらいだ。時おり思い出したように、こうした調査を試みようとする事案は見られた。ところが、その調査中に必ずと言っていいほど不手際なり不適切な行動なりが発覚して話は立ち消えとなった。たとえば、テレパシーについての検証実験が、かなりの費用をかけて行われたことがあった。だがその研究者は――おそらく、空想上のラッドボーンと同じように――実験の条件を不適切に変更したために、せっかくの実験結果もただ新しい論争の種を蒔いただけで終わってしまった。とは言え、この奇妙で不可解な学問分野は、そろそろ大掛かりな解明が必要な時期に来ているのだろう。そしてそのためには、相当の空想力が必要とされるのだ。

しかしこうしたことは、エメリー・ワインにとって何の意味も――少なくとも、たいした意味はなかった。

巨大事業を牛耳る実業家たちめ、とアプルビイは、どこまでも続く川を見ながら心の中でつぶやいた。やつらはどこか秘密の部屋に〝純粋な〟科学者を囲っている。自分たちの知的好奇心を満たすためだけの実験部屋で、気の向いたときには資金援助もしてやるのだろう。雇われた科学者たちはと言えば、弱い立場でしかない。彼らは時おり発生する奇妙な技術的問題への対処のためだけに囲われているのであり、もしも何か〝発見〟でもすれば、それはすぐにパトロンの知的好奇心の金庫にしまい込まれるはずだ――その〝発見〟が、自分たちの事業の歯車の妨げとならないように。ワインも同じような目的で、純粋な科学の研究を自分の事業で支援しているのだろう。そう、ワインにはすでに事業がある――あるいは、事業を興そうとしている。彼にとって重要なのはそっちだ。隠し部屋の研究者たちはさほど重要な存在ではない。ただし、何らかの予測不能な危機が訪れない限りは。るつぼのようなこの世界では、その懸念があった。奥の隠し部屋が、突如として二階の正面部屋に変わることもあるからだ。

世界には、祖国の同胞や自分自身のために剣をとり、世界征服に挑む男たちがいる。どんな時代であっても厄介者にはちがいないが、いつ大爆発が起きてもおかしくない現在においては、大惨事を引き起こしかねない存在だ。それでも、〝歴史〟――歴史という名の感傷的なあばずれ女――は、常に彼らに少しばかりの栄光を授けてきた。大量の血と涙が流された後で。エメリー・ワインはそれと同じ規模の、大々的な世界征服を企んでいる。だが、彼が栄光にありつくことは絶対にない。なぜなら、とアプルビイは厳粛な面持ちで川を眺めた。これほど絶対的に邪悪な計画を思いついた人間など、人類の歴史をさかのぼってもそうはいないはずだから。

これまでにも、生きていくための必需品、たとえば小麦を買い占めようとした人間はいた。だがワインが独占しようとしているのは、ある種の毒だ。ほかの買い占め計画同様に、そこには大いにギャンブル的なリスクがからんでいる。ワインは大規模の災難が引き起こされることと、世界情勢が暗さを増していくことにすべてを賭けなければならない。だがその計画は明確だ。たとえるなら、四世紀に生きていた狡猾な男がローマ帝国の衰退と破滅を目の当たりにして、もっともらしい迷信の数々――はるか遠い昔に人間の英知によって生み出されてから長く隠され、ほとんど忘れ去られた魔法の道具の数々――を、すべてその手に集めようとしているのだ。

とは言え、ワインの計画は、やはりそれともちがっていた。四世紀当時とは条件が異なるからだ。今日《こんにち》の世の中では、秩序と科学と輝かしい知識が失われても、その無秩序の中に、高速の通信網や、雑然と回り、印字し、成形する機器は残るはずだ。巨大な新聞社の印刷機は回転し続け、ラジオは大声でがなり立て、ささやき続けるだろう。でたらめな話を広めるシステムは恐ろしい勢いで拡大していくだろう。今でさえ、暗い時代から掘り起こされた奇妙な手法による未来予測が、毎日何百万部も印刷されているではないか？　あの邪悪な男が当てにしている最初の大崩壊さえ起きれば、大衆が知らぬまま鵜呑みにした噂話は、あっという間に広まるだろう。そのとき、いかにも役に立ちそうな迷信を、最も多く手中に収めているあの男こそが、巨大な権力を握ることになる。そしてそんな世界になれば――彼の組織の規模と効率が充分なレベルであるとすれば――おかしな馬車馬や、複数の人格を抱えて苦悩しているロンドン訛りの少女でさえ、新しく出現した胡散臭い寺院の中で、何かしら役に立つ居場所を見つけられるかもしれない。幽霊を買い占め、魔女を買い占め、〝考える動物たち〟を買い占めた、寄せ集めの場所。この暑苦しく、悪臭漂う小さな蒸気船の前方のどこかで、途方もなく大きく、精神を蝕む幻想が、現実のものとして形を成しているのだ。次のカーブを曲がればもう、その不道徳な基地だか訓練地だかが見えてくるのかもしれない。ルーシーやハンナやダフォディルと同じような者たち――〝自然〟という作り手が途中で作るのをやめた、あるいは恐ろしい形に仕上げた、あるいは悪意をもって生み出した作品たち――を集めるために、苦労して作られた貯蔵庫が。アプルビイの読みが正しければ、ワインの計画は、いかに表現豊かな語り手でも言い表せないほど贅を尽くしたものだろう。世界がこんな状況であるにもかかわらずだ。商業的には、危険な事業と言わざるを得ない。かつてのロンドンの証券市場なら〝二倍の危険性がある〟事業と認定しただろう。とは言え、どうしても書けと言われたら、適度に説得力のある目論見書は書けるだろう。そんな馬鹿げたものを書かなければならない場面に遭遇したら、だが。

それはたとえば、〝お悔やみ市場心理《センチメント》〟のようなものだ――アプルビイは、船のへりから釣り糸を垂らしているルーシーを見ながら、心の中でそう考えた。ああいうセンチメントは、きちんとグラフ化されている。生命保険会社だけでなく、社会学者にとっても有効なデータだからだ。西ヨーロッパにおけるピークは一九二〇年だった。新聞紙面に奇妙な理想郷《エリュシオン》の話や、葉巻の愛好家や酒飲みにとっての最高天《エンピリアン》の話、それに楽園《パラダイス》の舗道でテニスのトーナメントをしたという生還者たちの話があふれていたのは、ちょうどその頃だった。そして、客観的事実を慎重に検討すべき新聞社そのものが、とうてい客観的判断のできない社員であふれるようになったのも同じ頃だ。それぞれの信じるものや信じないものが何であれ、人間には誰しも何かに祈りを捧げたくなるときがある。そして、多くの男や女にとって――アプルビイの思考がそこで止まった。今打てる最善策は、すぐに下へ降りてワインの船室のドアをノックし、中に入り、彼を撃ち殺し、さらなる満足感を得るために、彼の部下が止める前にその死体をワニどもに放り投げてしまうことだ。それができたら――アプルビイはルーシー・ライドアウトから一度も目を離さずに頭の中で考えを巡らせ続けた――どんなに素晴らしいだろう。ただ、ここへ至るまでの一連の憶測は、まったく的外れなのかもしれない。ある意味では、外れているべきなのだ。レディ・キャロラインとボドフィッシュの喜劇、ヨークの骨董品店でのエピソード、ホーク・スクエア三十七番の派手な消失、誕生日パーティーの悲惨な試み、激しい雷雨の不吉な結末。そのどれひとつを個別に取り上げたところで、ここまで追いかけてくるだけの根拠とはならなかった。ヒントにすらならなかっただろう。それでもアプルビイはなお、それらは真実を示しているはずだと確信していた。この長い川の先にワインの幸せの島《ハッピー・アイランド》が待っているのと同じように、証拠を調べ上げれば必ずその先に真実が待っているはずだ。そして、その規模の大きさを実感するにつけ、ほかに説明のつく答えがあるとは思えないのだった。

だが、あの男はひとつ勘ちがいをしている。あいつは、大げさな話が好きな知識人なら好んで〝われわれの時代の終焉〟と呼ぶものを、あまりにも当てにしすぎている。おそらく、その表現自体が勘ちがいなのだ。たしかに、どんな時代もいつかは終わりを迎えるものだが、劇的な転換が起きるのは、人間が期待するよりもはるかに稀なことだ。歴史を振り返ると、それぞれの時代を生きた人々にとって、その苦悶に満ちた時代は必ず完全に終わりを迎えると思われていただろう。だが、のちの歴史の教科書を見れば、それは単に次の時代へ移るための、不快さを伴う移行期にすぎなかったと書いてある。では、今の時代はどうだ。充分すぎるほど不快なうえに、有史以来初めて、地球上のすべての大陸とすべての海が同時に攻撃を受けている。だがアプルビイには、自分たちの時代が終わるとか、自分たちの国や言語、文化や人種が終わるとはとても思えなかった。もしもワインがそこまでの完全な破壊を期待しているのだとすれば、それはきっと彼の勘ちがいだろう。

とは言え、ここまでの話は、おそらくワインの陰謀をあまりにも多くの空想で補修したものだ。今がどんな状況であれ、攻撃はやんでいるし、西洋人がいくら基礎部分を守り抜いたところで、焼け残った上層部分では、混乱と暗闇、途方に暮れた分別と動揺した判断力が、これから先、いくらでも見られるだろう。こうした状況がまたしても同じ仮説を生むのだ。つまり、あの大胆な男が望みどおりの組織を作り上げたら、大変な財力と権力を手にすることになるはずだと。

かのスラッジ（イギリスの詩人、ロバート・ブラウニングの詩に出てくる霊媒師）を見るといい。アプルビイは椅子から立ち上がり、狭いデッキをうろうろと歩きだした。ブラウニングの創り出した、あのペテン師を見てみろ。ひどくお堅いヴィクトリア王朝時代の真っ最中に、まさにイギリス文化の中心地に近い複数の場所で、彼は他人をヒステリーに陥れて大変な大金を稼いだのだ。やつが宙に浮かび上がり、窓から出たり入ったりするのを見たとか、メイフェアの何軒かの家の居間で真っ赤に燃える石炭を素手で掴んでいるのを見たとかと、貴族たちは諮問委員会の前で証言した。そしてその彼らの訴え――イングランド初の心霊術の大流行――の論調は、ずっと後に起きたある社会運動の論調と、驚くほどよく似ている。戦争のはざまの時代、社会の安定性がすでにほとんど失われていた時代にも、根本的にヒステリーと似たような精神状態を、やはり支配階級の中で引き起こせることが証明されたのだ。その社会運動というのは、戦争によって凋落したカントリー・ハウス（農村部の貴族の邸宅。第一次世界大戦時に政府に接収されたり、戦後維持できずに荒廃し、取り壊されたりした）復興を主張するものだった。つまり、心霊現象とはまったくの無関係で、合理的な考えの人間なら毛嫌いするはずだ。だがその論調が、スラッジのときとそっくりなのだ。資料を読めばよくわかる。さらには、それがどれほど大きな力を生むかもよくわかる。精神が不安定になり、頭が混乱した大勢の復興主義者たちの中には、真剣な目的と誠実な信念を持つ人間も大勢いた。だが、空中浮遊をするスラッジを見たと宣誓した貴族たちの多くもまた、そんな人間だったにちがいない。つまり、精神状態がまともであろうと、古き西洋文化を守ろうとする人間であろうと、ヒステリーに陥ってしまうのだ。もしも今の時代に、ワインがまた——。

「ようやく着いた」

アプルビイが声のするほうに顔を向けると、旅の招待主が彼の隣に立って、船首の向こうを指さしていた。

「歓迎するよ、親愛なるアプルビイ。ようこそ、ハッピー・アイランドへ」

「わたしの研究本部は」とワインが言った。「〈アメリカ島〉にある」

「アメリカ島？」アプルビイはずっと川上のほうへ目を凝らした。真正面に陸影が広がっているように見えた。

「そうとも。〈ハッピー・アイランド〉の島々の中でも、最大の島だ。その次が〈ヨーロッパ島〉だ。きみならそっちの島に興味を持つかもしれないな。特にそこにある、〈イギリス・ハウス〉に。われわれは研究対象をまずは大陸別に分類し、そこからさらに国別、あるいは国家別に分けているのだ。たとえば、〈アメリカ島〉では、北米大陸のそれぞれの地域で起きている問題や、そうだな、今後の可能性について、それぞれ個別のグループが担当している。どうだ、ラッドボーンにこれほどの組織を作れたかね？　わたしはそうは思わないが」

「ええ、絶対にできませんでしたね」

ワインは明らかにとても満足した顔でうなずいた。「ディープサウス（アメリカの南部地域）を例に説明しよう。あそこで起きている問題は、たとえばニューイングランド（アメリカ北東部の最も古い地域）の問題とは、当然ながらまったく性質がちがう。だからここでも、〈ディープサウス・ハウス〉と〈ニューイングランド・ハウス〉を建て、それぞれ有能な男に管理させている。覚悟しておいてくれよ、これからお目にかけるのは、かなり大規模なものだ。われわれはじっくりと時間をかけて作り上げてきたのだからね」

「なるほど。では、あなたのおっしゃる〝実験材料集め〟は、研究そのものよりも優先されてきたと言ってまちがいないですか?」

「そう、言われてみれば、たしかにそうだ」ワインはアプルビイのほうをちらりと見た。「それぞれの地区を有能な男に管理させていると言ったが、それは現場の責任者という意味であって、実験室の優れた研究者というわけではない。なにせ〝実験材料〟の扱いにはますます手を焼いているのでね。特に、〈ドイツ・ハウス〉では」

「そうなんですか?」

「正確には〈ドイツ・ハウス〉ではなく、〈ドイツ馬小屋〉と呼ぶべきなのだろうがね」ワインは陽気にクックックッと笑った。「例の〝考える動物たち〟は、ほとんどそこにいる——われらのダフォディルも含めて。ドイツは昔からああいう素晴らしいものを生み出してきた。プロイセン王国の科学アカデミーをうならせるには、計算する馬か、未来予知をする豚でも連れて来なければ無理だった。正直に言うが、うちには今、そんな動物の存在を理解したり、それらを研究して成果を上げられるような人材はひとりもいない。しかも、それは氷山の一角にすぎないのだ」ワインの表情が一変して曇り、首を振った。「本当のところ、科学者が足りないんだ。それに引きかえ、ラッドボーンの所には最高に優秀な科学者が何人かいる」彼はそこで間を置いた。「だからこそ、きみとハドスピスにここを見に来ないかと声をかけたわけだ」

「でも、わたしたちは科学者ではありませんよ」

「たしかにそうだな。だが、きみたちはラッドボーンに信頼されている。それに、そう、本当のことを打ち明けると、わたしはラッドボーンと、何らかの形で共同研究ができないかと考えているんだ。われわれがすでにどれだけの研究所を作り上げたかを見てもらった後で、きみたちのどちらかひとりが帰国して、共同研究が実現可能かどうか、彼と相談してもらいたい。つまり、ラッドボーンのもとへ帰って、ということだ。わたしからの提案と、きみたち自身の目で見た感想を携えて」

「なるほど」ラッドボーンなる人物が、ほぼ確実に架空の存在である以上、この提案もまず真実であるはずがなかった。なるほどどころじゃない。だが、ワインがそこに何らかの真実を見出そうと期待している可能性はあった。ワインの要塞で彼を打ち負かすつもりなら、思いがけない提案を持ちかけた彼のなぞなぞの真意を早急に解かなければならない。だが、そんなことにはあまり意味がない、あるいは、何の意味もないのかもしれない。ひょっとするとワインは、行く手に不都合に現れたふたりの男を簡単に消し去る準備が整うまで、もう少し話し相手をさせて楽しみたいだけなのかもしれない。

「なるほど」アプルビイはいかにも思案しているかのように、もう一度そう言った。

「わたしはこれまで、ラッドボーンを軽んじるような発言をしてきたかもしれない。だがそれは、あくまでも専門分野におけるライバルとして、つい口から出てしまっただけのことだ。たしかに彼には決定的な、そして深刻な知的弱点がある。とは言え、素晴らしい実験を考案する能力もある」ワインは無意識のうちにアプルビイの目を正面から直視していた。「結局のところ、素晴らしい実験に勝るものはないからね」

「そのとおりです」アプルビイは何となく動揺していた。一瞬、何もかも正直に打ち明けてしまいたい衝動に駆られた。自分とハドスピスは警察官であり、ワインの悪だくみはここで終わりなのだと告げてしまおうか。いくらイギリス政府が戦争という病に苦しんでいるとは言え、われわれが消息もわからないまま消えてしまうことを見過ごすはずはあるまい。きっと痕跡をたどってここまで追ってくるだろう。この川を何千マイルさかのぼってでも、探り当ててくれるはずだ。いくら地理的に孤立しているためにどこからも干渉されないと言っても、ハッピー・アイランドだって、どこか友好国の領土に属しているにちがいない。つまり、ワインの計画は事実上すでに終わっており、抵抗せずに投降するべきなのだ……アプルビイは黙り込んだままそこまで考えて、決断を下した。今はまだそのときではない。これは最後の、すべてを賭けた切り札なのだから。それにいざとなったら、いつでもこの札を切ることはできる。

「船が停泊できるまで一時間近くかかるだろう」ワインは双眼鏡を覗きながら言った。「さて、すまないが、ハドスピスを呼んできてくれないかね。みんなで長く退屈だった旅の終わりを祝って、シャンパンで乾杯しよう。ルーシーが準備を手伝ってくれるだろう。ただ、小さいルーシーだった場合に備えてジンジャーエールも用意したほうがいいな。ルーシーは魅力的だと思わないか？　実を言うと、ほかのレディのみなさんを先の船で行かせてよかったと思っているんだ。ユーサピアは、きみの友人のそばには置かないほうがいいと思ったからね」そう言うと、陽気さといたずらっぽさと気遣いを同時に見せながら、ワインは小さな祝宴の準備の指示を出した。シャンパンは高級品で、小さなビスケットとボウル入りのキャビアが出され、キャビアはナイフですくって食べた。ここでもワインは、ほとんどラッドボーンの話ばかりしていた。まるで、これ以上その謎のライバルの存在を曖昧にしておくのは危険だと気づいたかのように。そこで、再びラッドボーンを血の通った生身の人間として――本物の使節団を送るべき本物の人間として――創り上げようというわけだ。同時に、私服警官をからかうジョークは一切出なくなった。

アメリカ島は、長さがほぼ二マイル、幅が半マイルだった。島の周囲のどこからも川を挟んだ向こう岸が見え、遠くにはより小さな島影も見えた。二つ、三つと連なった小島もある。上空からこの群島を見下ろせば、きっと一匹の大きな魚が、大小さまざまな子どもたちを引き連れて川を下っているように見えるだろう。かたまって建つ建物群がいくつかあり、それ以外は島全体が暮らしやすいように切り拓かれていた――まわりの川岸もそうらしい。畑を作ろうと土を耕した形跡はあったが、ずいぶん前にあきらめたようだ。蒸気船が停泊している小さな桟橋から一番近い建物までは、直線の短い一本道で結ばれていた。ベランダに行くと、そこではビーグルホールとミセス・ナースが日陰に座って紅茶を飲んでいた。それから数分間、簡潔で友好的な歓迎の挨拶が交わされた。使用人たちがみな緑がかった茶色い肌をしているのは、おそらくスペイン人の血が混じるのを免れた先住民の末裔なのだろう。空気は異国情緒豊かな花々の香りでむせ返るようだった。建物の裏側から、犬の遠吠えのような声がリズミカルに聞こえてくるのは、何らかの娯楽音楽らしい。まるで週末にハンプシャーの友人の家を訪ねたみたいだな、とアプルビイは妙な感覚をおぼえた。

「おれたちがこの建物を選んだのは」とビーグルホールが言った。「カリフォルニア・スタイルの家だったからだよ。川上へ行けばもう少し広い建物もあるんだけど、そこはまるでケープコッドかと思うようなところでね。それに、天候のことも考慮しなきゃならない。あんたたちがここで二、三日過ごすあいだ、人の多さで窮屈に感じなきゃいいんだけど。それなりの根拠があって宿泊先を割り振っているから」

ワインは、サンドイッチを盛った皿を持って、みんなに勧めて回っていた。「このビーグルホールは」とワインは説明した。「一般的な家庭の切り盛りをするようにここを管理しているんだ。われわれも、彼のことは執事か使用人頭のように考えている。ミセス・ナース、それはガーキン（キュウリに似た中央アメリカの野菜）のサンドイッチだよ。もしよかったら、こっちはトマト・サンドだ」

「この建物を選んだだって？」ハドスピスが言った。招待主が誰であれ、訝しげに睨むことがすっかり習慣になっているようだ。「あんたたちが建てたんじゃないのか？」

「建てる？　とんでもない」ビーグルホールがおかしそうに首を振った。「おれたちにはこんなにうまく建てられっこないよ――第一、科学者にそれだけの金があるはずないだろう。この辺りの家を二束三文でまるごと買い取ったのさ。元はシュルンプという名のドイツ人のものだった。彼は、人間が時おり思いつく〝ユートピア〟とやらを作ろうと、ここの島々を格安で手に入れて、あちこちに建物を建てたんだ。文字通り、ここの王様だったわけだ。わかるかい？　法も秩序もここには及ばない」

　ワインが顔をしかめた。「たしかに、ここでは〝共和国〟は望めそうにないからね。そこで、いわば王の定めた法に従うことにしている。それでも何のトラブルも起きていない――何ひとつ、トラブルは起きていないんだよ、まちがいなく。野蛮な部族が周辺にいくらか残っているが、われわれに手出しすることはない。ここは実に静かな――その――研究施設なのだ」

「ふーん」ハドスピスが言い、急につけ足した。「もしもあんたの客人の誰か――たとえば、ダフォディルが帰りたいと訴えたら、どうする？」

　ビーグルホールが突然、持っていたサンドイッチを下ろし、大きな声で言った。「ここはシュルンプが建てたんだ」彼は繰り返した。「彼の構想というのは、ここへ移住する人々に出身国別に島を割り当て、それぞれの島で馴染みのある建物に住むなり何なり、それまでと同じ生活スタイルを続けられるようにする、というものだった。ただし、島を出て向こうの川岸に上がったときには、全員が互いに力を合わせて働きながら、よく知り合うべきだと。当然のことながら、その構想はうまくいかなかった。そこで、われわれが跡を引き継いだんだ」ビーグルホールがにやりと笑った。「そして、われわれの構想はうまくいっている」

「シュルンプは失敗《スランプ》した」ワインは愛想のいい笑顔を浮かべて、そんな駄洒落を口にした。「われわれはここをひと目見て、彼の施設を引き継げば、いかに有効活用できるかに気づいた。もちろん、彼の計画のうち、ここを切り拓いて植民地化するという部分はあきらめなければならなかったが。どのみちそんなことは、はなから無理だったのだ。なぜなら、ありていに言うなら、シュルンプは単なる悪党だったからね」

「悪党だって！」ハドスピスが言った。「へえ、それはまた」

「そう、悪党だよ、残念ながら。彼の唱えたユートピアは幻想でしかなかった。一方、ユートピアを信じた移住者たちが彼に支払った大金は、現実的で物質的なものだった。そういうわけで、われわれはまったく心置きなく、ここを安値で買い叩く交渉を持ちかけることができた」

「さぞ気分がよかった《ナイス》でしょうね」アプルビイが言った。「彼のインチキ計画を、良い目的に利用できるのですから」

「とてもナイスな気分」ミセス・ナースが、お気に入りの言葉を聞きつけて嬉しそうに言った。

「そう、実にナイスな気分だ」ワインが冷静に言った。「さて、どこかにきみたちの泊まる部屋を用意しなきゃならないが、たぶんビーグルホールがすでに手配してくれているんじゃないかな。ミセス・ナース、きみはもうこの建物の中はよく知っているだろうから、ミス・ライドアウトのことを頼んでもいいかね？」ワインは自分の要求の礼儀正しさを強調するかのようにそこで間を置いてから、また言った。「そう言えば、ミス・ムードはどこにいる？　わたしたちはみんな、彼女と再会するのを心待ちにしていたのに、そうだろう？」そう言ってハドスピスを嬉しそうに見やり、腕時計を確認した。「おっと、そんな場合じゃなかった。ビーグルホール、信頼すべきビーグルホール、三十分ばかり失礼して、荷降ろしの確認をしに行こう。きみたちだけで残して行くのは心苦しいのだが」そう言って、ワインはパナマ帽をかぶり、秘書を引き連れて歩きだした。

サンドイッチを訝しむように親指と人差し指で挟んでいたハドスピスは、ワインの後ろ姿を睨みつけた。「くそったれ、何だ、あれは！」

「まあ、ミスター・ハドスピス！」ミセス・ナースは真面目な声で呼びかけると、ハドスピスに警告するように、ルーシーのほうへちらちらと視線を向けた。それからまた落ち着いた態度に戻って言った。「ミスター・ワインって、本当にナイスな人ね。まさかここで再会できるなんて、嬉しい驚きだったわ」

アプルビイはベランダをぶらぶら歩いていた――ぶらぶらしているように見せかけてはいたが、実のところ、どこかでワインたちの会話が聞こえないかと探っていたのだ。彼は急に立ち止まった。「ミセス・ナース、あなたはワインが張本人だと知らなかったのですか？　つまり、あなたをこんなところへ、その――」アプルビイは適切な言葉を探そうと、言葉に詰まった。

「出張に呼んで下さったのが？　ええ、全然知らなかったわ。でも、降霊会を開きたいという依頼の中には、変わったものが多いから。特に、懐疑的なタイプの人だとね。たぶん、依頼したことを知られたくないんでしょう。でも、ここでのお仕事はとてもナイスなものになると思うわ。研究者たちの前で実践して見せるのは好きじゃないけど。霊媒師なら誰でも嫌がるでしょうね」ミセス・ナースは、まったく事務的に言った。「研究者っていうのは、条件をつけたり、信じようとしなかったりするから、真の降霊の妨げになるの。わかる？　妨害しようとする力や、あらゆる馬鹿でくだらない霊たちが邪魔しに来るの。おかげでものすごく疲れてしまうのよ」彼女の声は一瞬、心ここにあらずに聞こえた。「いつもくたくたに疲れてしまうの。降霊をする直前と直後は、それはひどい気分になるものなのよ、ミスター・アプルビイ。それでもね」と、彼女は陽気にほほ笑んだ。「ここでのお仕事はとてもナイスなものになると思う」彼女はルーシーのほうを向いた。「それに、あなたもきっとここが気に入ると思うわ。さあ、ついていらっしゃい」こうして、アプルビイとハドスピスは、ふたりきりで残された。

「ふん」ハドスピスが言った。「やっぱり、くそったれってことだ。あのシュルンプって男については信じるか？」

「うん、けっこう信じられるよ。今のワインとビーグルホールは、わたしたちふたりによく似た立場だ、そうそう嘘はつかないだろう。たとえば、あのふたりがこの家をカリフォルニアから盗み、もう一軒をケープコッドから盗んできたとは思わない。実際に盗んだのは一軒だけ――その一軒を盗むだけでも、充分に難しかったはずだ。だが、シュルンプの幻想的な構想とやらに、ホーク・スクエア三十七番はぴたりと当てはまる。なあ、ワインがこれまでに一度もホーク・スクエアの家について口にしていないことに気づいてたかい？　われわれがあの家について何も知らないと思ってるんだ。誰にも知られていないと思ってるのかもしれないな。あの家がなくなったことに、誰ひとり気づいている者はいないと」

「でも、新聞に載ってたじゃないか」

「さすがに今回に限っては、彼の情報網も及ばなかったのかもしれない。とにかく、われわれが知っているとは思っていないんだ。それは彼にとって、非常に重要なことなんだよ」

「いったい、どういう――」

「きみにわからなくても、わたしにはわかっている。たぶんね」アプルビイはまた立ち上がり、うろうろと歩き回っていた。「そしてそれはけっして気持ちのいいものではない。それでも、手がかりにはちがいない。そしてわれわれには、手がかりが必要なんだ」

「頼むから、何を考えているのか、ちゃんと説明してくれないか？」

「いいとも。こちらから提案したいぐらいだ……」アプルビイはそこで口をつぐみ、ベランダの端まで歩いて川上を眺めた。「〈ヨーロッパ島〉。そこにあるのは、密林と、木生シダと、平原《パンパス》と、ワニと、コブラ。そしてその真ん中に、非常に贅沢な〈ロンドンの大邸宅《マンション》〉が建っている。なんとグロテスクな光景だろう。もっとも、シュルンプの計画に従って、その周りに〈ケープコッドの平屋《バンガロー》〉や〈ハイランドの小作農地《クロフト》〉や〈スイスの木造家屋《シャレー》〉が散らばっていなければ、さらにグロテスクだっただろう」アプルビイはハドスピスのほうへ向き直った。「最高級の科学研究者と呼ばれる人は、どんな人間だと思う？」

「さっぱりわからないね」

「今ある条件をうまく利用できる人間だよ。そしてワインは、まさしくそれをやろうとしている。シュルンプのおかげで、ここにブルームズベリーの家が建っていてもまったく目立たないし、不可解にも思われない。シャレーやらクロフトやらの中に溶け込むからね。そこへ案内されても、特にその家だけがちがうことには気づかないだろう」

「だが――」

「これからわたしが言うことをよく聞いてくれ」

ハドスピスはアプルビイの話をじっくり聞いていた。話が終わる頃には、口をぽかんと開けてアプルビイの顔を見つめていた。「そんな話、とても信じられない」彼は言った。「そんな、夢のような話」

アプルビイがにっこりほほ笑んだ。「ただの夢じゃないよ。夢のまた夢、とでも言うべきかな」アプルビイの声が暗く沈んだ。「そしてその夢がすっかり叶うまでにどれほど長い時間がかかるかは、レンガ職人たちの手にかかっているんだ」

V

ハドスピスは、ベランダをぐるりと回って戻ってきた。「もしあんたの言うとおりなら――」

「いくつかおさらいしておこう」アプルビイはそう言うと、人差し指を立てた。「あいつは、わたしたちが警察官であることを知っている」彼は二本めの指も立てた。「だが、あいつが知っているとわたしたちが知っていることを、あいつは知らない」三本めの指も立てる。「あいつは、わたしたちがラッドボーンのために働いているとワインが思い込んでいると、わたしたちに思わせることに成功したと思っている。あいつは、わたしたちがラッドボーンは実在すると思っていると思っている。あいつは、この事件が基本的には科学的な性質のものだと、わたしたちが信じていると思っている。以上が今のわたしたちの立ち位置だ」

「今の説明が複雑きわまりないものだと認めるつもりはないか?」

「無理に言葉でまとめようとするから、複雑に聞こえるだけだ。実際の状況は実に単純明快だよ」

「この事件のすべてが壮大な科学実験だと信じるようなら、わたしたち自身も相当単純な人間ということになるな――あいつにはそう思われているのだろうが。科学者というものは、こんな行動をしたりしないものだ。作り話を描いた漫画でもない限り」

「そのとおりだ」アプルビイは、最後にもう一度ナイフでキャビアをすくって食べた。「さらに言えば、捜査に興味をなくした捜査官のふりが、あと二十四時間も通用するとは思えない。この島々は、ワインが集められる限りわけのわからない崇拝対象物を詰め込み、人目を避けて作った広大な強制収容所のようなものだ。後日、彼はそれぞれの崇拝対象物を――それぞれの地域に適した崇拝対象物を――世界じゅうで必要とされる場所に配置するだろう。彼が作ろうとしている組織にとって、テームズ川だろうとコンゴ川だろうと変わりはない。だがこんな計画が、壮大な科学実験の一部だといつまでも偽り続けることはできない。わたしたちふたりをここへ連れてきたということは、殺すのでなければ、この施設の正体を見せるつもりなのだろう。わたしたちの前に撒かれた、矛盾するような餌を思い出してみろ。霊媒師や奇術師や天才たちをここに連れてきて留め置くための、それぞれへの誘い文句を思い出してみろ。騙されて完全な共犯者にされた者もいれば、脅迫を受けた者までいる。わたしたちはこれから、まちがいなくあいつの仕事ぶりを見せつけられるはずだ――そしてその中で、きっと誰かがぼろを出す。それでも、ワインはそんなことは気にも留めないだろう」

「そこで――」

「そこで、われわれは警察であることを堂々と告げ、彼にこれ以上何も知らないふりをさせない。警察だと名乗れば、とにかくあいつの隙はつけるだろう。ただし、それで止められるのは、彼がたった今関与している小さな実験計画だけだ。一方、もしもわたしたちがこのまま、ラッドボーンの存在を信じているとあいつに思わせるために、そのふりを続けて――」

「やめてくれ。あんたが言ったとおり、無理に言葉でまとめないほうがわかりやすそうだ」

「わかった、言いかえるよ。あいつの計画――今すぐやろうとしている小規模な実験計画――には、単純な条件がある。わたしたちのどちらかひとりが、ラッドボーンという存在を純粋に信じきったまま島を去ることだ。ラッドボーンの研究事業がでたらめだとわかっていても、ラッドボーンが単なる悪党じゃないかと疑っていても、とにかく、われわれがラッドボーンという存在を信じていることが絶対条件なんだ」

「つまり、こういうことか?」ハドスピスは恐ろしく神経を集中させるように、顔をしかめた。「われわれは内心こう思っているように見せなきゃならない。〝おれたちは、本当に素晴らしく頭脳明晰な警察官だ。まんまとワインを騙して、おれたちがラッドボーンとかいう悪党のスパイだと信じ込ませてやった。おかげで、おれたちのどちらかひとりが島から出て、ワインもラッドボーンも逮捕する手配ができるって算段だ〟そういうことか?」

「そのとおりだよ。こっちがそう思ったら、あいつが実験を行なう条件が整うんだ」

「それがあいつの科学的実験の条件になるのか?」

アプルビイが警戒しながら笑った。「そうだ。たしかにそこにはパラドックスがある。だが、われわれが勝つチャンスも、そこにある」

「さあ、チャンスと呼べるかどうかは怪しいと思うけどな。でも、どうせチャンスなんて表現も、無理に言葉にまとめたものかもな。われわれが勝てるチャンスは、ワニと友だちになるチャンスと同じぐらいだと思うが」ハドスピスはアプルビイから離れて、桟橋へ続く道を眺めた。「まだあいつらの姿は見えないな。なあ、あいつが言う〝実験材料〟だか〝展示品〟だかとお友だちになるっていうのはどうだろう?」

「なるほど。それなら組織の内部から反乱を起こせるかもしれないな。まずはきみが、あのミス・ムードに近づいてみたらどうだい?」

ハドスピスが顔をしかめた。「ミセス・ナースのほうがまだいい。わたしには誠実そうな女性に見える」

「普段の彼女はきっとそうなんだろう。だが、彼女は単純すぎるし、いくぶん無気力だ。味方につけるなら、ルーシー・ライドアウトに当たってみるのがいいと思う」

「どのルーシーにする?」ハドスピスはまったく事務的に訊き返した。ミスター・ワインの世界における些細な異常性にはとっくに動じなくなっていた。

「本当のルーシーがいいだろう。残念ながら、あれだけ道徳心が欠けていては、あまり役に立たないかもしれないが――」

「そうか」ハドスピスが――一瞬、以前の顔に戻ったハドスピスが言った。

「それでも彼女は溌剌としているし、頭はいいし、いい仲間になれると思う」

「ふーん」ハドスピスが疑わしそうに言った。

「それに、ワインに気づかれることなく病気のルーシーと小さいルーシーを消滅させることさえできれば、実のところ、かなり強力なカードを手に入れられるんじゃないか」

「おいおいおい」ハドスピスは驚いたようにアプルビイを見つめた。「ああいう症状の治療には、専門家でも何年もかかるって、あんた知らないのか?」

「そうだろうね。でも、ひょっとするとうまく使えそうな、ひどく単純な方法がひとつあるんだ。ルーシー――本当のルーシー――自身も、それに何となくは気づいていたよ。つまり、残したいひとり以外の人格が現れたときに、思いきり失望させるんだ」

「素晴らしい手だな」ハドスピスは皮肉を込めて言った。「いっそ、ひと思いに殺してやったらどうだ?」

「それも不可能じゃないかもしれない。こういうケースでは、催眠術で不必要な人格を眠りにつかせることがあるからね。ただ、その人格が出てくるたびに必ず素っ気なくすれば、同じような効果が得られるかもしれない。実のところ、本当のルーシーが今回旅に出る決心をしたのも、そんな企みがあったからだそうだ。さて、わたしたちの手でルーシーを治し、彼女のことが信頼できるようになったら——つまり、常に本当のルーシーのままでいてくれたら、そして同時に、そのことをワインから隠し通せたら——」

「これほどまでに実践不能でまともじゃない計画は、これまで生きてきた中でも聞いたことがない。それなら、マジックハンドで奇術をやる、あのイタリア娘を治してやったらどうなんだ?」

アプルビイがため息をついた。「きみの言うとおりかもしれないな。だが、ルーシーを治してやればと思うし、やるだけはやってみたいとも思う。もちろん、時間はかかるだろう——それに、用意しなきゃならないものもある」

「用意?」

「そうだ。小さいルーシーのためのラテン語の文法の教本だ。それなら手に入るはずだ。それから、病気のルーシーには『五年生のモプシー』を読み聞かせてやろう。そうしているうちに、遅かれ早かれあのふたりは嫌気がさして出てこなくなるだろう」

「その一方で、本当のルーシーにだけはいい気分にさせる——何でも好きなようにさせるってことか?」

アプルビイは心をこめてうなずいた。「ある程度はルーシーの好きにさせるのが正しい治療法だと思う。おや、あの音はわれらの友人たちのお戻りかな？」

「何が友人だ」ハドスピスは同僚のもとへ大股で近づき、疑うような目で見下ろした。「ともかく、あんたの計画はまったく気に入らない。本当のルーシーはひどく気まぐれな娘だ。性的にも奔放すぎる。まさか、わたしがああいう少女たちについて何も知らないなどとは言わないよな？」

「もちろんだ」

「下心を持った男たちから、あんな性描写の露骨な本をもらうような――」

「つまり、本当のルーシーもモプシー・シリーズだけを読んでいればいいと？」

ハドスピスが怒りを収めた。「あんたがどうしてもジョークを差し挟まずにはいられない性格だってことを、ときどき忘れそうになる。そのおかげでワニの心配ばかりしなくて済んでるんだろうな」

「ほう――ワニの話かね？」ワインの陽気な声がベランダの向こうの明るい太陽の下から聞こえたかと思うと、じきに彼はふたりの隣に座った。「それなら残念な知らせがある。わたしがここを留守にしているあいだに、ワニたちに貴重な材料を食われてしまったらしい。ボンティーン姉妹だ。どちらも実に目をみはるテクニックを駆使して、人の心を読むことができたんだよ。だが、どうやらふたりはこっそりと川で水浴びをする習慣があったらしい。そんな素晴らしい能力が少しでもあるなら、ワニたちの考えも読めたんじゃないかとも思うが、結果的には」――ワインは首を振ったが、その笑顔には悲しみと同時に魅力的な陽気さもあった――「ワニたちの腹の中に何が詰まっているか、われわれは知っているわけだ」

「まさか、その――ボンティーン姉妹がワニに食われたと言うんですか？」

ワインがうなずいた。「おかげでビーグルホールがえらく腹を立てている。彼は材料を無駄にされるのが嫌いでね。今は代替品を見つけるのがどんどん難しくなっているから」

「フランス産のワインみたいだな。あるいは、かつては日本から輸入していた歯ブラシの柄とか」ハドスピスはとびきりの皮肉を込めて言った。

「まさしくそのとおりだ。ひどい苛立ちをおぼえるよ。おまけに、少し前にも素晴らしい透視能力者をふたり失ったばかりでね。ミス・ムードの力さえ、そのふたりの半分にも及ばないだろう。きみたちも聞いたことがあるんじゃないか？　ミセス・グラディガンとミス・モルシャーだ」

「いや、聞いたことがありませんね」

「そうか、彼女たちを失ったことは、われわれにとってこれまでで一番の痛手だ。と言っても、そのおかげで興味深い科学的データを得ることもできたんだが。つまり、こういうわけだ」ワインは椅子に座ったまま、ゆったりと体を伸ばした。「ミセス・グラディガンとミス・モルシャーは、際立った共感関係《ラポール》にあった。最大三十マイル離れても通じ合えた。実に興味深い事実だ。ミス・モルシャーがトランス状態に陥ったとき、誰かがピンを、そうだな、たとえば彼女の手足に刺したとしよう——ちょうどここにいるアプルビイが、かわいそうなミス・ムードにやったように。するとミス・モルシャーは、ミス・ムードのときと同様、その痛みをまったく感じることはない。ところがミセス・グラディガンのほうは、さっきも言ったように、たとえ三十マイル離れて座っていたとしても、即座に同じ部位にピンで刺された痛みを感じるのだよ」

「それは驚くべき話だ」ハドスピスが暗い口調で言った。「実に驚くべき話だ」

「そうでもない。その類の現象は珍しくないものだ。ラッドボーンも、きっときみにそう言うだろう。では、何が珍しいかと言えば、こういうことだ。ミス・モルシャーが受けるはずの痛みをミセス・グラディガンが感じ取ると、彼女はミス・モルシャーのいるほうに向かって歩きだすんだ」

アプルビイが眉をひそめた。「では、彼女のところまで――?」

「そう、まるで猟犬がにおいをたどるようなものだ。ミス・モルシャーがどこにいるか、事前に何の情報も与えられていないにもかかわらず、必要に応じて、鉄道やトラムの切符を買ったりしながら、ミセス・グラディガンはまっすぐミス・モルシャーのいるほうに向かって進むことができた。どうしてわかるのかと訊かれると、お察しのとおり、彼女の説明は曖昧だった。どうやら、実際に傷つけられたミス・モルシャーの手足と、それと同じ部位にあたる自分自身の肉体が、何らかの磁力で引きつけられるらしい。この島に来ることに同意してくれた当時、それがふたりの主な能力だった。言うまでもないが、ふたりをここへ連れてきたのは、冷酷なまでに客観的な目で科学的調査をするためだった」ワインはほほ笑んだ。「さて、その調査はまさしく冷酷なものとなった。ただし、科学的と呼べるかどうかはわからない。あれはあまりにも自然発生的だったと言う者もいるだろうからね。この辺りに厄介な先住民の部族がいることは、さっきも話したね?」

「聞いたかな」ハドスピスは顎を撫でていた。

「残念な話だが、そのうちの一部は非常に不愉快な――実に不愉快きわまりない連中でね。さて、われわれがふたりのご婦人の能力の検証実験を開始する前に、ミス・モルシャーの姿が見えなくなった。彼女はカヌーを借りて、朝から川の支流のどれかを散策しに出かけたらしい。もちろん、彼女がいないことに気づいてすぐに探索隊を出した。だが、成果はなかった。彼女の痕跡はまったく見つからなかった。それから一週間ほど経った頃、ミセス・グラディガンが痛みを訴え始めた――いつもより鋭い痛みらしく、痛む位置も、初めはこっちの手、次はこっちの足というように、次々に入れ替わった」ワインはそこで黙り込み、腕時計を確認した。「いつの間に！」彼は言った。「ちょうどいい。シェリーを一杯飲むにはぴったりの時間だ」彼はまた黙り込んだ。「はて、何の話をしていたんだったかな？　ああ、そうそう、気の毒なミス・モルシャーだ。そう、それでわれわれは銃を何丁か持ってモーターボートを出し、ミセス・グラディガンに進むべき方向を指示させた。ところが、すぐに何かがおかしいとわかった。ミセス・グラディガンはすっかり方向を見失っていたのだ。いや、〝臭跡を失っていた〟と言うべきか。それも、すっかりわけがわからなくなるほどに。われわれは彼女に振り回されて――そう、まさにそんな感じだった――川をさかのぼり、次には下流へ向かった。だが、ようやく船を接岸させたときには、ミセス・グラディガンの混乱はひどく顕著になっていた。彼女はコンパスを見ながらあっち、今度はこっちと指さすのだった。親愛なるハドスピス、顔色が真っ青だぞ。今日はさぞ疲れたことだろう。このいまいましい暑さのせいだな！――ここで暮らす唯一にして最大の欠点だ」

「暑さと、野蛮な先住民もでしょう」アプルビイが言った。

「先住民？　ああ、そうか、そうだった。あの夜、ある先住民の集団がいくつかのグループに分かれたという話を聞いた。何人かはこっちへ、何人かはあっちへと、散り散りになったんだ。あいつらが人食い部族かって？　ああ、たぶんそうだと思う。結局、ミセス・グラディガンのほうも生き永らえることはなかった。その数日後、脳炎にかかって死んだ。もちろん、ミス・モルシャーを失ってひとりになった彼女は、われわれにとって何の使い道もなかった。それでも、やはり彼女の死は悲しいことだった。そして実験そのものは――あれを実験と呼ぶのなら――腹立たしいことだが、未完に終わった。あの顛末を著名な科学誌に投稿するだけの大胆さは、さすがのわたしにもなかったが、しかたあるまい？　わたしが当時ビーグルホールに言ったとおりだ。『せめてミセス・グラディガンが、ミス・モルシャーの捨てられた手足のどれかひとつにでもわれわれを導いていてくれていたら！』とね。ああ、ちょうどミセス・ナースと小さいルーシーが降りてきてくれた」彼が立ち上がって手を叩くと、すぐに使用人がデキャンタとグラスをいくつか持って現れた。「ここの夕食時間は遅いんだ。スペインの風習でね。それに、わたしはいつも思うのだが、食欲を掻き立てるには、シェリーを飲みながらゆっくりとおしゃべりを楽しむに勝るものはないからね」

Ⅵ

次の朝は、アメリカ島の見学に充てられた。恥知らずなシュルンプによって建てられたといういくつかの住居以外にも、より実用的な外見の建造物が何棟かあったが、それらはワインが建てたものだと言う。中でも最も印象的なのが、ワインの研究棟だ。そこには、図書室、展示室、観察中の被験者のためのいくつものトイレや宿泊部屋、フィルムの上映室、そして研究室があった。特に最後の研究室が、ワインの自慢らしかった。

「親愛なるアプルビイ」彼は言った。「是非、この床に注目してもらいたい」

アプルビイは床を観察した。十八インチ四方の何かの木の板をびっしりと張って、ワックスで磨いてある。

「では、その上を歩いてごらん」

アプルビイは歩いた――いくぶん、おそるおそる。だが、特に思いがけないことは何も起きなかった。

ワインは壁際へ行ってボタンに触れた。「では、もう一度」

アプルビイはもう一度歩いてみた。ヒーローの足元に突然、あくびをしたかのように穴がぽっかりあくという、これに似た状況が出てくる子ども向けの物語を頭に思い浮かべながら。そして、たしかに今度は床に何らかの異変を感じた。それでも無事に渡りきることはできた。

「後で地下へ案内するので、そのときにここの仕組みを説明しよう。今はただ、この板の一枚一枚に、水平を感知する、かなり精巧な装置がついているとだけ言っておこう。たとえばこの床の上にテーブルを置き、暗闇の中でそのテーブルを何人かで囲んで座ったとしよう。それできみがいたずら心から、そうだな、たとえば糸を結びつけたハンカチを部屋の反対側へ投げたとしたら、その事実はこの地下ですべて記録されるし、糸を引っぱって落ちたハンカチが手元に戻ってくれば、それも記録される。ああ、これがキャビネットだ」ワインは、部屋の一角を仕切る重そうな黒いカーテンのそばに立って言った「そしてこのカーテンの裏には、物理的現象を見せる降霊術師たちが技を発揮するためにどうしても必要だというものが、何でもそろっている。ご想像どおり、この研究所には最高級のカメラがある。そして、すでにお気づきだろうが、この建物はどこも天井が高い。そのおかげで広角レンズ写真の撮影範囲が広がる。ラッドボーンは航空写真や赤外線写真などの技術をうまく活用しているのかね？」ワインは魅力的なほほ笑みを浮かべた。「わたしは活用しているよ」

「非常に興味深いですね」アプルビイが言った。「ですが、霊媒師たちは嫌がりませんか？」

「たいていの場合、彼らには何も知らせていない。ほら、これを見てごらん」ワインは作りつけになっている棚の扉を開けて、中に入っている精密な電気機器を見せた。「きみたちもまちがいなく知っているだろうが、長時間の降霊会《セアンス》において、一番難しいことのひとつが、片手と両手の区別をすることだ。ハドスピス、そんなふうに顎を撫でているのは困惑している証拠だね。よし、では典型的な実験で何をするのか説明しよう。実験室は真っ暗闇に近く、霊媒師はそのキャビネットのすぐ前にテーブルを置いて座る。わたしは霊媒師の隣に座り、わたしの助手のひとりが霊媒師の反対側の隣に座る。

わたしは右足を彼女の左足に、助手は左足を彼女の右足に乗せる。そしてふたりとも、霊媒師の手を片方ずつ握る。霊媒師は何度も大きく身をよじる。彼女が言うには、超常的な何らかの力に支配されているらしい。この時点で、彼女の手を握っているわたしと助手は、互いに別の手を握っていると信じて疑わない。誓ってもいいほどに信じきっている。ところが実は、ふたりとも彼女の同じ手を握っている可能性が高いのだ」ワインは首を振った。「心霊学について少しばかり調べれば、人間の感覚が誤認しやすいことや、中断せずに神経を集中させる難しさについてわかるだろう。だが、幸いなことに、機械はごまかしがきかない。きみたちも街角の店のウィンドーで、通りかかった客がガラスの前で手を振っただけでラジオが鳴りだすのを見たことがあるだろう？　この機械も、そのたいして難しくない原理をほんの少し改良したものだ。霊媒師が空いたほうの手をテーブルの下へ伸ばす――残念ながら、それが彼女の狙いだ――すると、ただちにこの機械が――」

「かわいそうなユーサピア」アプルビイが遮るように言った。「あの子があなたを騙し通せるチャンスなど、万にひとつもないのでしょうね。それなのに、こんなことのためにはるばる連れてこられて――」

「たしかにユーサピアは人を騙す巧妙なわざをずいぶんと習得しているようだ。だが、ひょっとするとそれ以外にも何か見つかるかもしれないからね」

それに、とアプルビイは思った。ひょっとすると、スッポンばかりだと思っていたものの中に、小さな月がひとつぐらいは混じっているのかもしれない。だが、そんなものが見つかるわずかな可能性に賭けて、これほどの資金を注ぎ込んで施設を建てるものだろうか？　それに、ほかの人間たちにその事実を知ってもらいたいと言いながら、なぜこんな世界の果てを選ぶのだろう？　とは言え、ユーサピアのマジックハンドのからくりを暴くであろう水平度感知の床や赤外線の備わったこの施設は、単なるハリボテではない。本当にワインが公言しているとおりの研究を行なうための、立派な施設だった。そしてそのことから、実はワインの正体についてわかったことがある。

ルーシー・ライドアウトの中に三人のちがうルーシーが存在しているのなら、言ってみれば、三人のちがうエメリー・ワインが存在していてもおかしくない。そしてそのうちのひとりが——言ってみれば——あのラッドボーンなのかもしれない。ワインがその架空の科学者の力不足ぶりについて語るとき、実は単にもうひとりの自分を描写していたのではないか。意識的にか、おそらくは無意識のうちに。どちらにしても同じことだ。

科学者のワインがいる。彼は心から真実を知りたがっている。そして、ギャングのワインがいる。彼は人を利用し、金儲けをしたがっている。だが、科学者と略奪者というふたりのワインに加えて、三人めのワインがいるはずだ。空想的で、すぐに何でも信じてしまうワインだ。

彼の中にあった心霊的なものへの関心、別人格たちとも共有できる関心から、三人めのワインは壮大な詐欺計画を立てた。その計画は実現可能なものだった。と同時に、突拍子のない、まったく現実離れしたものでもあった。これほど常識からかけ離れたプロジェクトに彼を駆り立てたのは、いったい何なのか？　それは、科学者の彼をこの地へ導いたのと同じ性質だ。つまり、何かを盲目的に信じたいという本能——いざとなったら、頭では重要だとわかっている証拠さえ無視できる本能だ。ハドスピスがあの夜、死んだばかりの人間が目の前に現れる伝統的な幻視のふりをしたとき、ワインはすっかり信じきって、その人間が本当に死んだのかどうかを無線で確認しようとした。その試みは絶対的な規則に阻まれて失敗に終わったが、超自然現象と思われるものを目の当たりにしたとき、冷静で批判的な思考ができなくなる彼の一面が垣間見えた。実のところ、ワインはあの朝、いろいろなものをうっかりさらけ出していた。前にも言ったとおり、ラッドボーンという人物像を描くことによって、彼自身の仮面のひび割れが見えてしまったし、好んでほら話を聞かせたがるのも、同じくひび割れのひとつだ。中でも飛び抜けてでたらめで、最も無責任なのが、さっきのミセス・グラディガンとミス・モルシャーの一件だ。

それでも、とアプルビイは思った。ハドスピスとともに急き立てられるようにアメリカ島内のほかの地域も案内されているうちに、昼近くになっていた。あの気の毒なふたりの女性の経緯について、じっくりと考えているところだった。さまざまな方角に持ち去られ、いくつものシチュー鍋で煮込まれるミス・モルシャーの肉体の残骸と、その結果すっかり混乱してしまったミセス・グラディガンの心霊的知覚。この発想はおぞましいというよりも、ばかばかしいものだ。ワインはそれを、未完に終わった実験という観点で話した。あれが作り話だったのはまちがいないとしても、ワインがさまざまな実験を行なっていたのは事実だ。それは、あの精巧に作られた研究施設が証明している。ミセス・グラディガンとミス・モルシャーの話には何かが秘められているんじゃないか。あれはきっと寓話のようなものにちがいない。アプルビイは、自分で自分の疑問に答えるように心の中でそう思った。これからより詳しく知ることになるはずの、ワインの活動に関する寓話なのだと。

「あそこには、実に興味深い人間が六人いる」ワインが水辺に建つ細長い建物を指さして言っていた。「だが、今は訪ねないほうがいいだろう。実のところ、退屈な人間ばかりでね」彼はため息をついた。「何人かは話をすれば面白さもわかるのだろうが、やはりみな退屈な人間だよ。彼らを相手に実験をするとき、そこが気の滅入るところだな」

「つまり」とハドスピスが尋ねる。「その人たちはここが面白いとは感じていないと？　ここから出たいと思っているのか？」

「ここから出たいだって？」ワインは失礼にならない程度に困惑した表情を浮かべた。「もちろん、本人たちが望めば、いつでもここから出て行くだろう。実のところ、彼らにとってここへ逃げ込んで来られたのは幸運なことだと、わたしはそう思っている。みなそれぞれに何らかの特殊な神経組織を持ち、そのせいで通常の世界でははみ出し者になってしまう。ここでは特別な、そして注意深く配慮された環境を提供しており、彼らはそれを変えたいとは思わないだろう。彼らが退屈なのは、単に神経質で気難しい性格だからだ。彼らと実験をするうちに、こちらの神経まで同じようにまいってしまわないかと心配になるぐらいだ」ワインはアプルビイのほうを振り向き、無心でほほ笑みかけた。「わたしやビーグルホールの様子が妙だと感じたら、きっとそのせいだ。あの家へは日を改めて出直すことにしよう。少なくともダニロフには会ってもらいたいからね。彼に関しては、実に興味深い実験結果が期待できそうなんだ。もっとも、一番気難しいのもダニロフなんだがね」

「彼も霊媒師なんですか？」アプルビイが尋ねた。

「何とも言いがたいな。彼は素晴らしい言語能力に恵まれているんだ。伝説や言い伝えではよく聞く才能だが、わたしはこれまで世界のどこでも見たことがない。突然ある言語がダニロフの中に降りてきて、それが一時間、ひょっとすると丸一日、あるいは一週間も続く。すると、それは突然消えて、また別の言語が降りてくる。興味深いと思わないかね？　一度にふたつ以上の言語が降りてくることはない。いや、正確に言うなら、彼の母国語であるロシア語以外に、ふたつ以上の言語は使えない。奇妙な言語を話しているときのダニロフは、その言語を理解できても、ロシア語は理解できない。ロシア語を話しているときのダニロフは、ほかの言語は一切理解できない」

「何とも奇妙な話ですね」

「たとえば、フランス語が降りてきたとしよう。そのときにはフランス語でもロシア語でも会話することができるのだが、フランス語で話した内容についてはロシア語で答えることはできないし、同様にロシア語で話した内容については、フランス語では答えられない。わかるかね？　本当に超常的な観点で次々と言語能力が入れ替わっているのか、でなければ、彼の頭の中にいくつもの小部屋があって、それぞれの言語能力はその部屋の中にだけ存在しているかだ」

「彼の過去については、何かわかっているんですか？」

「ああ、詳しくわかっている。生まれはデンマーク。母親はイギリス人、父親はスペイン人の技術者だった。四歳のとき一家はギリシャに移り、そこでドイツ人の乳母がついたが、彼女は気が狂って彼をエジプトへ連れ去った。その後、裕福なロシア人男性の養子となったが、その養父の妻はフランスに長く住んでいたオランダ人女性だった」

「なるほど」

「だが、その後のダニロフの人生は不安定で、彼は長いあいだ世界のあちこちを放浪した。ロシア革命が起きた当時にはロシアに戻っていて、その戦いで負傷した。実のところ、銃弾が脳を貫き、しばらくは口がきけなかった。その怪我から回復したときから、例の奇妙な才能が現れたのだ。だが本人は、あくまでも霊のしわざだと固く信じている」

　彼らは丘をのぼっていた。そのせいなのか、ハドスピスの息が荒くなっていた。

「もちろん、本当に霊のしわざなのかもしれない。部分的な証拠だけを根拠に結論に飛びついてはいけないからね」ワインはクックッと笑った。「きみたちをこの丘へ案内しているのは、この上の頂きから島全体が見下ろせるからだ。頂上は四百フィートほどの高さがある」

「あなたがわたしとハドスピスに期待しているのは」とアプルビイは言った。「これとはまた別の高みにのぼることじゃないんですか？」

「ほう」ワインは黙ったまま何歩か歩いた。それから、またクックッと笑った。「どうやら、きみたちとはかなりわかり合えそうな気がするよ」再び黙ったまま歩いた。「考えてみるといい、親愛なるアプルビイ。あのダニロフを一種の伝道者《エヴァンジェリスト》として利用すれば、いったいどんなことが成し遂げられるか、想像してみたまえ。彼が世界じゅうをさまよう――クワイアかオーケストラを同伴させるのもいいだろう――そして行く先々で、あらゆる言語が入れ替わるようにあふれ出る。その効果は絶大にちがいない」

　ハドスピスの息遣いがいっそう荒くなった。アプルビイは歩きながら、隣のハドスピスをちらちらと見ていたが、彼の眉根がきつく寄せられているのに気づいて不安をおぼえた。騙された少女たちは、やはり無理やり連れてこられたも同然だ。ハドスピスは今、新しい白鯨を見つけたのだ。

彼らは、さらに高くまでのぼった。足元にアメリカ島の全体像が見えてきた。いびつな楕円型の、緑と茶色のまだら模様の島が、驚くほど広大な黄色い川に取り囲まれている。丘の頂上は小さな空き地になっていて、その外側にはパルメット（扇状の葉の小さなヤシ）の低木とポーポー（食用の温帯果樹）の木と羽ヤシが生えている。インコが賑やかに鳴き交わしながらその上を飛んでいく。見たことのない蝶が空中で止まっているかのように舞っている。そして辺り一帯に〝エスピニージョ・デ・オロール〟（南米特有のマメ科の木）の花の香りが立ちこめている。島を開墾しようとした痕跡が目に入った。だが、サイコロの五の目形に植えられたオレンジの木は、まるで挟み撃ちに遭ったように、両側からじわじわと侵食されて孤立していた。最前線で攻め入るのは、ツル植物に巻きつかれ、複雑にからみ合う低木の茂みだ。その後ろから、縦横に伸びる竹が進軍している。無防備なまま放置すれば、人の手で作り出したものなどすぐに消えてしまうのだろう。ユーサピアのマジックハンドのような素早い一撃で大自然に攻め込まれ、ハッピー・アイランドは、かつてドミンゴ・デ・イラーラ（十六世紀に活躍したスペインの探検家）や〝征服者《コンキスタドール》〟（十六〜十八世紀頃に南北アメリカ大陸を侵略し、支配する目的でスペインやポルトガルから大西洋を渡った探検家）たちがやって来る以前の姿に戻るのだろう。

川の上流は、島々が西に向かって連なっていた。近い島は、まるで洪水の中で錨を下ろし、しっかり固定されているかのように、遠くの島は、空と川のあいだで不安定に浮かんでいるように見えた。

どの島も茶色と緑色のまだら模様で特徴がなく、ところどころにアラサ（ブラジルの果樹）か、地の利を得たヤシの木が生えている以外は、ほとんどが低木に覆われていた。その中に、奇妙に配置されたシュルンプの幻想の家々が、影ひとつない真昼の太陽の下ではっきりと見えた。シュルンプのおかしな計画はみすぼらしく、杜撰で、あっという間に終わりを迎えていた。それに重ね合わせてみると、エメリー・ワインのさらにおかしな計画が、それでも効率よく、しっかり練られたものである痕跡が見てとれた。新たに建てられた飾り気のない木造住宅がそこここに散らばっている。どの島を見ても、まったく同じ小さな桟橋がつけられている。実用的な電線が家々のあいだに網の目のように張り巡らされ、さらには川の中のブイに立ち並ぶ背の高い柱の列に渡されていた。コミュニティ内の連絡のために、あちこちをモーターボートが行き交っている。そう、ここは一種のコミュニティなのだ。荒地の片隅にあるここだけは人間の支配下にあり、自然は二番手に甘んじている。

だが、雄大な川は常に流れ続け、数マイルほど下ったところには、バクやカピバラ、巣穴の入口に座っているビスカッチャ（南米に生息するチンチラ科の齧歯類）、それに竹馬のような脚で立って瞑想しているフラミンゴたちの孤立した生息地がある。川は、黄色い水とパンパスの草とヤナギにあふれた終わりのない世界であり、そこにはコンゴウインコやマゼランハクチョウといった珍しい鳥と、バグレやドラド、パク、スルビなどの、さらに珍しい魚が生息している。川はこうして、そこに生きる無数の生物たちとともに、終わりのない世界を作り上げている。と同時に、こうして丘の頂上から見下ろすとよくわかるのだが、川はどこまでも単調な景色の中を縫って走る、まだら模様の地味な糸にすぎないのだった。南米大陸のこの一帯で背の高い緑の草が波のようになびく、広大な景色の中を。ここはレディ・キャロラインや、ヨークの小さな骨董品店のカサカサの店主からはほど遠い世界なのだ。

ワインは、ぽつんと立っているニャンドゥバイ（南米原産の果樹）の木陰に腰を下ろした。「今きみたちが見下ろしているのは」と彼は言った。「世界じゅうのすべての王国だ」その口調は特に誇張するわけでもなく、いつもの彼とちがって皮肉も陽気さも感じられなかった。パンパスの波打つ遠い地平線を眺めていたアプルビイは、好奇心をあらわにワインに視線を移した――初めて見る、興味深い人間を見るような目で。「そして、そこにある栄華だ」ワインは続けて言った。彼の指が空中で輪を描いた――眼下に広がる島々を指しているらしい、小さな輪を。「ならば、どうしてわたしたちはこれ以上、互いにふりを続ける必要があるだろう？」

「たしかに、その必要はなさそうですね」アプルビイが言った。ハドスピスもうなずいた――その表情は、ずば抜けた消化能力を持つワニたちに食われないために、正体がばれないようにふりを続けなければならないと信じていた頃の顔とは、まるでちがっていた。

「ラッドボーンもわたしも、同じものを追いかけている。その点はお互いに認めようじゃないか。そのうえで、わたしはここを作ったことで」――そう言いながら、ワインは再び指で輪を描いた――「一歩勝《まさ》っているのだと、あいつに認めさせたい。素直にそれを認めて、向こうから折れてもらいたい。あいつはここを偵察するためにきみたちを送り込んだ。そしてわたしは今、これを」――ワインは三度《みたび》指で輪を描いた――「きみたちの目の前にさらしている。グラフやテープに記録された、世界じゅうのすべての王国を」

アプルビイが島々と電線と行き交うモーターボートを見下ろすと、その人工的な活動は、まるで広大な緑の中でさまよう小さな原子のように見えた。これは人類の文化という巨大な組織に反逆する細胞だ。このごく小さな細胞、あるいはその集合体は、今はまだ一本の指が描く輪の中に収まっているが、この先どこまでも広がり、破滅的に拡散する可能性を秘めている。人の目を欺くように隠されたこの地で成長を続け、やがて血管の中を流れるようにこの川を下る。そして、戦いに消耗して分裂した地球上の、弱体したすべての中心都市を攻撃する軍隊となるだろう。その壮大なイメージは醜いものだった。「たしかに、もうふりをする必要はなさそうですね」アプルビイが重ねて言った。

「家に閉じこもってばかりいる若者はつまらないことしか考えないものだという話は、前にもしたかな？　わたしは若い頃にエジプトを訪れ、ローマも訪れた。そこでは、志しを持ったひとりの男が、ほかの人間どもに畏怖をおぼえさせるために、いかにして神という存在を創り出したかを目の当たりにした。幼稚な頭で荘厳さと権力を創り上げるのも見た。ミルトンが〝ナイルの野蛮な神々〟と厳しい表現で呼んだものを見て――それからピラミッドも見た。有能な人間たちは、幼い子どもがわけもなく犬やカブトムシを怖がるさまを観察したり、人の無意識にある大きな不合理を少し調べたりすることで、大君主としての地位と支配力を手に入れてきたのだ。かつてそこで生きていた人間たちが見たであろうものを、わたしはそこで見た。ファウストが見たのと同じものを」

「なるほど」アプルビイが言った。「ファウストですか。でも、中にはファウストよりもプロメテウスを信じる人もいますよ」

「ローマにも行った」ニャンドゥバイの木陰で、ワインは目の前の宙を睨みつけ、曖昧な茶々を入れられても咎める余裕もないほど話に没頭していた。「わたしはそこで、この計画を思いついたのだ。カピトリウムの神殿の遺跡で座って考えにふけっていたときだ。裸足の修道士たちがユピテル神殿で晩課の歌を歌っていた――」

この男の存在はインチキそのものだ。アプルビイはそう思った。今の話だって、ギボンの真似じゃないか。いつだってほら話をせずにはいられないのだ。だが一方で、実務的で、有能で、冷酷でもある。実のところ——いや、一応、最後まで話を聞いてやろう。

「——そこで、これと同じことがわたしにもできると思った。科学の力を借りれば、そんな王国を、より迅速に、より確実に築くことができると。必要なのはふたつだ。まずは、大衆を引き込む魔術のシステムを構築する道具として、あらゆる奇人や異常者たちを指揮命令する——いや、掻き集める——こと。いくつもの声で語るミセス・ナース、奇術を使うユーサピア、言語能力に恵まれたダニロフ。これらの材料は、常に使える状態で手元に準備しておかなければならない。そしてもうひとつ、敵をあらかじめ骨抜きにすること。歴史的に成功を収めた攻撃はすべて、よほど思いがけない壊滅的な急襲を仕掛けたのでなければ、まずは事前にそういう手が打たれていた。そしてそれはひとりではできない作戦だ。重要なのは、適材と適時なのだ」

だが、肝心なのはこういうことではないのか、とアプルビイは思った。その適材なる人物は、本人も無意識のうちに、適時であるからこそ適材になりうるのではないのか？　それに、相手を骨抜きにするというのは、作戦の手段であると同時に、その源でもあるのではないのか？　ワインは、衰えつつある自分自身に振り回されているのではないのか——もしそうなら、彼は今、弱っているのではないか？　そう、これは肝心なポイントだ。

「だが、わたしが接触を試みるずっと前から、相手はゆっくりと蝕まれていた。もう何十年も前から、信仰という組織化された巨大なシステムは崩壊しつつあるのだ。きみはキリスト教なるものを覚えているかね？」

その大胆な質問は、どうやらハドスピスに向けられたものらしく、ハドスピスは暗い目でワインを睨みつけた。だが、ワインにはそれに気づく余裕はなかった。

「キリスト教においては、合理的なものと非合理的なものが見事なまでに同居していた！　なんと素晴らしい方便だろう！」不機嫌そうな声ながら、ワインの口調にはいつもの陽気さが戻っていた。ワインはまるで、希少な極上ワインを手にした専門家のような口ぶりでそう言った。「だが、何事も次第に崩れていくものだ。求心力はいつまでも維持できない。世界に無秩序が解き放たれる」彼はそこで間を置いた。なぜなら、それは詩の引用であり（イェイツの『再臨』の一節）、じっくり噛みしめるべき言葉だからだ。「そして、ここから新しく始まるのだ」

　この男はときどき歪んだ空想に浸っているような印象を与える。そうでないときは、単に鼻持ちならない。そしてそれはまちがいなく、やはりワインの人格がひとつ以上存在する証拠なのだ。「つまり」とアプルビイは言った。「あなたが、新しく始めるわけですね」

「相手を骨抜きにしてうまく隙が作り出せれば、どこであれ、わたしはそこから新しく始める。そして、ほとんどすべての国に今、そうした隙ができている。どの階級にも、あるいはきみのレン伯父さん風に言うなら、どの区画にも、隙ができている。もちろん、それぞれの分野については丁寧に下調べをしてある。ちょうど、化粧クリームや石鹸の新商品を売り出すときと同じように。おおまかに言えば、上流階級には降霊術、下流階級には占星術を売り込む。降霊術は比較的料金が高い――それも、かなり高いが、占星術はわりあい安上がりだ。そして中流階級は幸いにも、そのどちらも少しずつ手が出せる。田舎の大衆には、主に魔術を注ぎ込もう。いわゆる知識階級と呼ばれる連中には何がいいのか、かねがね悩まされてきた。ヨガがいいとも思えるし、輪廻転生や大いなる知や、ひょっとするとアイルランドの神話を少し入れてもいいかもしれない。だが、それは重要な問題ではない。どのみちほとんど答えは出ているのだから。むしろ、われわれが心配しなくてはならないのは――しかも、中国からペルーに至るまで、途中のパリとロンドンとベルリンにおいても同じことがあてはまるのだが――野蛮な人間と、無教養な人間と、一般庶民だ。この区分は多少時代遅れかもしれないが、今でも充分通用するだろう。ちなみに、アメリカ合衆国にはこの三つともいない、そう、野蛮人さえほとんどいないのだから、どこよりも簡単に攻略できるはずだ」

「つまり、こういうことですか?」アプルビイは尋ねた。「あなたは、新しい宗教を始めるつもりなのですね?」

「全然ちがう。だが、全部ではないにしても、たしかに一部の国においては、ある意味で宗教のようなものになるかもしれないな。たとえばアメリカでは、時間をかけて既存のキリスト教教会そのものを乗っ取る――いや、教会の建物を、という意味だよ。だがイギリスでは、教会はわたしたちにとって何の利用価値もない。屋根が崩壊していないものでさえだ。イギリスでは、大衆演芸場を乗っ取る。イギリスの演芸場へ、人気の大道芸を見に行ったことはないかね? お気に入りのコメディエンヌが感傷的な歌を歌った後に出てくる、腹話術やちょっとした奇術のショーは、われわれが求めているものにかなり近い集団心理を生み出せる。観客は一体となり、上機嫌になり、何でも信じ込む巨大なモンスターと化す。最近の演芸場の人気はたしかに落ち目だが、教会ほど顕著な落ち込みではない。そこをわれわれの主要な拠点にするつもりだ。もうひとつの狙い目は、パブだ。ウェルの話を覚えているかね? パブで奇跡を起こそうとして、そして成功を収めた男の話だ。たしか彼は店のランプにひっくり返れと念じたと思うんだが。そうだ、われわれが手に入れるパブの全店に、ひっくり返るランプを置くとしよう」

ハドスピスは不満そうに顔を上げたが、どうやらパブでインチキを働くという考えそのものに憤慨しているようだった。しばらくのあいだ誰も口を開かなかった。真昼のあまりの暑さに、タイランチョウやショウジョウコウカンチョウ（ともにスズメ目の小型の鳥）は歌うのをやめていた。辺りは静まり返っていたが、彼らの真下で、一匹のツコッツコ（地下に住む齧歯類の小動物。ツコツコと鳴く）が、大地の妖精ノームのように地中で独り言をつぶやいている声だけが聞こえてきた。

「ひっくり返ったランプか」ワインはパナマ帽を脱いだ。するとたんに、帽子と同時にふざけた態度まで脱ぎ捨てたかのように、再びうつろな、何かをじっと考えるような目で川のほうを見つめた。

「それをわれわれの標章にするのもいいかもしれない。人間が本当のランプだと信じ込んでいたものが今、ひとつ、またひとつと消えつつある。光を放つのは、逆さまのランプだけになる。だが、はたして本当に逆さまなのだろうか？　あるいは、人類は千年以上ものあいだ、偽りの光に従ってきたのではないのか？」

　この男は自分の悪事を、哲学めいたものにこじつけて説明しようとしている、とアプルビイは思った。そしてこれからそれを聞かされるのだ。ハドスピスがいつも持ち歩いていた手帳と鉛筆さえ手元にあれば、その貴重な講義を記録することができたのに。アプルビイは背中を大木の幹にもたせかけた。突然、頭上でテロテロ――パンパスに生息するチドリ――が呼びかけるように鳴き、地下からツコッツコがくぐもった返事を返した。ふたつのあいだの空気を、めりはりの利いたワインの声が満たした。

「紙にピンで穴をあけて、その穴を通してランプの明かりを覗いて見たとしよう。ピンの頭を上向きにして紙とランプのあいだに持ち、覗いている穴から見えるように位置を調整する。さて、何が見える?」

ツコツコがどこにいるのかを探そうと足元を見下ろしていたハドスピスが、顔をしかめて視線を上げた。「ピンの頭が下に、逆さまに見える」

「そのとおり。実際には、われわれの網膜に逆さまに映っているのはランプのほうなのに、われわれの知性はそれを否定して、ピンの頭が下を向いているように見せるのだ。逆さまのピンではなく、逆さまのランプのほうをあり得ないものだと認識するからだよ。そして知性が否定するものこそ、われわれの標章にふさわしい。すなわち、ひっくり返ったランプだ」ワインが、まるで地面の穴の中に潜んでいるツコツコに向かって話しかけるように声を落とした。「光が次々となくなり、炎が次々と消されていく。この深まる暗闇こそ、科学によるものだ。それがパラドックスなのだ。キリスト教信者たちにははっきりとしたイメージがあった。どんなに無知な小作人でもそれを受け止められたし、どんなに賢い学者でもそれを解釈するのに一生かかった。それほどに単純であり、永続するものだった。ところが、そこへ突然科学が現れて、難解で暫定的なものに置き換えた。十年単位で、それまでのイメージは徐々に、より複雑で短期的なものへと変わっていった――そして今では、学のある者もない者も、何を信じていいのか、まったくわからなくなってしまった。科学はこのようにして理性というランプの火を消してきたのだ。このようにして科学は大衆を骨抜きにし、世界じゅうに迷信が広がるための道筋をつけてきたのだ。科学は決まった主張の信念を持たない。そして科学は大衆にとって、不可解で不思議な領域なのだ。新聞の連載小説を読んだことはあるかね? あれほど顕著なものはない。そこには必ず科学者が登場するが、何のことはない、お馴染みの魔法使いのような存在として描かれている。彼はわれわれの一員だ。そしてわれわれは彼を活用する。われわれの管理のもと、彼は世界が最も必要としているものの一部となるのだ」

アプルビイが体を起こして立った。「それはつまり、何ですか？」

「ほんのいくつかの、単純で用意周到な迷信だよ。それを奇術師や奇人や放浪者たちが本物らしく見せてやるのだ」ワインも立ち上がった。「ああ、楽しいおしゃべりだったよ！　だが、わたしはそろそろ下に戻って、ボートまで行ってこかなきゃならない。きみたちには昼食が用意されているはずだ。ご一緒できなくて申し訳ないと、女性たちに伝えておいてくれないか？」

ワインが足早に丘を下っていくのをアプルビイは見送っていた。すると、ハドスピスが鼻を鳴らした。あまりに大きな音を立てたので、足元のツコツコの鳴き声が止んだ。「世界を骨抜きにするだと！」彼は言った。「あいつを骨抜きにしてやろうか！」

「反対にこっちが骨抜きにされるだろう。〝光が次々と消えていく。そして、スコットランドヤードからやって来た輝かしいふたりまでも〟というわけだ」アプルビイは太陽を浴びながら伸びをした。「あるいは、それがお気に召さないなら、〝光はすでに次々と消えてしまった。われらの友の内に灯っていたはずの光までも〟というのはどうだ？　古い書物にあるように、ワインの心は暗黒に染まってしまったのさ」

「あいつ、気が狂っていると思うか？」

「その線引きはどこにあるんだ？　彼の描く幻想が実現できないものなら――実現できるとは思えないんだが――それならきっとあいつは気が狂っている。だが、この企みを本当にやってのけたら、少なくともある程度でも実行できたなら、どこか歪んでいるとは言え、彼の精神状態は正常だと認めざるを得ない。さっきの科学と迷信の話には、ずいぶん力を込めていたように思った――当然だ、彼の目的はそこにあるのだからね。それに、彼の話にそれほど説得力がなかったのだとしたら、それは彼が自分で言うほどには、今の状況を完全に客観的に利用できていないからだ。異常な能力者たちが世界を揺り動かせると、彼はそう思っている。それはなぜか？　そもそも彼自身が能力者に揺り動かされているからだ。本当のところ、もしあいつが幽霊を見たら、顔が真っ青になるだろう」

「わたしの場合、ストランド街で羊のローストとビールを見たら、顔が輝きだすね。だが、そんな機会も、あいつが真っ青になる機会も、どちらも訪れそうにないな」ハドスピスは自分の発言をじっくり検証するかのように口をつぐんだ。「あいつを追い詰めるために幽霊の分隊を呼び出すことはできないんだから」

「そうだな、それは難しいだろうな」アプルビイは最後にもう一度島々を眺めてから、丘を下り始めた。「だが、羊のローストの代わりになる料理なら期待できるんじゃないか。今は食料不足なんだ、文句は言えない」

「食料不足で思い出したが」そう言うハドスピスもアプルビイと並んで歩き始めていた。「こんなめちゃくちゃな計画が進行しているというのに、今までほとんど何の文句も出ていないことに気づいたか？」

「文句？」

「銃を抜いたり、窓を叩き割ったり、誰かを崖の上から突き落としたりするやつは、ひとりもいないという意味だ」

「崖の上からだって？　そんな場面は、ここじゃなくても出くわしたことはないがね。だが、たしかに何もかもが妙に静かだな」アプルビイは足を止めて、開いた口のような形の花の前で、ハチドリの一群がなぜか空中に止まっているのを眺めた。「では、みんなを刺激するために、こちらから率先して動きだしたらどうなるのかな？」

丘を半分ほど降りたところで、ハドスピスが突然足を止めた。憤りが食欲に勝《まさ》ったらしい。「それにしても、ワインのやつめ、なんて図々しいんだ！」彼は言った。「わたしたちが警察官だと知ったうえで、あんな話まで聞かせるとは」

「わたしたちが知っているとは知らないのさ」アプルビイは足音を立てて歩きながら、その足踏みに合わせて、例のわかりにくい説明を歌うように唱えた。「あいつをうまく騙せたとわたしたちが思っていると、あいつは思っている。わたしたちはラッドボーンの部下だ。ラッドボーンが存在するとわたしたちに信じ込ませたのはあいつで、その部下だと言って、あいつを騙したのはわたしたちだ。そして、それが彼の計画の——きみとわたしに関する小規模な実験計画の——基盤を成している。もしラッドボーンが実在するとわたしたちが信じ、わたしたちが彼の部下だとワインが信じていると信じるなら——」

「実験はうまくいく」

「そのとおり。わたしたちのどちらかは、彼の使いとしてラッドボーンと交渉するために島から送り出される一方、もうひとりは、いわば人質のような形でここに留め置かれる。だがわたしたちが何か疑っていると思ったら、〝計画にスパナを投げ込む〟ということわざのとおり、彼の目論見はすっかり崩れ去る」

「どちらかと言えば〝幽霊《スプーク》に棒《スポーク》を投げつける〟だけどな」

「ぴったりだ」アプルビイはその暗号文のような表現に穏やかにうなずいた。「だが、今後の展望という話なら、わたしは是非、昼食が食べたいね。さあ、行こう」

昼食は素晴らしいものだった。もっとも、食事はひどく陰気な雰囲気のうちに進んだ。ビーグルホールは何か気に入らないことがあるらしく、同席者たちに対する嫌悪感を隠そうともせず、睨みつけていた。ミセス・ナースは疲れており、お得意の〝ナイス〟のひと言も出ないほどだった。彼女の向かいには、病気のルーシーが放心状態で座っていた。ひょっとすると〝モネオ〟と〝アウディオ〟について考えているのかもしれないし、ソクラテスかマルクス・アウレリウス・アントニヌスのことを考えているのかもしれない。

「例のシュルンプとかいう男ですが」アプルビイは、陰鬱な雰囲気の中で陽気な声で尋ねた。「彼はあなたたちが〈ヨーロッパ島〉と呼ぶ島に、ヨーロッパ風の家を建てたんですか？　たしか〈イギリス・ハウス〉という家があると、以前ワインが言ってませんでしたか？」

ビーグルホールが用心深い目つきで顔を上げた。「イギリス・ハウス？　ああ、あるよ。景色に全然馴染まないんだ。ブルームズベリー・スクエア近辺でよく見かけるタイプの家さ」

「それはまた、変わった発想ですね！　ここに建てるなら、もっと田舎風の家屋のほうが合うでしょうに」

「シュルンプはいかれてたんだよ」ビーグルホールは無礼なことを言いながら、発言には慎重になっているようだった。彼の雇用主にとって、この話題は繊細かつ重要な領域だと心得ていたからだ。

「だから、あんな家を建てたのさ。中心に暗い吹き抜けがある大きな家で、その吹き抜けの周りを階段がぐるぐると取り囲んでいるんだ」

　ミスター・スマートの螺旋階段だ、とアップルビイは思った――そしてもっと前にはモレル大佐の階段だった。「そんな家なら」と彼は大きな声で言った。「建てるのにずいぶん金がかかったでしょうね」

「もちろん、ものすごい金額だったろうな。でも、家がまる一軒そろってるわけじゃない」ビーグルホールは自分の発言を補足した。「つまり、その家の大部分だけを建てたんだ。それも、おそらくは古い材料を使って。ところどころ、本当にずいぶんと古めかしく見えるからね」

「それはまた」

「〝それはまた〟と来たか」ビーグルホールは相変わらず何かが気に入らないらしく、大っぴらに無礼な態度を取っていた。だが、言葉に注意を払いながら家の説明を続けた。「実のところ、その家の建築だか再建築だか、何て呼ぶのかよく知らないけど、その作業は類を見ないほどお粗末だった。何ヵ月か前に嵐が来たんだけどさ、そのときに大部分が崩落したんだよ。〈イギリス・ハウス〉には大勢の〝実験材料〟が住んでたから困っちゃってね。でもまあ、そろそろその修理も終わる頃だ」

　アップルビイは目の前にある食べかけのおいしい魚料理に向かって、密かににやりと笑いそうになった。盗んできたホーク・スクエア三十七番が今、移築工事中だという不都合な事実を隠すには、うってつけのいい訳だと思った。「お話を聞いていると、どうもおかしな家のようですね」彼は言った。

「ご案内いただけるのを楽しみにしています」

　ビーグルホールがナイフとフォークをテーブルに置いた。「うんうん、心配しなくてもちゃんと案内してやるよ。まったくナンセンスな家だけどね。ふん！」

「〝ふん！〟と来ましたか」とアプルビイは陽気な調子で言った。ビーグルホールと雇用主のあいだに、見解の異なる点がいくつかあるのはまちがいない。そしてそれが何かは容易に想像できた。いい実験さえできたら、ほかはどうでもいいというワインの考えに、ビーグルホールは我慢ならないのだ。「では、ワインが〝実験材料〟と呼ぶ対象が大勢、〈イギリス・ハウス〉に戻れるのを待っているわけですね？　その実験材料たちは、嵐で吹き飛ばされなかったんですか？」

ビーグルホールは座っていた椅子を後ろへ引いた。苛立ちがさらにひどくなっている。「ひとり、いなくなった」彼は言った。「と言っても、頭のおかしい――」

「いなくなった？　また材料が無駄になったのか？」ちょうど戻ってきたワインがドア口に立って、軽く動揺したように秘書を見下ろしていた。「まさか、年老いたミセス・アウラーがワニに食われたと言うんじゃないだろうね？　あるいは、コックシェルの少年か、小さなミス・スパードルか」

「誰もワニに食われてなんかいませんよ。ただ、あのヨークシャーの女狐《めぎつね》が出て行っただけです。あの女にはきっと手を焼くと言ったでしょう？　二日かけて探しましたが、見つかりませんでした。もう何週間か前の話です」

ワインは、今度はすっかり不機嫌になり、顔をしかめてアプルビイのほうを向いた。「例のハンナ・メトカーフという娘だよ。わたしたちよりふたつ前の定期船に乗せて、先にこっちへ向かわせたのだが、失敗だったな。あれだけ扱いの難しい娘だ、しっかり見張っておくべきだった」渋い顔でほほ笑んだ。「わたしたちの運営が必ずしも百パーセント効率的ではないと、ラッドボーンに伝えるといい」

「しかも、彼女ひとりだけじゃないんです」ビーグルホールは少し落ち着いてきたようだ。「馬を連れて出たんです」

ワインが腰を下ろした。顔を曇らせている。「まさか、ダフォディルじゃないだろうな?」

「そのダフォディルですよ。あの馬だからこそ、彼女もうまく逃げられたんでしょう。あの女は夜に乗じて、こっそり〈ドイツ・ハウス〉まで行くと、あの馬と鞍を盗んで、馬を連れて川を泳いだんです。川さえ渡れば、目の前にはパンパスが広がってるだけですからね。でも、あんな使い古しの馬車馬に乗ったって、そう遠くまでは行けないでしょう。とっくに先住民たちに食われてますよ。そう思うと、少しは気持ちが晴れるってものです」

事情が何となく推察できたミセス・ナースは、動揺しているように見えた。ハドスピスは、ビーグルホールの発言が承服できず、何か言ってやりたい激しい衝動を懸命に押し隠していた。そしてアプルビイは、皿の上の魚を胡散臭そうに見下ろしていた。〈カプリ島を知っているか?〉ハンナはそう言っていた。〝ハッピー・アイランド〟か。少なくとも彼女は思いきった行動に出たわけだ。わたしたちも彼女に続くべきじゃないのか。

「その哀れな娘が死んだと聞いても、わたしはまったく気持ちが晴れないね」ワインは険しい目を秘書に向けており、おそらくそれは彼の本心なのだとアプルビイは思った。「そんなものは復讐心ゆえの馬鹿げた考えだ。彼女が死んだところで、わたしたちが得るものは何ひとつない」

「少なくとも、彼女の口から情報が漏れることはもうありませんよ」

「くだらない。彼女が無事に港までたどり着けたとしても、どのみち頭がおかしいと思われるだけだ。生きているうちなら、彼女にも価値があった――とても素晴らしい価値が。いずれ仲間になるよう、説得できたかもしれない。それに胆が据わっていた。あの子には、ジャンヌ・ダルクになる素質があった——われわれのジャンヌ・ダルクに」

「ねえ」病気のルーシーが悲しそうな声で言った。「ジャンヌ・ダルクが聞いたという天使の声について教えてくださらない？」

誰も答えないまま短い沈黙が流れ、アプルビイは背筋がぞっとした。「どっちにしろ」彼は誰にともなく言った。「彼女、死んだとは限らないじゃないですか」

「死んでいないことを祈るよ」ワインがデキャンタに手を伸ばした。「死は、単なる無駄だからね——価値のない死は」一瞬、彼はアプルビイの目を正面から見つめた。「そうだ、明日の朝、全員でヨーロッパ島へ行こう」

殺人が起きそうな予感が空気に満ちていた。そしてその午後、アプルビイは二件の殺人を犯した。やはり、そろそろこちらから攻撃に出る頃合いだったのだ。

島の最北端近くに、今は亡きシュルンプが指示して作らせた水泳プールがあった。手の込んだ施設で、カリフォルニア・スタイルのようだった。その日の昼食後、ルーシー・ライドアウト——小さいルーシーは、ひとりでそのプールへ出かけた。ほとんど潜れないくせに潜水の練習をしていると、しばらくしてアプルビイが顔を見せた。彼はそのまましばらく、ルーシーが水の中に飛び込んでは慌てて這い出る様子を観察していた——どのルーシーの人格も、観察されるのに慣れてきたようだった。時おりルーシーからアプルビイに何か話しかけることがあったが、その話し口調は十二歳の子どものものだった。ところが彼の目の前で曲線を描き、滑らかに動き、荒い息をついている彼女の体は、大人の女性のものだった。女らしいだけでなく、溌剌と動くその肉体は、実のところ、本当のルーシーの肉体なのだ。そして、その〝泥で作られた家〟（魂の容れ物としての肉体）の中にいるほかのルーシーたちは、はみだし者にほかならない……。

ルーシー・ライドアウトは何度も水に飛び込み、這い出ては荒い息をついた。疲れて呼吸を整えようと温かいコンクリートの上に寝そべり、まぶしさに目を閉じた。その目が再び開いたとき、すでに病気のルーシーに変わっていた。訝しむように目を細めて、赤い水着と成熟したふくよかな肉体を悲しそうに見下ろしている。タオルに手を伸ばし、肩に巻きつけた。「ソクラテスについてだけど」彼女は言った。「彼が死について語ったことは――」彼女は顔を上げた――哀愁に満ちた、不健康で疲れた顔だ。そのときアプルビイは、殺人を企んでいる自分に気づいた。

最近は病気のルーシーがしょっちゅう出てきていた。ちがう環境に移れば状況が変わるんじゃないかと期待していた本当のルーシーは、まるきり作戦を誤ったようだ。今や病気のルーシーが勝者になりつつあった。そして、いくらソクラテスやギリシャの賢人たちに興味を持つことが一般的に称賛されるべきものだとは言え、アプルビイは辟易していた。これだけ執拗に質問を浴びせられては、たとえ精神科医であっても辟易していたにちがいない。もし彼女を殺すことができるなら、その責任を取る覚悟さえあった。目の前のルーシーの頭を、きらきら光るあのプールの水の中で、呼吸が止まるまで押さえ込む。あるいは、何か別の方法でもいい。「死についてかい？」彼は訊き返した。「ソクラテスは、死後に何があるかに興味を持っていた。何があるのか、あるいはないのかに。だが、ソクラテスはワインとはちがっていた。その疑問を解明するために、わざわざ人を殺したりはしなかった」

「どういう意味？」病気のルーシーは体を起こし、目を大きく開けて彼を見ていたが、突然全身が震えだし、顔は死人のように青ざめた。

「ワインは幽霊が本当にいるのかどうか疑問に思っていた。そこで、殺された人間が幽霊となって友人の前に現れるという現象が二度も起きた、ある家を盗んだ。その家の中で、彼自身が人を殺したらどうなるかを確かめようとしてね。このわたしが、ハドスピスのまったく知らないうちに殺されるんだ――はたして、ハドスピスはわたしの幽霊を見るのか？　あるいは、ふたりの役割が逆になるかもしれないけどね。これがワインの言う〝実験〟なんだよ」

「まさか、信じないわ。どういうことなのか全然わからない。そんな話、聞きたくないし、話したくない」病気のルーシーは体をできるだけ小さく丸めようとしていた。「ラテン語の勉強の続きがしたいの、まだ聞きたい話が――」

「ワインがそんな男だと、きみは知らなかったのか？　世界がこんなところだなんて思わなかったとでも言うのか？」アプルビイはルーシー・ライドアウトの上に屈み込み、その耳元近くまで口を寄せてささやいた。「これはワインの数ある実験のほんのひとつにすぎない。この先、きみを実験材料にしたものも行われるはずだ。ワインがきみにラテン語を教えているのは、きみがまた現れるようにするため――実験の準備が整うまで、きみを生かしておくためだ。わかるかい？　きみを励まし続けないと、ほかの人格たちに追い出されて、存在を消されてしまうんだよ。あのふたりはきみよりも強いからね。これまで長いあいだ、きみはワインとワインの教えを信じることでここまで生き永らえることができたんだ。はっきり言おう。そんなものは全部嘘だ。きみが教わっているのはラテン語ですらない。きみにラテン語を学ぶことはできない――でたらめな言葉だけだ。きみの意識は弱すぎる。これまで生きてきた時間は、病《やまい》を負った一瞬のきらめきでしかない。だが、異常な人生だからこそ、ワインが興味を持ったんだ。きみが死んだらどうなるのか？　幽霊は三人現れるのか？　ワインが知りたくてたまらないのは、そういったことなんだよ。わかるかい？　それに、外の世界について、きみに知らせたいことがほかにもあるんだ。聞いてくれ……」

彼女は最後に一度、小さな悲鳴を漏らした……たとえようもなく恐ろしい悲鳴だった。アプルビイは大の字になって倒れたルーシーの体を見下ろし、罪の意識と恐怖で気が遠くなるのを感じた。だが、ほんのかすかだが、彼女は呼吸をしていた。もしかすると――。呼吸は見ただけではわからないほどに弱くなり、さらに弱くなり、ついには止まったかと思われた。ほんのわずかな時間が、永遠に続くかと思うほど長く感じられた。やがて彼は絶望に顔をそむけた。

「ジャッコー」

アプルビイが目を向けると、彼女の顔は死人のように青白いままだった。が、両目は開いていた。その目に畏怖の念が浮かんでいる。知性と生命力に満ちている。

「ジャッコー――ジョン」弱々しいその声は興奮し、生き生きとしていた。「何かが起きたみたい。あの学者女に何かあったみたい」突然の勝利と、その完全な確信に、彼女の声が高くなった。「あの女は死んだんだ」本当のルーシーは起き上がって高笑いした。幸福と歓喜の笑い声だった。すると次の瞬間、こらえきれずに大泣きを始めた。うろたえるように、大事な人を亡くしたかのように。

だが、アプルビイは座ったまま、まだじっと待っていた。まるでエデンの園の〝生命の木〟の下で待ち伏せする狙撃手のように。じきに小さいルーシーが現れるだろう。彼女は病気のルーシーよりも精神力が強い。きらきら光るプールの水の中に彼女の頭を押さえ込むのは、きっとさっきよりも難しいだろう。アプルビイは身じろぎもせずに座ったまま、ただ待ち続けた。子どもの息の根を止めるのに最も効果的な言葉を、頭の中で探しながら。

「ふたりとも死んだ?」再び小さな丘をのぼっていたハドスピスはそう言うと、驚きのあまり言葉を失った。

「死んだよ」アプルビイは西の方向を見やり、遠くの島から順に夕闇の中へと泳ぐように消えていく様子を眺めていた。「手順を踏んでいけば、あのふたりの人格を失望させることができるんじゃないかと、前に話したことがあっただろう? いくら正統な治療法だとは言え、それではじわじわ殺すのと同じだ。それで試してみたら、即死させることができた。生きる気力を完全に奪う言葉をそれぞれの致死量分だけ、一気に全量投与すれば充分だった。後に残ったのはふたつだけだ。きわめて気がかりな倫理的な問題と、そして強力な味方と。わたしは死刑にされるべき罪をおかしたのだろうか? この疑問は、いずれワニの餌にならずに済んだとはっきりしてから意味を持つのだろう。強力な味方を得たという点だが、これはまちがいない。本当のルーシー――当面は〝唯一のルーシー〟ということになるが――は、少しばかり謙虚さに欠けたところがある。だが、非常に賢明で意思が固い。例のワインの実験計画を話してやったら、大変満足していたよ」

のぼり坂の傾斜が急になるにつれて、ハドスピスは息をはずませた。「あの実験が満足だなんて、彼女のセンスを疑うね」

「いや、その実験計画なら、彼女の頭脳で対抗できそうだという意味らしい。知的な満足感が得られるってね。それは、わたしやきみも同じだろう?」

「そのぐらいしか得られるものはなさそうだからな」

「それくらいでよしとしなきゃ」西の空が明るく輝き、広大な川は、まるで大釜で溶かした黄金が流れ出ているように見えた。「思い出してみると、いろんなことがぴたりと合っていることに気づいた。以前ワインは、ビーグルホールと自分は単なる知り合いだと、そんなようなことを言っていた。コブドグラの話が本当だろうと何だろうと、とにかくわたしときみが親友なのかどうかを知りたがっていた。ホーク・スクエアの幽霊出現は二件とも、友情が重要な要素となっていた。どちらも幽霊が完全な姿を見せた相手は、多かれ少なかれ仲のいい友人だけだった。モレル大佐の幽霊は、友人だったバートラム大尉のもとにしか現れなかったし、ミスター・スマートの幽霊の場合は、義理の兄であり、友人でもあるドクター・スペッティギューだった。そこで、ワインがわたしたちのことを、厄介な警察官であると同時に友人どうしだと知ると、これは一石二鳥で利用できると考えたわけだ」

「一個の石を二羽の鳥に投げつけるんじゃなくて、二羽の鳥を一匹のワニに投げ与えるんじゃないのか?」そう言って、ハドスピスは笑った。不機嫌そうな笑い声ではあったが、たいして出来のよくない名言のわりには、妙にいつまでも笑っていた。ハドスピスが話を続ける。「ふたり組の友人というだけでは、ホーク・スクエアの壮大な実験材料になるには不充分だ。きっとほかにも数多くの条件が用意されているにちがいない。今にして思えば、ミセス・グラディガンとミス・モルシャーはどうだったんだろう? もしかすると彼女たちも、本当はその実験に使われたんじゃないのか? 今後はミス・モルシャーの幽霊とわたしの幽霊が、例の螺旋階段をのぼったり降りたりしながら、かくれんぼをすることになるかもな」

ハドスピスはずいぶんと空想力を膨らませているようにアプルビイには思えた。この風変わりな環境の影響にちがいない。ふたりは丘の頂上に着いた。西のほうではまだ金色に輝いている川が、彼らのすぐ下では黒く流れ、まるで現実味を感じない。マメイ（食用の熱帯果樹）やポーポー、トウゴマ（多年草。種子からひまし油を取る）や羽ヤシの影が長く伸びている。カンムリサケビドリ（南米に生息するカモ目の鳥）とキバラオオタイランチョウ（主に北南米に生息するスズメ目の鳥）の鳴き声も徐々に聞こえなくなっていた。じきに夜が来て、辺りはホタルと星の散らばる銀河に変わるだろう——無数のホタルは素早く飛び交い、遠い星はじっと静止したままで。星たちは、永続的に動かないことこそが抽象的概念であるかのように、暗く深い灰色がかった紺色の天空高くに散りばめられるだろう。「ミス・モルシャーだって?」アプルビイが素っ気なく言った。「だって、ホーク・スクエアはつい最近、ここに建てられたばかりじゃないか。きみとわたしがモルモット一号と二号だ」

「そうならないためには——」

「そうならないためには、ワインの計画全体を阻止するしかない。何と言っても、あの男の純粋に実験好きな一面は、全体像のほんの一部でしかない。金儲けプロジェクト、〝幽霊教会〟、権力を得るための不気味な〝道具〟集め。あいつの狙いの大半はそっちだ。そして、ビーグルホールの狙いは全部それだ。ビーグルホールは実用的な面ばかりで、空論的な面は気にも留めていない。むしろ、それはボスの弱点だとさえ思っている。たしかにそのとおりかもしれない。だが同時に、ワインはそうしたものに魅了されているのだ。さて、このメイン・プロジェクトが何らかの危機に直面したとしたら——」

ハドスピスが首を横に振った。「今のところ、まったく隙がないように見えるが」

「断言するのは早いぞ。もしもこのメイン・プロジェクトが危険にさらされたら、すでに大金をつぎ込んだとは言え、ホーク・スクエアでの実験のほうはとりあえず見送られるだろう」

ハドスピスは腰を下ろすと、すでに暗くてほとんど見えなくなったニャンドゥバイの木の幹に背中をもたせかけた。「なあ」彼は冷ややかな声で言った。「今わたしたちは何かの作戦を立てているのか?」

「もちろん、そうだ。それに今のわたしたちは、かなり自由に動き回ることができる。ラッドボーンの存在を信じているふりをうまく続けられれば、その自由は維持できる。どちらかひとりがラッドボーンとの交渉に送り出されると思っている限り、わたしたちが無茶な行動に出るはずはないと、ワインはそう思っているからだ。たとえば、現にわたしたちはこうして誰にも尾行されることなく、ふたりきりで陰謀を練ることができている。わたしのスーツケースには拳銃が入っているが、荷物を調べられてもいない。いくらでもワインを殺すことができる。ワインだけじゃない、ビーグルホールもだ。だが、それで彼らの計画をすべて壊滅させることはできるのか?」

「必ずしもそうとは言えない」相棒が暗がりで首を振っているのが、アプルビイには辛うじて見えた。「有能な大尉なり、熟考の末に選んだ後継者なり、不在役員なりが、どこにどれほどいるのか、まるで見当がつかないからな。一方、やつを殺せば、わたしたちはおしまいだ。ワインが〝実験材料〟などと嬉しそうに呼んでいる連中を管理するために、相当な人数の悪党集団がこの島々のあちこちに配置されているにちがいない。ふたりで拳銃を撃ちまくったところで、とても突破できるはずがない」

「同感だ」

「もちろん、革命を起こそうと呼びかけて、バリケードを築き、実験材料たちを組織してもいいんだが、あの連中のほとんどはどんなやつかもわからないし、頭はいかれてるし、とても当てにできない。ルーシーは別だが――そもそも、彼女はすでに実験材料じゃなくなったんだろう、あんたの話によれば」

アプルビイは何も言わなかった。島はどこも静かで、川も水音ひとつ立てていない。ここから半径何マイルの中で動いているものと言えば、疲れ知らずのツコツコぐらいのものだ。だがその反面、島は音であふれ返ってもいた。南米大陸の夜には当たり前のさまざまな雑音。どの音も、どのぐらい離れたところで鳴っているのかがわからず、何かをささやいているようにも聞こえる。はたしてそれが希望のささやきなのか、あるいは恐怖のささやきなのか、判別できない。

「厳しい現実をあえてはっきり口にするなら」とハドスピスが言った。「もはや、何かしらの外部からの協力を祈るしかないぞ。めでたしめでたしで終われるように、すべてを解決してくれる、突然の救いの神《デウス・エクス・マキナ》の登場を」

今度もアプルビイは何も言わなかった。辺りは真っ暗で、はるか足元からツコツコが、まるで不安に駆られた霊のように手探りで地面を搔いているのが聞こえてきた。

ブクッ！

ハドスピスが暗闇の中で身震いをしたのがわかった。「ワニだ」彼は言った。

だが、アプルビイはハドスピスの腕に手を置いて言った。「もう一度、耳をよく澄ませてみろ」

すると、別の音が聞こえてきた——すぐ近くの、下の川からだ。しばらく静寂が続いた後、また聞こえた。まちがいない。「そうか」ハドスピスが真剣な声で言った。「馬だ」

第四部　地獄のかがり火

I

暗闇の中で、馬がいなないた。その鳴き声が三度繰り返されたのを受けて、足元のツコツコが、まるで呪文をかけられた悪魔のように、動きを止めた。ふたりを取り囲む空間は、まるで水面にさざなみひとつ立たないプールのように、すべてがぴたりと静止していた――そのプールのどこか奥に、正体のわからないものがいくつか潜んでいて、遠くで一面に生えた草の中を吹き抜ける気まぐれな風が不思議な音を立てている。馬が咳をした。「泳いでいるんだ」ハドスピスが言った。

亡きシュルンプの建てたカリフォルニア・スタイルの住居がどこかずっと下のほうに見え、いくつか明かりが灯っているのがわかる。その明かりのいずれかには、ワインとビーグルホールがいるのかもしれない。ふたりは資料を挟んで座り、自分たちの奇妙な陰謀について討議しているのかもしれない。別の明かりはミセス・ナースの部屋かもしれない――〝ナイス〟な気分の、むなしい気分の、疲れた気分のミセス・ナース。そしてまた別の明かりのひとつは、ルーシーにちがいない。読み書きの苦手な本当のルーシーが大判の本を広げ、聡明な頭脳を懸命に働かせて、ホーク・スクエア三十七番のきわだった歴史についてひと文字ずつたどるようにして読み進めていることを、アプルビイは知っていた。遠くの島々にも点々と明かりが見えた。ずっと遠くで、大きな円を描くように移動している一筋の光は、この植民地の北の端を走る船だろう。そこには〈オーストラリア島〉や〈アジア島〉、さらにはどんなものかは見当もつかないが、さまざまな島があるはずなのだ。何かが水を跳ね上げた。地面をこするように這う音がして、荒い呼吸音が聞こえた。何者かが、短く声を発した。再び静寂が漂い、いつまでも続いた。

「馬と乗り手だ」ハドスピスが低い声で言った。「でも、いったい誰があのワニの巣食う川の中へ馬と入っていったんだろう?」

暗闇の中でホタルの光がきらめいた。でたらめにさまよういくつもの小さな光は、まるで実験装置に大きく映し出された、無造作に散らばる分子の画像のように思えた。「たしかに、そんな人間がいるだろうか」アプルビイは言った。「ヨークシャー出身の、とある頭のいかれた娘以外に」

ふたりは、耳を澄ませながら待っていた。急に島のどこかのラジオから、懸命に張り上げる、空虚で肉体を持たない声が小さく聞こえてきた。遠くでアナウンサーがニュースをがなり立てているのだ。南シナ海やサマラやサンフランシスコから入ったニュースが、休むことなく世界じゅうを駆け巡り、スイッチひとつであふれ出てくる。長い洞窟の中へ流れ込んだ水が、どこへともなく、さまざまなものにぶつかりながら奥へ進むように、そのかすかで空虚ながなり声はふたりの耳まで漂ってきた。人の足音か、素早く連打するような蹄の音を捉えようと神経を集中させているのに、耳に届くのは相変わらず、肉体を持たない大声か、遠いパンパスのざわめきだけで、あとはツコツコが足元で動く音が一度短く聞こえたぐらいだった。すると、驚くほど近くの暗闇の中から、断続的に、短く、鋭く、何かを引きちぎるような乾いた音が聞こえてきた。まるで謎めいていたその音の正体が、やがて突如として、はっきりわかった。草食動物が草を食べながら近づいてくる音だ。そのとき突然、馬のにおいが漂ってきた。

それはふたりの横に立っていた。何か白い雲のような——馬のにおいを漂わせる温かい雲のようなものが、そこにあった。鞍とはみを着けているのなら、首から手綱をぶら下げたままさまよっていたのか。人が乗っているかどうかは暗くてよく見えない。アプルビイは、雲の上辺りのぼんやりとした輪郭を目でたどり、そこだけ星の散らばっていない黒い夜空の一角で視線を止めた。やはり誰かが馬に乗っている。馬にまたがったまま身動きひとつせず、エメリー・ワインの本部棟周辺に点在する明かりを見下ろしている。「こんばんは」アプルビイが声をかけた。

　手綱を強く握り直したのか、かすかな金属音が聞こえたが、何の返事もなかった。

「こんばんは」アプルビイがもう一度呼びかけた。「ヨークの骨董品店を覚えているかい？　連中がハンナ・メトカーフの古い小屋にあった品々を売りつけて行った、あの店だよ。かれこれ、四ヵ月ほど前になるかな」

　またも返事はなかったが、白っぽい雲が動いた。本当は馬なのであろうその白い雲の先端が長く伸び、空中で上下に四回揺れた。ボドフィッシュとレディ・キャロラインご自慢のダフォディルの能力は錆びついていないらしい。

「そして、きみはこうして」とアプルビイが言う。「カプリ島に来たわけだね」

「あざ笑え」そのかすれた低い声は耳に障った。「そうやってあざ笑うがいい。だが、近くには寄るな。わたしはひとりではない」

　ハドスピスが慌てて立ち上がろうとしたが、アプルビイが彼の腕に手を置いて制止した。「ひとりじゃない？」アプルビイが言った。「ああ、たしかに。ダフォディルがいるからね」

「大地と水と大気の悪霊たちがおる」娘の声は重々しく自信に満ち、冷静だった。「おまえは、カメラや揺れる床のあるあの小さな部屋の中なら、悪霊どもを意のままに操れると思っている。だが、それは誤りだ。あいつらを操っているのは、このわたしだ」

「わたしたちはワインの友人じゃないよ。それに、悪霊を操るなんてことには、まったく興味がない。悪霊など信じていないからね。きみをここから安全に連れ出すんだ――きみが愚かにも出てしまったハワースへ帰してあげるよ」

返事の代わりに低い笑い声が返ってきた。次に話し始めた声にもまだ、笑い――悪意を含んだ勝ち誇ったような笑い――が混じっていた。「おまえはワインの友人だ。ここにいる者はすべてワインの友人だ。おまえが信じようとしない悪霊ども以外はな」

姿の見えない暗闇の中の娘は、好き勝手なことを言っている。その不思議な魅力に取り込まれそうだ。アプルビイはかけられた魔法を破るように言った。「親愛なるミス・メトカーフ――」

彼女の笑い声がまた聞こえた。アプルビイの言葉は笑い声に気おされて途切れた。「聞け」彼女が言う。「大地の悪霊の声に耳を傾けろ」星のない暗い夜空の一角がかすかに動き、娘は馬の首の上に屈み込んでいるようだった。ダフォディルがいなないた。すると即座に、はるか下のほうから、暗くて見えない黄色い川の向こう岸の奥から、遠くの島々のあちこちから、地鳴りのような小さな拍動が聞こえてきた――地の底から体を揺さぶるような感覚に、音が聞こえてくるのではなく、自分の耳の奥の筋肉が脈打っているのかと思うほどだった。「大地の悪霊だ」ハンナ・メトカーフが言った。すると拍動は――遠くでたくさんの太鼓を叩いているかのような音は――小さくなって聞こえなくなった。

奇妙だ。そのひどく奇妙な現象を受けて、アプルビイは思わず、声が出せるかどうかをこわごわ確認してから、再び話しかけた。「それなら、水の悪霊というのは？」

またしてもダフォディルがいないた――さらに、もう一度。すると即座に、真っ暗闇の中でゆっくりと流れているはずの広大な川の水面を、百ほどの白い炎が尾を引きながら一斉に飛び始めた。その長く伸びた白い光は徐々に曲がって弧となり、円となり、いくつもの燐光の輪となって回転したり、交差したりした。「水の悪霊だ」ハンナ・メトカーフが言った。「そして、これが大気の悪霊だ」彼女の言葉とともに、川の向こうの暗い空が、まるで流れ星が一斉に流れたかのように賑やかに動きだした。怒りにまかせて赤い線を殴り書きしたような光や炎の柱が動き回っている。それらは空高く駆けのぼり、カーブして落ちた。背後にいる星たちは不安そうに青ざめている。ほんの数秒で、再び普段通りの夜が戻ってきた。闇の中から、いっそう威厳のこもったハンナ・メトカーフの声が聞こえてくる。「おまえたちのどちらかがビーグルホールなのか？」声が尋ねた。

「いや、どっちもビーグルホールじゃないよ」アプルビイの声は安定していた。「わたしたちはビーグルホールとワインの敵なんだ」

「そんなことは信じない。ここでは被害者以外は全員、ビーグルホールとワインの友人なのだ。おまえたちは被害者なのか？」

「警察官だよ」

「そんなはずはない。おまえたちはビーグルホールとワインの友人だ。あいつらに伝えろ。何よりも、ビーグルホールに伝えろ。わたしは忘れないと。船であったことを、忘れないと」

「船のことなんて、わたしたちは何も知らないよ」

「アイルランドを出航した小さな船のことだ。わたしは乗りたくないと言った。あいつらが気に食わなかった。ビーグルホールは男たちに命じてわたしを縛った。あいつは鞭を持っていた。けっして忘れないと、あいつに伝えろ。被害者だけがここから出て、正当な居場所を与えられるのだと。それ以外の者は全員、悪霊の餌食になるのだと」

「ミス・メトカーフ――」

彼女が笑った。雲は――かすかにボドフィッシュの屋根なしのランドー馬車のにおいのする雲のかたまりは――動きだし、徐々に薄くなり、消えた。長い沈黙が続いた後、威厳と悪意の両方に満ちた声が、彼らの耳にかすかに届いた。「悪霊どもだぞ」その声が言う。「大地と水と大気の悪霊どもだ」

深刻な顔で押し黙ったまま、ふたりは手探りで丘を下った。明かりの灯った窓がはっきり見えてきたところで、ようやくハドスピスが口を開いた。「まさか、さっきのはあんたが――」

「わたしにあんなことができるはずないだろう」

「ということは――」

「そのとおりだよ」

ハドスピスは黙って顎を撫でていた。

「彼女が具体的にいつ逃げ出したのかは知らないけど、着々と反撃の準備を進めていたようだね」

「それに決然としていて、人を率いる能力に長けている」

「まさにジャンヌ・ダルクだ」

「なるほど」

「あの馬も力になってくれるはずだよ」

「馬が？」

「得意技があるんだ。魔法の馬さ。スペイン人が初めてここを侵略したときにも、何の変哲もない馬たちが、信じられないほど素晴らしい活躍を見せたものだ」

「ふーん」

ベランダは暗闇に包まれていたが、その片隅で煙草の火が光った――誰かが神経質そうに、素早く何度もふかしている。アプルビイは煙草のほうへ声をかけた。「こんばんは」明るい声で言った。

煙草の火がすっと下へ移動したかと思うと、夜の闇の中へ飛んでいった。ビーグルホールの声がした。「そこにいるのは、おふたりさんかい？ ずいぶん遅くまでうろついているんだな。どこにいたんだ？ さっき、何とも妙な音が聞こえた気がしたけど。あんたら、空に何かが現れるのを見なかったかい？」

「わたしたちはふたりとも、夜に出歩く習慣があるんです」アプルビイが言った。「せっかくこんな幽霊や霊魂の棲み家に来ているんだから、散歩にはぴったりでしょう？ もちろん危険はつきものですが。〝勇敢なるバンクォーは、夜遅くに外を歩いていた〟（シェイクスピア『マクベス』より。バンクォーは、夜に外を歩いていて殺された）」

ビーグルホールが悪態をついた。「そうじゃなくて、妙な音を聞かなかったのかと訊いてるんだ。何も見てないのか？」

「〝フクロウの叫び声と、コオロギの泣き声なら聞こえたわ〟（『マクベス』より、マクベス夫人の台詞）ミスター・ワインはまだ起きていますか？ 彼なら、こういう文学の話を楽しんでくれそうですが。いや、そろそろベッドに入るべきですね――〝眠る、その後に、夢を見るかもしれない〟（シェイクスピア『ハムレット』より、ハムレットの独白）」

「ちくしょう」ビーグルホールが言った。「さっきから、いったい何を言ってるんだ？」

「たわ言ですよ。〝今夜、月が五つ出ていたそうです〟（シェイクスピア『ジョン王』より）」

「月が五つも！」

「〝四つは止まっておりましたが、五つめは素晴らしい動きで、ほかの四つの周りを回っておりました〟」

「馬鹿な！　あんた、酔っ払ってるんだろう」ビーグルホールはそう言うと、暗闇の中で背を向けた。

「お気をつけて」アプルビイが静かな声で言った。「〝気をつけろ、若造――でなければ、鞭を振るうぞ〟（シェイクスピア『リア王』より）」

沈黙が流れた。ビーグルホールはどこかへ行ってしまったらしい。「へえ」ハドスピスが言った。「あんたがそんなふうにふざけるとは思わなかったな。まるでハムレット王子が頭のいかれたふりをして人をおちょくる場面みたいだ」

「〝地獄の門番なんかになったなら……〟（『マクベス』より）」

「何だって？」

「地獄の門番になるのは、ビーグルホールみたいな男じゃないかな。きみだって、ワインよりもビーグルホールのほうに深い嫌悪感をおぼえないか？　それは、ビーグルホールには抽象的な――あるいは、迷信的な――一面がないからだ。あいつは〝地獄のかがり火〟（『マクベス』より）の存在を信じない地獄の門番というわけだ」

「ああ、同感だな」ハドスピスは曖昧にそう答えてあくびをした。「だが、今日のところはこの辺にして寝るとしよう」

II

　船が桟橋を離れた。エンジンがバタバタと音を立て、うなりをあげた。大きな紫の花がかたまって咲くパンヤノキの上を、青、赤、黄色のコンゴウインコたちが、アメジストと黄金の色に染まった早朝の空を舞った。たびたび趣味の悪さを派手な色使いで見せつけてくる大自然の本領発揮だ。だがルーシー・ライドアウトは大喜びで手を叩いた。「ねえ、あの翼を見て!」彼女が叫ぶ。「ほら、あのかわいいくちばし!」

　アプルビイは視界の隅で、ハドスピスが身震いするのを見逃さなかった。本当の、そして唯一のルーシー・ライドアウトには、死んでしまった姉妹の鮮明な記憶が残っているらしい。彼女は別人格を、いわば〝本物そっくり〟に演じていた。礼儀正しく、にこやかに船のへさきに座っているワインには、まさか彼の〝実験材料〟がつい最近また〝無駄に廃棄された〟とは知る由もなかった。だが、事情を知っている者にとっては、ルーシーの物まねぶりは少々気味が悪かった。それだけじゃない、危険をはらんでいるんじゃないのか?　これがきっかけとなって、ルーシーの中の幽霊たちが再び出てくることはないのだろうか?　病気のルーシーと小さいルーシーが月を眺めに戻って来やしないか?　それどころか、また船のへさきに座って、今はすっかり嬉しそうに積極的に楽しんでいるあの肉体に、影のようによみがえりはしないだろうか?　だが当のルーシーは、そんな心配などまったくしていないようだ。体を独り占めし、完全体となっている。われわれが考え得る最高の逆襲計画の一端を担ってくれている。人生を謳歌している。そのルーシーが、突然真剣な目でハドスピスのほうを向いた。「ミスター・ハドスピス」彼女は悲しそうに言った。「エピクテトスの『語録』について教えてくださらない?」体をくねらせながら、アプルビイに少し近づいた。彼女はすっかり楽しんでいた。

それを見てハドスピスは、顎を撫でながら顔をしかめた。が、うまい返事を思いつく前に、ワインが身を乗り出した。「ほら、もう見えてきた」彼は言った。「あれが〈イギリス・ハウス〉だ。あるいは、〈シュルンプの道楽〉と呼ぶべきか」

早朝の景色の中にあって幻想のように、曲線と螺旋の多い華麗な建物ばかりの中にあって目立つほど四角く、新鮮な空気の中にあって煤《すす》に汚れたホーク・スクエア三十七番が、彼らの目の前に、いくぶん頼りなさそうに建っていた。これほど大きく古い家屋が大急ぎで解体され、赤道を越えて運ばれてきたとあっては、二度と元の姿に戻るはずはなかった——本来は、何軒か並んで建つ家の真ん中の一軒だったのだから、なおさらだ。だが現にこうして、ブルームズベリーから切り取られ、いかにもエメリー・ワインが心霊実験をしたくなるような当時の雰囲気を充分に漂わせながら、その家は建っていた。持ち主に家を買い取りたいと持ちかけ、元の場所から動かさずに中で人を殺すほうが話は簡単なように思えた。ひょっとするとワインは、スコットランドヤードの捜査能力を買いかぶっていたのかもしれない。あるいは収集家の本能に従って、何でも自分のそばに集めて楽しみたかったのかもしれない。いずれにせよ、家はそこに——ひどい場所に建っていた。どこまでも続く黄色い川が、今にも壊れたままの地下階に押し寄せてきそうだ。この家の中で、モレル大佐と、あの不運なヴィクトリア朝の商人ミスター・スマートは殺されたのだ。ふたり以外にも、何人もの使用人がこの中で命を落としてきたことを、家自体がどこか重く受け止めているように感じられた。その亡霊たちが、箒を振り回したり、石炭の入ったバケツを各階へ休むことなく運びながら、執拗なまでの恨みを抱いて家につきまとっていたとしてもおかしくなかった。

「わたしが特に気に入っているのは」とワインが言った。「玄関のドアのシンプルでまっすぐなラインだ」

アプルビイは玄関のドアに目を向けた。二百年前、成果のなかった寝ずの番を終えたドクター・サミュエル・ジョンソンと、彼の黒人の使用人のミスター・フランシス・バーバーが家を後にしたのは、まさにこのドアからだった。そして、当然ながら、家の主たちの死体が運び出されたのもこのドアからだ。だが、かつて葬儀用馬車や会葬者が立っていたはずの場所に今あるのは、葦と川とワニだけだ。実のところ、新たに緑色のペンキが塗られ、中央にぴかぴかに光る真鍮のライオンの頭が輪をくわえている玄関ドアは、ロンドンというよりもヴェニス風だった。椅子駕籠《いすかご》（十七世紀頃のイギリスにあった、二本の棹を挿した箱型の駕籠）ではなく、ゴンドラで乗りつけるのがふさわしいと思えた。とは言え、家のどこもかしこもがもっともらしく再現されていて、煙突からは煙まで上がっていた。アプルビイはその様子をじっくり観察していた。やがてワインに顔を向けた。「ここにこんなものを建てた男は、さぞやひどく頭がいかれていたんでしょうね」そこで間を置いた。「あなたもそう思うでしょう？」

ワインは何かを考えながら、自分の手の爪を見つめた。「それは――もちろん、あのシュルンプがまともだったと擁護するつもりはない。彼についてはほとんど何も知らないのだから。それに、たしかにこの家は少しいかれているように見える。だが、そうとも言いきれない。一見して、どれほどいかれたように思われるプロジェクトでも、実際にやってみなければわからないものだ。そうは思わないかね？　ハドスピス、わがよき友、きみならわかってくれるだろう？」ハドスピスの曖昧な返事に、ワインはいたずらっぽい笑みを浮かべた。「だが、わたしにとっては、ここはこうでなければならない。満足できるほどに奇妙なのだ。もちろん、わたしたちのプロジェクトだけでも充分に奇妙だから——ルーシー、ほら、帽子をかぶったほうがいい——シュルンプが先に用意していたこの家の奇妙さと合わせれば、さすがに度が過ぎるかもしれない。そこで役に立つのが、あそこにいるビーグルホールだ。ビーグルホールには、常人とはちがう奇妙なところが何ひとつない。あれはただの真面目なビジネスマンだ。おかげでわれわれまでしっかり地に足をつけていられる——あるいは、果てしない川を往復する船のデッキに、足をしっかりつけていられるというべきか」ワインはやわらかい声で、明らかに心に思い浮かぶままに話している。「それで思い出した。ビーグルホールは明日、例の蒸気船で川を下る予定だ。つまり、残念ながらきみたちには、われわれやシュルンプの奇妙な施設を探索する時間があまり残されていない。きみたちのどちらかひとりには、だが」

「どちらかひとり？」アプルビイが言った。モーターボートはカーブを描いて島の岸に向かっていた。間もなくホーク・スクエア三十七番が、彼らを脅かす高い崖のように、すぐそばにそそり立って見えるだろう。

「ハドスピスか、きみか。きみたちのどちらかが蒸気船に乗って、できるだけ早くラッドボーンにコンタクトを取ってほしい。最新のニュースは聞いたかね？　ぐずぐずしているひまはいよいよなくなってきた。わたしとの提携にラッドボーンが賛成するなら、一刻も早く手を組まなければならない」

「それなら、ふたりで行ったほうがいいのでは？」

　ワインは、たった今までそんなことは考えてもみなかったとでも言いたげに、首をかしげてみせた。

「たしかに、それはいい考えだ。だが、どうだろうな。どちらかが残ってくれたら、わたしもいろいろと相談できるのだが。一緒に完璧な計画が立てられる。うん、だめだ」――彼の声は礼儀正しくも、決定的だった――「やはりどうしても、どちらかひとりは残ってくれないと。時間は有効に使うべきだ。それで、きみたちのどちらが行ってくれるんだね？」

「どっちが行っても同じだと思うが」ハドスピスが言った。

「そうだな」ワインがにこやかに言った。「わたしもそう思う」


人気《ひとけ》がなく、音が反響している。ちぐはぐなドアや床や羽目板が、パンパスから吹き込む乾いた風にカタカタと鳴ったり、きしんだりしている。それが、移築されたホーク・スクエア三十七番についてのアプルビイの感想だった。だが、家の中には思った以上に大勢の人間がいた。ミス・ムードは、原始生物の細胞分裂のように分身を増やしでもしたのか、さっき別れたばかりだというのにどの階に行っても彼女がいるのだった。そしてミセス・ナースも――彼女のような人間はめったにいないにもかかわらず――何人もいた。ホーク・スクエア三十七番が〈イギリス・ハウス〉を兼ねていることと、ミスター・ワインがとりわけイギリスで活動する実験材料をたくさん集めていたことがその答えだ。どの階の廊下にも降霊術やら読心術やらの能力者たちが歩き回り、数あるドアを出たり入ったりしていた。さらに言えば、目に見えている一人ひとりに対して、本人とは別の、ひどく奇妙な、あるいは異常な、あるいははっきり姿を現すことのできない存在がついて回っているのだ。この家の中は、安下宿ほどに人がひしめき合っている。そしてそれが、この状況をいっそう興味深いものにしている。昼食を終えて二階の踊り場に立ったアプルビイはそう思った。ひょっとすると、人が多いおかげで思いがけない戦略が採れるかもしれない。少なくとも、敵の計画はそのせいで、まちがいなく制限されるはずだ。

「ジャッコー！」

視線を上げると、ルーシーがすぐ上の階から彼を呼んでいた。共謀者の顔をした彼女は幸せそうに見えた。アプルビイは階段をのぼり、彼女のもとへ行った。「ちゃんとした部屋をもらえたのかい？」

「悪くはないよ。屋根裏さ。ねえ、このうち、なんか変なんだよ。ちょっと一番上まで来て」

ふたりは階段をのぼった。

「変なくせがあるんだよ」

「変なくせって何だい？」アプルビイは、本当のルーシーの話し方の中に小さいルーシーの名残があることに気づいた。子どもっぽい表現なのに的を射ているのだ。ミス・ガートルード・スタイン（アメリカの詩人。単純な単語の羅列や繰り返しなど、独特のスタイルを確立した）の作品のうちでも比較的わかりやすい詩のようだ。

「暗い所に階段があると思ってたのに、階段がないとおかしいだろ？」

「つまり、そこに階段があると思って足を踏み出したら、踏板がなかったってことかい？　そりゃ、ショックだろうね」

「そうそう。あたいの場合、ここの地下へ降りようとしてるのに、それがどこにもなくてショックなんだよ。大空襲の前に、みんなで住んでた家はさ――」

「みんなで？」

「ママとあたいとほかの人たちだよ」

「ああ、そうか」

「そのとき住んでたのも、これとよく似た造りの大きな家だった。あたいたちはもちろん、その家の屋根裏と地下室を使わせてもらってたんだけど、この家には地下室がないんだよ。階段を三段か四段降りると、急にそこで終わるんだ。きっとそこから下の地下部分は盗めなかったんだろうね。でも、屋根裏はあるんだよ。さ、上まで行こう」

ふたりはさらに階段をのぼった。エメリー・ワインのイギリスの〝実験材料〟たちは、足早に彼らの横を通り過ぎ、ドアを叩き、話し、歌い、どこかでピアノを弾いていた。〈ねえ、このうち、なんか変なんだよ〉アプルビイは思い出していた。〈なんか変なんだよ――〉

「ジャッコー――ミスター・スマートのことなんだけど」一番上までのぼりきって、ルーシーは階段の手すりから身を乗り出した。「ここから落ちたんだろう？　これ、吹き抜けじゃないよね？　細い隙間しかないじゃないか」

ふたりは、一八八八年のロンドンで不運な商人が転落したと思われる場所に立った。まちがいない、ここだ。アプルビイは下を覗きながら、そう思った。ミスター・スマートの転落の何かが、変だった。そして、ルーシーの言うとおり、そこは吹き抜けとは呼べなかった。下を覗き込むと、細い長方形の穴の向こうにタイル貼りの床が見えた。

「もちろん、一番下まで落ちるとは思うよ」ルーシーが言った。「でも、きれいには――きれいにまっすぐには落ちない。どっか途中でぶつかるはずさ」

彼女の推察は正しかった。たしかに、どこか途中の階にぶつかるはずだ。ピンボールのゲーム板を転がる玉のように、転落した人間は何度もあちこちに衝突しながら落下するだろう。そしてそれは、ある意味ではいきなり一階の床に叩きつけられるよりも残酷な気がした。

「たしかにさ」ルーシーが言った。「あいつは毒を飲ませるつもりかもしれないよ。ほら、あのもうひとりのほう、モレル大佐のときみたいに。でも、それはないと思う」小さく見えるタイルの幾何学模様を見下ろしながら、彼女は顔をしかめていた。アプルビイは興味深そうにルーシーを見つめた。

「うん、毒はないと思う」彼女はもう一度言った。

「どうしてだい？」

「だって、モレル大佐のときと同じ——その——やり方だと、確実じゃないだろ？　あいつなら——その——より印象的な場面を再現したがるはずだよ」

印象的か。まさしくそのひと言に尽きるとアプルビイは思った。踊り場を見回す。ほかに誰もいなかった。「たぶん、きみの言うとおりだ」

「でも、あいつならまったく別の手を使う可能性もあるよ。その——その——」彼女は言いたいことを表すうまい言葉が見つからず口ごもった。

「どんな手段を使おうと、問題の本質は変わらない」

「うん、そうだね。だけど、うまく言えないけど、やっぱりあいつはこの階段を使うと思うんだよ。そうだとしたら、あいつは何をするつもりか考えてみて。殺されるのがハドスピスだと仮定して」

「よし、ハドスピスだと仮定しよう」アプルビイがいかめしい声で言った。

「まず、ハドスピスをビーグルホールと一緒に蒸気船に乗せて、これから長旅をするように見せかけなきゃならない。これでビーグルホールも何週間かいなくなる。これはすごく大事な点だよ——うまく利用できればね」

アプルビイは訝しむように目を細めてルーシーを見ていた。同僚刑事の中にも彼女と同じぐらい有能で頭の回転の速い者はいた。ただし、そう多くはなかった。

「その後、ハドスピスはきっとここへ連れ戻されるよ――自分で戻ってくるように仕向けられるのかもしれない。誰にも内緒でね。ハドスピスはここに連れてこられて、殺されて、でもそのことはここにいるおかしな連中の誰にも知らせないで、そのまま長いこと待つんだ。ハドスピスがまだ川を下ってるって、あんたがそう思ってるあいだは。ドクター・スペッティギューのときは何ヵ月も経ってから――」

「それはドクター・スペッティギューが、スマートの死後ずいぶん経ってから診療室を借りたからだ」

ルーシーは首を振った。「それはちがうよ、ジャッコー。つまりさ、ドクターがスマートの死後すぐにここに引っ越してきたとしても、だからって幽霊がもっと早く出てきたかどうかなんて、わからないってこと。幽霊って、人前に出られるようになるまでの準備に時間がかかるのかもね。特にあんな形で――」彼女の視線が一番下の玄関ホールまでの長い距離をたどっていた。

「きみの言うとおりだ。ワインは実験結果が得られるまで、何週間でも、ひょっとすると何ヵ月でも待つつもりなんだろう。なにせ、断っておくが、この実験は彼にしてみたら、あくまでもおまけのようなものなんだ。純粋に科学を追究したいという、完璧なまでに実用的な男が抱く、ちょっとした欲望にすぎない。実に面白いやつじゃないか、ワインは」

ルーシーは苛立ったように首を横に振った。「そんな冷静で客観的な言い方はやめなよ、ジャッコー。あんたが強がってるだけなのはお見通しなんだから。それに――それに、一番大事なのは、そんなことじゃないんだ」

アプルビイは、自分がかつて治した精神病患者でもあり、自分が殺した被害者でもある相手を、敬意を持って見つめた。「続けてくれ」彼は言った。

「一番大事なのはこういうことだよ。ワインは、ハドスピスをここへ連れ戻して殺したことを誰にも知られたくない。つまり、大急ぎで死体を処理しなきゃならない。だったら、どうする？　あたいならワニに食わせるね。じゃ、ビーグルホールはどうする？　誰にも見られないように戻ってきて、誰にも見られないように姿を隠してなきゃいけないんだ。あんたに姿を見られたり、戻ってきてるって話が漏れたら、実験は全部おじゃんだ。すべては、あんたが何も気づかずに信じきってるってところにかかってるんだ。もしあんたがハドスピスは死んだんじゃないかって疑ったら、ハドスピスの幽霊が出ることを予測しちゃうかもしれないだろ？　この実験は、あのでっかい本に出てくる言葉で言うなら、あんたが〝具体的予測〟っていうのをまったく持たない状況じゃなきゃ、成立しないんだ」

「何から何まで、まったくそのとおりだよ、ルーシー。何かうまい対応策はあるのかい？」

「そうね、やれそうなことならはっきりしてるだろ？　問題は、それが本当に実行できるかどうかさ。やってみるしかないね」彼女はため息をつき、青白く興奮した顔でアプルビイに苦笑いを見せた。「ねえ、あのチビッ子と学者女がいなくなって本当によかったよ。あいつらならきっと怯えて、まったく動けなくなっただろうからね」

「きみはちがうのかい、ルーシー？」

彼女は手すりにもたれかかるように、ゆったりと、危なっかしい伸びをした「あたいかい、ジャッコー？　まあ、これからはわざわざ映画を見に行きたいとは思わなくなるだろうね」

Ⅲ

煙突のてっぺんに並んだ短い通気管の辺りが、夕闇に包まれかけていた。薄目で眺めれば、同じような通気管が森のように何本も立っている光景が目に浮かんでくる。その下に広がっているのは、在りし日の、完全な姿のロンドンの街並みだ。いつか、今のロンドンも――いつの日か、すべての大都市が――こんな姿を取り戻せるのかもしれない。見渡す限りどこまでも広がる水辺や草原の上に建つ、唯一焼け残ったこの傷だらけの屋敷のような姿を。『ロンドンなき後』……ルーシーの人格のどれかが持っていた本の中の一冊だ。大惨事によって消滅した産業都市から逃げ出した人々が、新たに田舎町で小さな封建社会を築く話だ……アプルビイは暗くなりゆくパンパスの遠くを見やった。あの向こうにも、この途方もない大河の支流の先の、われわれにはたどり着けない奥地にも、槍があり、弓矢がある。集団生活を営む原始的な部族の生き残りがいる。もしかすると、こうした複雑で見かけ倒しの建物群を横目に、最後に笑うのは野蛮な先住民たちなのかもしれない。もしかすると――。

鼻の上に煤のかたまりが落ちてきて、アプルビイの夢想は中断された。ホーク・スクエア三十七番のどこか奥で、本物の石炭を燃やしているようだ。たしかに今この家で香を焚くとすれば、煤煙と炭塵のにおいがいかにもふさわしいし、望みどおりの心霊的な環境を作り上げるためには、どうしても必要に思えた。今ワインが着々と準備を進めている現実離れした実験は、どこか宗教的な生贄の儀式に酷似していた。心理学者ならきっと、ワインの行動は純粋な〝先祖返り〟——原始的な魔術への回帰であり、さらには、心霊研究のために異常に過激な実験がしたいという彼の独創的な考えは、ただ単にその〝先祖返り〟を正当化するものだと言うだろう。だが、とアプルビイは、ホーク・スクエア三十七番の屋根に一枚一枚移植されたトタン板の上に座りながら思った。ワインの行動の正体が何であれ、それは今もワインの中にあるのだ。しかも、かなり積極的に動きだしている。こうなったら採るべき手段はひとつしかない。

ワインに会いに行き、彼の実験は無意味だと伝えるのだ。何の意味もない——なぜなら、われわれはすでに何もかも知っているのだから。ワインに伝えなければ。ラッドボーンが空想の産物だとわれわれは知っていること。われわれが警察官だとワインが知っていることを知っていること。ワインの陰謀をすべて知りながら、ここまで一緒に川をさかのぼって来たこと。ワインの陰謀については、われわれの上司にもすでに報告したこと。こうしているあいだにも、その陰謀を叩き潰すための外交手段が講じられていること。ワインに残された道は、誰も殺さずに静かに姿を消すしかないこと。政府が介入して彼の帝国を没収するだろうが、運がよければ、ワイン自身は法的責任を問われない可能性も残っていること。

アプルビイはこうしたことを、頭の中でワインに淡々と説明してみた——が、気に入らなかった。たしかにこれで、ワインの実験を完遂させることなく、完全に潰すことはできるだろう。友人が死んだとは思いもしない男がこの家で待つ必要はないし、殺された男の幽霊が姿を現すことも、あるいは現わさないこともけっしてない。ワインに説明を始めた瞬間から、彼が苦労して準備を続けてきたプロジェクトは木っ端微塵に叩き潰される。だが、彼がその後どうするつもりなのか考えると、見通しは暗い。ワインは誰かの言いなりになるような男ではない。アプルビイたちが身を持って痛感したとおり、ハッピー・アイランドからスコットランドヤードまでの道がいかに長く危《あやう》いものか、ワインは重々知っているはずだ。刑事がふたり消息を断てば、必ず捜索は行われるが、それには平和なときでさえひどく時間がかかる。それが、今はこんな世界情勢だ。ワインなら——その壮大なプロジェクトが単なるギャンブルでしかないような男なら——この世界の果ての脆い揺りかごに追っ手が攻め込んで来る前に、自分から力を見せつけて勝利できると判断するだろう。

川はホーク・スクエア三十七番の玄関ドアの前を流れていた。ダイニングルームにいても、ワニのはねる水音が聞こえた。部屋の中とは不釣り合いなその音はきっと、理論的な、あるいは歪んだ考えの持ち主によってわざと聞こえるように計算されており、中にいる人間の意思を麻痺させ、思考力をくじこうとする狡猾な力を秘めていた。だが、ルーシー・ライドアウトはちがった。ルーシーには無知という取柄があった。外の広い世界についてあまりに知らなさ過ぎて、何もせずにただ怯えて待つという危険な選択ができないのだ。メロドラマのような通俗的な話はよく知っているし、彼女独特の驚くような答えを導き出すための無垢な知性は充分に持ち合わせている。ルーシーの好きなようにさせておけば、おのずといい結果が生まれるはずだ。

煙突の通気管のあいだを影が動いた。ワインが屋根の上に出てきた。地味で清潔な南国用の服を着た姿は、その場に似つかわしくなかった。「アプルビイ、そこにいるのはきみかね？　ここから絶景が眺められることに気づくとは、さすがだな」ワインはトタン屋根の上にゆったりと腰を下ろした。「ロンドンの住宅の屋根から南米大陸の奥地の景色を観察するなど、誰が考えるだろう？　だが、わたしたちはこうしてここにいて、目の前には南米大陸がある」彼はいたずらっぽく前方に手を振った。

「完全に非論理的な話だが、これは事実だ。そして、どんな重要な事実もすべて、完全に非論理的なものなのだ。それがわたしたちのテーマだ。かつての人間は、物体が実際にどんな動きをするかを観察し、活用することによって蒸気機関《エンジン》を生み出した。だがわれわれは、物体がどんな動きをすると人は無意識のうちに予測していいるのかを観察し、活用することによって、さらに優れた原動力《エンジン》を生み出そうとしている。星を例にとって考えてみるといい、わが友、アプルビイ」

アプルビイは暗くなってきた空を見上げた。あと数分もすれば、そこに星が現れるだろう。誰かが例にとって考えようと考えまいと、星はやはりそこに現れるにちがいないのだ……。「星？」彼は曖昧に答えた。

「星について考えてみたまえ。人は星の何を信じるのだろう？　無意識のうちに頭に浮かぶ星のイメージは何だ？　まちがいなく、占星術が示してくれる見解だ。それに比べると、コペルニクスやニュートン、ケプラーやアインシュタインの見解は、どれも一時的で、地域的で、きわめて奇抜だ」

「でも、コペルニクスの見解や、それに続く天文学の研究はどうです？　彼が示した予測は当たっていましたよ。一方の占星術師たちは――」

ワインはにこやかに手をひと振りして、彼の発言を拒否した。「人類というものはね、アプルビイ、想像以上に性格的な欠陥があって、忘れっぽいものなのだよ。昔の予測が実際に当たったかどうかなんて、誰も気に留めない。彼らはただ、都合のいい内容の予言が欲しいだけだ。人間の意識の九十パーセントを占めている、摩訶不思議で理不尽な強い欲求を満たすための、摩訶不思議で理不尽な要素が必要なんだ。その要素を、われわれは提供しようとしているわけだ――ラッドボーンと、きみと、わたしとで」

「それにハドスピスも」

「もちろん、ハドスピスも」ワインは何か別のことに考えが移行したのか、一瞬黙り込んだ。「ひょっとして、きみたちのどちらか、拳銃を持っていないかね？」急にそう尋ねた。

「わたしは持っていますよ。でも、ハドスピスは持っていないと思います。よかったらお貸ししましょうか？」アプルビイは気安い調子でそう言ったものの、軽い驚きは隠しきれなかった。ルーシーが推理した身の毛もよだつ計画が実行されるためには、アプルビイは何の危険も予見していないかのようにふるまわなければならない。

「いやいや、とんでもない。ただ、誰がどんな武器を所持しているのか、簡単な調査をしたほうがいいんじゃないかと、急に思いついただけだ。実を言うと、この近辺の先住民たちについてよからぬ噂が聞こえてきてね」

「まさか、また〝無駄〟が出たんじゃないでしょうね？」

「いいや。問題は、連中がむしろおとなしくなりを潜めていることだよ。襲撃を企んでいるんじゃないかと思えてね。昼間は隠れているが、夜になると奇妙なものが見えたり、聞こえたりするという噂が出回っている」

「奇妙なもの？　それなら、あなたのお得意分野じゃありませんか。ひょっとすると連中は、あなたが作ろうとしている大胆不敵で非論理的な世界のために、何かお役に立とうとしているんじゃないですか？」

ワインが笑った——少しばかり自信なさげに。「ビーグルホールとばかり話していると、ジョークを言ってくれる相手がいることが、実に嬉しく感じられるよ。だが、真面目な話、わたしは先住民たちに少し不安をおぼえているんだ。例の〝共感関係〟にあった興味深いふたり組の女性は、まちがいなく連中に食われたのだから」

「ミス・モルシャーとミセス・グラディガンですね」

「そうだ。そして今度は、馬を連れて逃げたヨークシャー出身の娘も食われたにちがいない。最も期待できる有力な魔女だっただけに、死んだという事実だけでも充分心が痛い。だがわたしが今恐れているのは、今回の件で連中が白人をシチュー鍋で煮込むことに味をしめて、自制が利かなくなるのではないかということだ。そんな流れが生まれると聞いたことがあるのでね」

「おっしゃるとおりです。実のところ広い視点で見れば、彼らにとって人肉を食うのをやめるという行為は、しょせん一時的かつ地域的で、きわめて奇抜なことにちがいないのですから。もしも先住民たちが思いつくままに行動し始めたら、われわれはみなカツレツにされるでしょう」

ワインの笑い声は、今度ははっきりわかるほどとげとげしかった。「本当にそのとおりだ。魔術を行なうにしても、自分の近くだけは避けてほしいものだな。その点で言えばハドスピスは運がいい。朝になれば下流へ向かう船でここを出る予定なのだからな。少なくとも彼は人食い部族に食われることはない」ワインが口をつぐんだ。下の川からは、かすかな〝ブクッ！〟というワニの水音が聞こえてきた。

「では、ここに残るわたしたちは、きわめて危険な状況にあるのでしょうか？」

「多少の不便と、食事が残りものばかりになって飽きる程度のことだ。先住民は相当数いるらしいし、上流にいる連中は統制もとれていない。だが幸運なことに、彼らには組織的な襲撃をする知性がない」

「なるほど」アプルビイはパイプを叩いて灰を落とし、天を仰いだ。思ったとおりだ。空には星が出ていた――不変の法則を守る軍隊が。宇宙の塵のひと粒に腰かけているにすぎないアプルビイは、星たちに向かってウィンクをした。「考えてもみてください」彼は言った。「ヨークシャーの魔女が、南米大陸の先住民の大釜で煮られて命を落とすところを。不合理だと思いませんか？」

ハドスピスがスーツケースの留め具を音を立てて閉めた。「どうしてわたしなんだ？」落ち着いた声で尋ねた。「わたしがあの夜ルーシーの幻を見たのは嘘だったと、ワインはとっくに気づいているはずだ。もっとも、わたしにそういう能力があると言ったあんたの話そのものは、やつはまだ信じている気がする」

「ある意味では、きみはたしかにそういう能力を持っているんだよ」真夜中を過ぎ、アプルビイは自分のベッドに座って、部屋の反対側に向かって声を落として話していた。「きみは気難しく、いつもうつろな目をして、連れ去られた少女たちのことばかり考え込んでいる。人を寄せつけない雰囲気を醸し出しているんだよ。たしかにワインは、きみが心霊的に感受性が強いと考えているのだろう。にもかかわらず、きみはこれから幽霊にされ、わたしはそれを感知する役目を担うことになる。それはまちがいない。おそらくだが、心霊的に特殊な人間だけが幽霊になる資質を持っているという理屈なんだろう。考えてみれば、幽霊を見たのは実に雑多な無為の人間たちだったな。もちろん、本当に見たのならの話だが」アプルビイは拳銃の弾を抜く作業に集中しようと、一旦口をつぐんだ。「一方で、幽霊になったのは著名な人間のことが多かった。そんな役に指名されて、きみは誇りに思うべきなんだよ」

「たしかに役《ロール》に指名されたが」ハドスピスが言った。「わたしの場合、横揺《ロール》れじゃなくて縦揺《バンプ》れだな」

ハドスピスは、幾重にも意味を持つ駄洒落（〝バンプ〟には〝殺す〟と言う意味もある）の出来に大声で笑ったものの、その笑い声が夜の静けさの中で反響するのに驚いて黙った。「なあ、今回も〝無駄〟が出る気がしてならないんだが」

アプルビイはベッドの上に拳銃をそっと置いた。「そう思って当然だ。どんな死刑囚でも、刑の執行は人命を不当に浪費していると思うものだからね。経済的な観点から見直せば、死刑の代わりに優しく叱責するべきだと感じるだろう」

「そういう意味で言ったんじゃなかったんだが。あんた、探偵小説を読んだことはあるかい？」

「おいおい！　何の話だ？　いいや、もう何年も探偵小説は読んでいないよ」

「わたしはたくさん読む。気晴らしになる」ハドスピスが照明のスイッチを消し、暗闇の中で話を続けた。「自分を忘れられるんだ、こんな仕事をしている自分を」

「なるほど。暴行された少女は出てこないのか」

「それほど頻繁には出てこない。そんな本は売れないからな。なあ、探偵小説を書いたことがある人間は何人ぐらいいると思う？」

アプルビイはあくびをした。「何百人といるんじゃないか」

「そうだな——その中にはひとりで何冊も書いているのもいるが。作家たちの知的レベルはさまざまで、〝普通〟や〝良い〟と評価されるのもいれば、〝高い〟とされるやつもいる。女性作家のふたりは〝かなり高い〟だ。そうとしか言いようがない」

「へえ、そうかい？　あのな、ハドスピス、もうずいぶん遅い時間だ」

「その何百人という作家たちは、いつも何を求めて書いてると思う？」

「金《かね》」アプルビイは眠そうだったが、そう断言した。

「彼らが常に求めてやまないのは、殺人を犯す人間の、真に独創的な動機だ。なあ、こんな動機はどうだろう。わたしはこれから心霊研究の意義を前進させるために殺されようとしている。幽霊を生み出すために殺されようとしている。まったく新しい動機だ、今まで誰も思いつかなかっただろう」

「きっと誰かがすでに思いついているさ。たまたまきみが、その作り話の作品を読んだことがないだけで。さて、おやすみ」

「ちょっと待て、まだ説明の途中だ。つまり、〝無駄〟についての」ハドスピスの懸命な声が、またしても暗闇の中から聞こえてきた。「探偵小説にぴったりの動機があるのに、わたしたちは小説にまったく登場しない」

「ハドスピス、それはまるでピランデルロ（イタリアの戯曲家、ノーベル文学賞受賞者）の作品に出てきそうな台詞じゃないか。いいから、もう寝ろ」

「わたしたちは今、空想とめちゃくちゃな冒険をごちゃ混ぜにした真っ只中にいるんだ、まともな探偵小説とはまったくちがう。まるでマイケル・イネスの作品だ」

「イネス？　聞いたことがないな」アプルビイは憤慨ぶりがはっきりと伝わるように言った。「きみにとって、この世で過ごす最後の数時間になるかもしれないんだ。文字を羅列しただけの嘘の犯罪社会についてのくだらないおしゃべりをするより、もっと時間を有効に使ったらどうだ。さっさと眠れ。眠って、死刑が執行される囚人の最後の朝食にだけ出されるという、おいしそうなゆで卵の夢でも見るんだな」

ハドスピスはため息をついて、しばらくは黙っていた。「そうやってあんたはわたしをからかってばかりいるけどね」と、ようやくハドスピスは言った。「ルーシーの計画は——うまくいくと思うか？」

返事の代わりに沈黙が返ってきた。

「うまくいくのか？　何と言っても、わたしにとってはものすごく重要なことなんだ」

だが、今度もまた沈黙が流れるばかりだった。アプルビイはすでに眠っていた。

Ⅳ

翌朝の朝食のテーブルでは、ゆで卵がやたらと目立っていた。その卵に舌鼓を打ちながら、ワインはハドスピスが雇用主のラッドボーンに伝えるべき提案について詳細にわたる説明をしていた。ハドスピスは手帳にメモをとり、ふたつめのゆで卵の中身をきれいにスプーンですくって食べ終わると、無表情のまま小さな蒸気船に乗り込んだ。彼が命の危険を感じていると思った者は誰ひとりいなかった。ビーグルホールとともに船尾に立ち、ときにはハドスピスが手を振り、ときにはビーグルホールが手を振るうちに、あっという間にその姿はぼやけてふたつの点となって川下に消えた。大げさなほど感情的に見送っていたワインは、その日の業務をこなしに出かけた。そしてアプルビイは、またしても小さな丘にのぼり、ニャンドゥバイの木の下に腰を下ろした。

ハドスピスは無事に出発した。警察官であることがばれていないと信じ、自分たちの目論見がうまくいくと信じて――つまり、軍隊や警察をここへ呼んできて、ハッピー・アイランドに法の支配をもたらすことを信じて、ここを出た。だが、すべてにおいて彼は思いちがいをしている。ラッドボーンなどというのは、彼を騙すための架空の人物だ。そして彼の行く先には死が待っている――科学に貢献し、興味深いものとなるはずの彼の死が。

以上が、ワインの考える現状だ。では、ワインの目にわたしはどう映っているのだろう、とアプルビイは思った。やはり警察官だとばれていないと信じ、ラッドボーンは実在すると騙されたふりをしながら、そしてワインのことなど疑っていないととぼけながら、同僚が充分すぎるほどの援軍を引き連れて戻ってくるのをひたすら待っている。総体的には、ハドスピスと同じように、大きな思いちがいをしている警察官だと思われているのだろう。なぜなら、ハドスピスが生きたまま、アプルビイのもとへ戻ってくることはないのだから。まったく何も予期していない、友人の死をまったく疑っていないアプルビイの前にだけ、そのうちハドスピスの幽霊が――復讐してくれと訴える幽霊が――現れるかもしれないのだ。ほかの人間の前にも現れるかもしれないが、かつてバートラム大尉やドクター・スペッティギューが特別だったように、幽霊がはっきりとした形で姿を見せるのは、きっとアプルビイの前だけだ。ハドスピスは死ななくてはならず、その後で、何も疑っていないアプルビイは科学的な観察対象となる。〝アプルビイには何か見えたのか？〟〝殺された友人の霊は、彼と交信しようとしたのか？〟そうした疑問を持って、観察は行われる。そしてこの実験はすべて、ワインの巨大な組織にとってはほんのおまけ程度のものなのだ。君臨者たるワインは、透視能力者や占星術者や奇跡を行える者たちで構成された自分だけの軍隊を組織し、増強し、彼らが力尽きて死ぬまでを詳細に記録する。だが彼には、本物の科学を追究したいという、ちょっとした弱点もあった。だからこそ、ホーク・スクエア三十七番をここに建て、こうしてハドスピスを送り出したのだ……。アプルビイは川を見下ろした。小さな蒸気船はすでにカーブを曲がったようだ。そこにはただ、何もない黄色い川が見えていた。

アプルビイはパイプに煙草の葉を詰めた。火をつけ、何度か吸いながら、ハドスピスの死について考えた。その哀しい出来事がどんなものになるか、明らかにしておく必要があった。

ハドスピスは、ここで死ななければならない。川を五十マイルも下ってから喉を掻き切っても意味がない。そんなことをしたら、ハドスピスの幽霊はフラミンゴやエンビタイランチョウがたまに飛来するだけの誰もいない場所で、無駄に現れ続けることになる。ここ、ホーク・スクエア三十七番の中で死ぬだけではなく、まずここで暴行を受けなければならない。いわば、殺人はここに始まり、ここに終わるわけだ。

さらに、ハドスピスには何の疑問も抱かずにここへ引き返させなければならない。できるだけ穏便に。戻ってきていることを人に知られてはならない。家じゅうにあふれ返っている住人たちの、誰にも知られてはならない。完全に信頼できる共犯者すら、最低限の人数に抑える——なぜなら、共犯者が増えれば、テレパシーによって実験が無効になる可能性も大きくなるからだ。殺人について知っている者たちの意識が、アプルビイに何らかの警告を送るかもしれないのだ。

ハドスピスはここで殺されなければならない。本人にそのことを知らせたうえで。その点に考えが至ったところで、アプルビイは顔をしかめた。自分が誰かに殺されようとしていることを知らなければ、幽霊になっても自分が殺されたことがわからないからだ。ハドスピスを、何の疑いも持たずにここに連れ戻すこと。これから殺されるのだと本人に伝えること。最低限の共犯者を除いて、誰にも知られずに彼を殺すこと。死体は即座に完全に処理すること。これらすべてを行なう一方で、彼がまだビーグルホールとともに川を下っているように見せること。

以上が、今回の実験の条件だ。ほとんどはルーシーがすでに推理したとおりだ。ルーシーは、こうした厳しい条件のせいで実験の実現性が著しく難しくなると言っていた。ワインはどうやって遂行するつもりなのだろう？

アプルビイは雲ひとつない南アメリカの空を見上げた。ワインに必要なのは、飛行機だ。

蒸気船を引き返させるわけにはいかない。だが、ハドスピスは戻ってこなければならない。では仮に、ラッドボーンとの交渉について、ビーグルホールがワインと話を詰めていなかった重要な点を思い出したとしよう。仮に、好都合なことに、川を下っている途中でワインが所有する飛行機が飛んできたとしよう。仮に、その飛行機に乗って大急ぎでハッピー・アイランドまで引き返し、蒸気船が遠くに行ってしまわないうちにまた飛行機で船へ戻ろうと、ビーグルホールが提案したとしよう。それならば、ハドスピスに疑われることなくここへ連れて帰れる。しかも――それと同じぐらい重要なことに――ハドスピスを殺した後、ビーグルホールは急いで現場を離れることができる。いないはずのビーグルホールがここをうろついているところを、ほかの人に見つかるわけにはいかないのだ。ハドスピスが殺される瞬間には、ビーグルホールは遠くにいることが望ましい。それを考えると、解決策は飛行機しかない。水陸両用機なら、暗闇の中を飛んできて、また飛び発てる。そして、ワインは水陸両用機の一機ぐらい持っていてもおかしくなかった。これらの考えを合わせると、ルーシーの言っていた計画が辛うじて実行可能に思われた……。アプルビイはパイプの灰を叩いて落とし、丘を下り始めた。ルーシー・ライドアウトの精神状態は良好のようだ。非常にしっかりしている――以前とはちがって。だが、ハンナ・メトカーフはどうだ？　それに、ダフォディルは？　アプルビイは豊かな川の遠く暗い水平線を見やり、その先のどこまでも広がる世界を思った。この向こうに軍隊が潜んでいたとしてもおかしくないと思った。

誰かにこっそり睡眠薬を飲ませたいのなら、ブラックコーヒーに混ぜるのが最適だ。その夜八時半を過ぎた頃、アプルビイはブラックコーヒーを何杯も飲むふりをしていた。その一時間後、彼はワインとミセス・ナースに、眠くなってきたと伝えた。そしてそのさらに三十分後には、自分のベッドで横になっていた。とても暗い夜で、ベッドルームは暗闇に包まれていた。ベッドに横たわったまま、これからどんな急展開が待っているかわからないと考えていた。念には念を入れておこう。説得力を持たせるためには、細部にわたって気を配らなければ。そう考えながら、アプルビイは腕を伸ばして、ベッドサイドの小さなランプをつけた。本を開き、ページを下にして床に放り投げた。アヘンが効いてきたら、こんなふうになるはずだ。

十一時になる頃には、どこもかしこも静まり返っていた。人で混み合っているはずの家の中があまりにも静かで、全員がアヘンチンキを飲まされたんじゃないかと思えた。ゆったりと流れる川の水が、ホーク・スクエア三十七番の玄関に続く石段に、投げやりに打ちつけていた。弱い風が吹くと、頭上のどこかで、大都市型の煙突の先端につけた装置が断続的にカタカタと鳴った。ずっと遠くでは、夜の南米大陸にうごめく動物たちが仲間に向けて短く、面倒くさそうに鳴いている。警戒すべき状況や大災害の発生という万が一の危機に備え、野生動物たちは常に半分覚醒したまま仲間に呼びかけているのだ。アプルビイもまた、万が一の危機に備えていた。このまま夢の世界に引きずり込まれたら一大事だ。だがアプルビイは、完全に目が醒めていた。

ワインは午後十一時二十分にやって来た。ドアをノックする――軽く。部屋に滑り込む――そっと。呼びかけてくる――とても静かな声で。「アプルビイ、わが友アプルビイ、ちょっといいかね――」ワインは部屋の奥まで入り、ベッドのそばに立った。そして、それ以上は何も言わなかった。アプルビイの息は荒くなり、ワインがベッドに腰を下ろすのを感じた。すると軽く、だが目的を持って、手首に触れられる感覚があった。脈を調べられているのだ。

そうか、これから始まるのが科学的な調査だということを忘れてはいけない。思いがけないことが起きても驚かないこつは、それが起き得ることを常に自分に言い聞かせておくことだ。こうした脈の測定も、これから一時間ほどのあいだに何度も繰り返されると覚悟したほうがいい。なぜなら、眠っている男のすぐそばで、動揺するような出来事がこれからいくつも起きるのだから。起きている人間の世界で起こる劇的な現象が、寝ている人間にそれとなく伝わって脈拍が速まるようなことがあれば、なんと興味深い――なんと科学的に興味深いことだろう！

ワインはきっと今、こちらをじっと観察しているはずだ。自分に向けられた視線を想像して、アプルビイのまぶたが勝手にぴくぴくと動く。しまった。熟睡していればこうはならないはずだ。アプルビイは不快そうにもぞもぞと動き、うめき声を漏らしながら枕に顔を埋めた。だが、脈はどうなっている？　何か伝わってしまうだろうか？　ワインを騙すのは難しい。

ベッドサイドのランプの光は、アプルビイの網膜にまだかすかに届いていた。ベッドルームのすぐ外の三階の踊り場には、別の弱い明かりがついているはずだが、それを除けば、家じゅうがきっと完全な暗闇に包まれているのだろう。とは言え、上空から見下ろせば、川は鈍い銀色の筋としてくっきりと浮かび上がって見えるはずだ。有能なパイロットであればまちがいなく――アプルビイは急に耳をそばだてた。川下のどこか遠くから、かすかな音が一瞬大きくなったかと思うと、小さくなって消えた。沈黙が流れ、どこかで鳥が鳴いた。一羽が鳴くと、もう一羽が応えた。たくさんの鳥が鳴きだし、その声がひとつに合わさって、先ほど聞こえたかすかな音と同じ鳴き声を、より大きく響かせた。鳥たちの声が、川の陰気な水音と、頭上のロンドンの煙突の通気管がきしむ音とを掻き消した。再び沈黙が流れた後、またしても鳥たちが声を合わせて、大きく鳴きだした。長い川に沿ってグループごとに休んでいた鳥たちが、順番に次々と起きてさえずっては、また順に静まっていく。鳥たちのはるか上を、何かが通過しているのだ。今までになかった振動が感じられ、音が聞こえた。かすかなエンジン音の素早い鼓動が徐々に大きくなる。そしてアプルビイは、再び誰かが手首に触れるのを感じた。

エンジン音が止まった。何秒かが過ぎた。飛行艇が川に着水したにちがいない。だが、それ以上は何も聞こえず、一分が永遠に続くようにゆっくりと感じられた。

「アプルビイ！」ワインが突然呼びかけた。アプルビイの耳のすぐそばで、命令するような口調だ。それはだが、多分に予測していたことだ。アプルビイは頭をのっそりと動かしたが、それで自然な反応に見えたはずだ。その証拠に、ワインは次にアプルビイの右腕を取って、用心深く肘の上まで袖をまくった。何か冷たくて固いものが巻きつけられ、腕全体がかすかにどくどくと脈を打ち始めた。これも科学的な調査の一環なのだろう。手首に指を当てるだけでは不充分だったのか、体内のエンジンの働きを調べるための、より正確なデータが測定できる器具を使うつもりらしい……また何分かが過ぎた頃、鋭い、耳障りな音が窓の下から聞こえてきた。ボートかな、とアプルビイは思った。ハドスピスとビーグルホールが戻ってきたのだ。そしてあの音は――遠くでカチャッという音と、何かが閉まる音が聞こえた――玄関のドアを開けて、また閉めた音だ。すぐに階段をのぼる足音が聞こえてくるだろう。

ミスター・スマートの階段――あの立派な商人が、楽しかったヤーマスの休暇から帰ってきたときにのぼった階段だ。そして今、ハドスピスがその階段を上がってくる。もしかすると、ビーグルホールもその二歩後ろをついて来ているのかもしれない……。アプルビイの脈が速くなった。それは隠しようがなかった。そのデータをワインは好きなように解釈すればいい。ふたりは踊り場まで上がってきたものの、そこで立ち止まったようだ。ビーグルホールが、ワインを叩き起こしてでも急いで話をしなければならないとハドスピスに説明して戻ってきたのだとしたら、ワインのベッドルームのあるこの踊り場で止まるはずだ。それとも、さらに上階までのぼるのだろうか？　ビーグルホールの部屋はひとつ上の階にある。かつてミスター・スマートの子どもたちの部屋があった階だ。自分の部屋に行こうと言って、ハドスピスを上階へ誘っているのだろうか？　アプルビイは耳をそばだてた。やはりそうか。ふたりは階段をのぼっている。ワインは身動きひとつせずに座ったままだ。

短い、くぐもった声が上から聞こえてきた。話し声——それから誰かが驚き、怒り、警戒する声。ほんの一瞬、間が空いたかと思うと、何かが割れるような、激しくぶつかるような奇妙な音がして、何かが床に落ちる音がした。家じゅうが静寂で満たされ、次にその静寂は、誰かが重い荷物を持ち上げているような低いあえぎ声に破られた。すると、ズルズルと何かをひきずる短い音に続けてドスンという音がした。もう一度。ズルズル、ドスン。そして最後にずっと下の方から、心底おぞましい音が一度だけ鳴った。

アプルビイは寝返りを打ち、低くうめいて、またじっと横になっていた。動いたことで、少しだけ神経がリラックスできた。顔は、汗でびっしょりになっているだろうが、それについても、ワインは勝手に解釈すればいい。階段を降りる足音がした。急ぐことなく、だが、アプルビイたちのいる階の踊り場で立ち止まることもなかった。やがて、玄関のドアが再び開けられたのか、家の外から、重いものが水の中に落ちたような音が聞こえた。クロコダイル族の類を見ない消化器が活動を始める——一連の出来事の中で、おそらくこれが最悪の瞬間だ……。そして、ずいぶんと長い間が空いた。この信じがたい使命を果たすためだけに、はるか遠くから運ばれてきた滑らかな大理石のタイルは、よほど丁寧にモップをかける必要がありそうだ。だが、やがて後片づけも済み、川の上流で用心深く櫂を掻く低い水音が聞こえた。その音はだんだん小さくなり、それに従ってアプルビイの腕にかかっていた圧力もゆるんだ。ワインは血圧計を片づけていた。重要な実験の下準備を無事に成功させた研究者として、静かな満足感を胸に、自分のベッドに向かおうとしていたのだった。

　翌朝の朝食は、いつもより豪華だった。使用人たちが思いきり大きくスライスして皿に盛りつけたメロンは、まるでぎざぎざに尖った歯のように見えたし、いつもは謙虚な主人役のワインでさえ、今日のマスのグリル焼きを自慢せずにいられなかった。ミセス・ナースはテーブルの先端の席に着いて、静かにコーヒーを注いでいた。彼女の後ろの、不釣り合いに都会的な窓の向こうに、爽やかで美しい朝の景色が見え、涼しい風と羊毛のような雲のあるイギリスの景色を思い出させた。一番近くにある島は緑に覆われており、その中に〈ドイツの城《シュロッス》〉と〈スイスの木造家屋《シャレー》〉が小さく、くっきりと見えて、亡きシュルンプの奇妙な幻想を美しく再現していた。何もかもが笑顔と陽気さに包まれていた。ルーシー・ライドアウトひとりだけが、少し疲れて顔色が悪そうに見えた。まるで以前の病気のルーシーのようだ。

「さぞ気持ちがいいだろうな」ワインが言った。「こんな朝に川を下るのは。まったく、あのふたりがうらやましくてしかたない。ミセス・ナース、マスをもうひと切れどうだね？　味はなかなかだが、少し小さかったようだ。それとも、ゆで卵はどうだね？」彼は戸惑ったようにテーブルを見回した。

「おや、ゆで卵があったと思ったのだが。いや、でもハムもなかなかうまそうだ。ルーシー、このスライスハムを一枚食べれば、後で一緒にラテン語の勉強をするときに力が出るよ。そろそろドイツ語の勉強も始めたほうがいいな。面白い面がたくさんある言語だよ。たとえば、〝エッセン〟と〝フレッセン〟（どちらもドイツ語で〝食べる〟の意味）のちがいは何だと思う？」ワインは楽しそうにテーブルの面々を見回した。「わたしたちがマスを食べるときは〝エッセン〟で、ワニがわたしたちを食うのは〝フレッセン〟だ。誰かあの蒸気船にも、このうまい魚を積んでくれているだろうか？　ハドスピスならきっと、気に入ってくれただろうに」

ワインの空想力にはぞっとさせるものがあり、ルーシーの強固なメロドラマ趣味を持ってさえ耐えがたく感じられた。彼女は目の前のメロンを遠くへ押しやって――見た目がワニに似ていた――静かに部屋を出て行った。ワインは特に関心もなさそうに彼女を見た。彼の関心のほとんどは今、アプルビイに向けられていたのだ。幽霊が現れるまでには、どのぐらい時間がかかるのだろうか？　まずははっきりしない暗示が送られてくる初期段階があるのかもしれない。あるいは、『マクベス』のバンクォーの影のように、すぐにも登場するのかもしれない。ぼんやりとゆで卵を探すワインと同様に、アプルビイも暗い面持ちで顔をしかめた。〝宴会には必ず来るのだぞ〟（『マクベス』の台詞）……。もし死者が本当に現れたら？　そんなことを考え、アプルビイも皿を遠くへ押しやった――礼儀作法としてではなく、抑えがたい気持ちをぶつけるかのように。そして席を立った。〝もし死者が……〟アプルビイは殺人があったとは思いたくなかった。

ルーシーがベランダにいるのを見つけたアプルビイは、強く問いかけるように目をらんらんと輝かせながら、彼女のほうへ歩いていった。ルーシーはそれを見て、ただうなずいた――思意深く警戒しながら、だが興奮した面持ちで。「死んだよ」彼女は言った。

「即死かい？」

「ほぼ」彼女の目に困惑が浮かんだ。「あのさ、ジャッコー、ゆで卵のことなんだけど――」

「ゆで卵？」

「あれ、あたいが盗んだんだ。危なすぎたかな？　どうしてもあいつに――」

アプルビイは弱々しい笑みを浮かべた。「リスクを冒しても、どうしてもやらなきゃならないことはあるよ」そこで口をつぐんだ。「なあルーシー、今回のことで、ちょっと気になってるんだ――その、あまりにもやり口が冷酷なんじゃないかと」

ルーシーは不思議そうな顔でアプルビイをじっと見た。「だって、あのふたりのうちのどっちかしか生き残れない状況だったんだよ。と言うより、ワインか、あたいら全員かって話だ。少なくともあたいは、黙ってやられるのはまっぴらだからね。なんて言ったって、あたいはまだひとりで――ひとりの人間として歩き始めたばっかりなんだから」

「そのとおりだ、ルーシー。きみのこれからの人生のために幸運を祈っているよ」

「これでだいぶ時間が稼げたから、全部決着がつくかもしれないね。あたいらはただ、あいつに見つからないようにゆで卵を盗んでたらいいのさ」

アプルビイが笑い声を上げた。「幽霊だって何か食べなきゃならないからね。ところで、彼はどこにいるんだい？」

「あたいの部屋に隠れてるよ。あの飛行機も隠しておいた」

「パイロットは？」

「いなかった。ビーグルホールが自分で操縦してきたんだ。だからあの後はあたいらだけで、飛行機を水上走行で入り江の中に移動させといた」

「そんな。だって、あいつは飛行機なんて今までに一度も――」

「操縦、うまかったよ。でも、あたいの部屋に閉じ込められてるのは落ち着かないみたい。あまりにも――あまりにも不道徳なんだって」

「そのぐらい、最近じゃ不謹慎でも何でもないだろうに。それにしても、ハドスピスほど頻繁に女性の部屋に身を潜める男なんて、カサノヴァ以来じゃないかな」

「カサノヴァって誰だい、ジャッコー?」

「忘れてくれ」

V

たしかに、時間稼ぎはできているようだった。ハドスピスが始末されるはずのところを、代わりにビーグルホールを始末する作戦は名案にちがいなかった。ルーシーにかくまわれたハドスピスは、テーブルからくすねたゆで卵さえ食べれば、いつまででも身を潜めていられそうだった。そしてワインは、例の実験のための条件が枷《かせ》となって、今は何かが起きるのをひたすら待つことしかできなかった。もちろん、彼を欺き続けるのには限度があるだろう。飛行艇に乗って再び下流へ飛んだはずのビーグルホールには課せられた指令がいくつかあり、その報告をしなければならないはずだ。それが実行されなかったら、ワインは疑念を募らせるだろう。ビーグルホールの消失にはいくつかの説明がつけられるだろうが、考え得る可能性のひとつとして、ワインはきっと真相に近い推理にたどり着くだろう。

時間は稼げた、とアプルビイは思った――だが、その時間を何と引きかえにして稼いだのかを考えると、やはりどうしても顔をしかめずにいられない。いくらビーグルホールが不愉快な悪党だったとは言え、道徳心の高い警察官と若く魅力的な少女の手にかかって殺されたのだ。たしかに彼は、自分が人を殺そうとしている最中に、逆に殺された。彼を殺した行為は、ある意味では正当防衛と呼べることもたしかだ。あの状況で彼を殺す以外の手段を試みていたなら、法治国家にとっては致命的な結果を招いていたにちがいない。とは言え、ビーグルホールは事前に注意深く巧妙に考え抜かれた計画に従って、殺意を持って殺されたのだ。法律に照らし合わせれば、それは一種の殺人にほかならない。少なくとも、アプルビイはそう捉えるべきだと思っていた。警察官なら、故殺や暗殺を試みなければならない状況にまで追い詰められたとき、本当にその手段を取るべきなのかどうか厳粛に検討しなければならない……。アプルビイは緑と黄色の広大な川を見やった。ビーグルホールの死が犯罪によるものだろうとなかろうと、どのみちワニたちには関係のないことだ。

　時間は稼げた。では、この時間を使ってできることはあるのだろうか？　ワインの組織の総力がどれほどなのかを調べるのに使えばいいのか。だが、まともに戦うにはその力が強大すぎることは、すでにわかっていたはずだ。われわれは、それがけっして魅力的な賞品ではないとわかっていながら、時間を手に入れるための危険な賭けに出たのか。時間以外に賞品はなかった。賭けに勝って時間は得られたものの、やはりそうまでする価値があったかどうかは疑わしい。実を言えば、その賭けのおかげで、われわれは別のものも勝ち取っていた。ワインの犯行を無期限に先延ばしにするだけでなく、いきなり〝完《フィニス》〟と書き込むための道具だ。そしてそれは、いかにも少年向けの物語の最終章に出てきそうな道具だとアプルビイは思った。具体的に言うと、あの飛行機のことだ……。ゆっくりとヨーロッパ島を歩いていたアプルビイは、そこまで考えたところで後ろを振り向いた。それほど距離を空けずに、ワインが同じ方向に向かって朝食後の散歩をしていた。

　これからはワインであれ別の人間であれ、誰かが常にわたしにつきまとうのだろう。空想の中のようなこの世界で、アプルビイは重要な科学的関心事の対象になってしまった。心霊学研究者にとって、かつてのミス・モルシャーやミセス・グラディガンよりもはるかに魅力的な存在になったのだ。何といっても、正真正銘の幽霊と今にも遭遇するかもしれない人間だ。ずっと見張っておくだけの価値は充分ある。そしてそうやって見張られることは、巧妙に隠されたあの飛行機をどうするか考えようとしていた男にとって、不愉快きわまりないのだった。

アプルビイは立ち止まり、ワインが追い越してくれるのを待った。あの飛行機にはオイルと燃料は充分残っているだろうか？　夜に乗じて飛行機でハドスピスを脱出させる。それが理想的な計画だった。どんな直感が働いたのかはわからないが、あの飛行機を隠すために水上走行ができたハドスピスなら、きっと空中でもなんとか機体をコントロールできるだろう。うんざりすることに、アプルビイ自身がかつてそれを証明してみせた経験があった。すべてはハドスピスの操縦技術にかかっている。離陸さえできれば、操縦したことのない乗り物であってもなんとか下流へ飛ぶことはできるだろう。問題は、それまで監視の目をかいくぐることだ――夜間は特に監視が厳しいはずだから。何と言っても、幽霊や亡霊が歩き回るのは夜なのだ。うまくやれば……。アプルビイはワインがいつも通りに礼儀正しくほほ笑みかけてくるんじゃないかと身構えながら考えた。うまくやれば、監視の目はかいくぐれるかもしれない。だがあの飛行機には、あまり期待できないような予感があった。これまでにも、子ども向けのフィクションのような単純なエンディングで冒険を締めくくろうとしたことが何度かあった。そのたびに、何か思いがけないことが起きた。まるで、大人の世界はそれほど甘くできていないとでも言うように。たしかに、ハッピー・アイランドのこの惨めな冒険を締めくくる方法が、もうひとつだけあるにはあった――現実的な子どもたちを喜ばせるにはあまりにも奇抜な方法が。とは言えこうなったらその方法を試すしかなさそうだ。「いいお天気ですね」アプルビイは言った。「ただ、ちょっと重苦しい感じがします。そう思いませんか？」

「そうかもしれないな」ワインはぼんやりと空を見た。「ゆうべはよく眠れたかね？」

「ええ、おかげさまで。実のところ、ぐっすり眠ってしまいました。このパンパスの空気が体にいいのかもしれませんね」

「きっとそうだな」ワインは手をさっと伸ばして、飛んでいた蚊を片手で捕まえた。「そう言うわたしは、島にいるあいだはあまりよく眠れないんだ。ここへ来るとたくさん夢を見るのでね。夢というのは——徹底的に夢について研究し尽くした者にとっては——あまりたくさん見ると辟易してしまうものだ。きみは夢を見るのかね？」ごくさりげない訊き方だった。「あるいは、ここに来てから、普段よりもたくさん夢を見るようになったということはないかね？」

アプルビイは考え込むふりをした。「いいえ、そんなことはないと思いますね」

「たとえば、ゆうべだ。いつもよりぐっすり眠れたと言ったが、そのとき、少しも夢を見なかったのかい？」

「まったく見ていません。あるいは、見ていないと思っているだけなのかもしれませんが。自分の見た夢を覚えていないなんて、誰にでもいくらでもありますからね。人はみな寝ているあいだじゅうずっと夢を見ているのかどうかを調べようとして、睡眠中の人間の様子を観察したり、検査をしたりした研究者もいたと聞いたことがありますよ」

「へえ」ワインはおよそ科学者にはふさわしくない曖昧な態度で言って、川のほうを指さした。「わたしはあのマゼランハクチョウを見ると、特に気持ちがなごむよ」

ふたりはしばらく黙ったまま歩いた。時間。われわれのどちらにとっても、これは時間稼ぎだ。だが、とアプルビイはぼんやり考えた。だが、時間など要らない——少なくとも、こんなに多くは要らない。例の新しい作戦を、今すぐ強引に推し進めたらどうなるだろう？　ふたりはちょうど、小さな木立ちの中を通っていた。アプルビイはしばらくぼんやりと歩いていたが、突然立ち止まり、くるりと振り向いて、背後を睨みつけるようにじっと見た。ほんの短い出来事で、すぐにまた前を向いてワインと同じ方向へ歩きだした。「あの霧」彼はさりげない口調で言った。「今朝はこんな時間まで、木々にまとわりつくような霧が残っているんですね」

「霧？」ワインの目がわずかに大きく開いた。「ああ――本当にそうだな」

焦ってはいけない。こっちには、以前にもこれと似たようなインチキなトリックをワインに仕掛けたという、大きな弱点がある。あの誕生日パーティーの夜、何かが見えると偽ったハドスピスを、ワインは簡単に信じた。だが二度めともなれば、さすがに警戒するはずだ。とは言え、彼には信じやすい面があるのはたしかだ。そこを利用して、限界まで苛立たせることはできるかもしれない。自分たちの実験――〝反撃実験〟とでも呼ぶことにしよう――は、容易なものではない。だが、魅力的なものだ。そして、どうせやるなら直球勝負に出たほうがいい。アプルビイはパイプに火をつけた。「あなたならどうしますか？」彼は尋ねた。「もしもあなたが、幽霊を見たら」

ワインの視線はハチドリを追いかけていた。「幽霊？」彼は言った。「なんとも好奇心をそそられる質問だね」

「どうしてこんな質問が頭に浮かんだのかな」アプルビイが顔をしかめた。「たぶん、こういうことだと思います。あなたは迷信を商売にしようとしている――大々的に食い物にしようとしている。実のところ、あなたは前代未聞の規模で、世間から異常とされる者たちを金に換えようとしている」

「まあ、全盛期の神学者諸兄を脅かすほどの大きさになるには、まだまだ時間はかかるだろうがね。ある程度の規模に限って言えば、たしかにきみの言うとおりだ。ちなみに、さっきの言い方はどうかと思うがね。〝食い物にする〟だなんて、不愉快な表現だな」ワインは明るくほほ笑んだ。「まあいい。それで――？」

「あなたは超自然なものを、自分の利益のために利用しようとしていると言ったんです」

「きみたちやラッドボーンと同じように」

「そのとおり。でも、それが著しく敬意に欠けた行為だとは思わないんですか？」

ワインが立ち止まった。「残念ながら、きみの言っていることがよくわからないんだがね」

「あなたはそういったものに対して、偏見のない目で受け止めているとおっしゃった。あくまでも科学的な立場で実験をしているのだと。それは、伝統的な迷信や信念という大きな超自然的構造が、本当に事実として存在する可能性があると、あなた自身がそう信じているからです。では、それが存在するとしましょう。あなたの実験によって反論の余地もないほど確実にそれが証明されたとしましょう。最初にお尋ねしたように、あなたが幽霊を見たとしましょう。それはあなたにとって、いったいどんな意味を持つんですか？」

「科学という道を一歩前進できたということだろうな。人類全体の知識に寄与したのだと」

「たしかにそうでしょう。あなたが生きているのは、結局のところ、魔法のような世界なのだと自ら証明したのですから。今、目の前にあるものを摑み取らなければならない、物質的で現実的な世界ではなく。それどころかあなたは、頼りない世界、あなたのいう〝神学者諸兄〟の世界と似た世界に生きているのです。幽霊が見えたと本気で信じてしまったら、あなたの目には必然的に、その後ろにある巨大なものまで見えてしまう。悪意ある霊や妬みの天使が見えてしまう。ハムレットが本当に父親の亡霊を見たとして、その亡霊はどこから来たんですか？」

「〝過酷で苦悩に満ちた炎の中〟（「ハムレット」より）からだ――シェイクスピアの言葉を信じるならな」

「では、もしもあなたの研究室に本物の幽霊が現れたとしたら、その幽霊はそんなところから来ないと断言できますか？」

「断言できるかはわからないな」

「事実あなたは、それまでは知らなかった世界にいたのだと気づくでしょう。あなたの築いた組織の実用的な部分が、今とはちがって、ひどく愚かなものに見えてくるでしょう。なぜなら、この世界がやはり心霊的な、あるいは心霊者たちの言うような世界であるなら、物質的なもののために霊や心霊術を利用することは――」

「――〝敬意を欠いている〟。そうだね？」

「ええ」このワインという男、神経戦に持ち込んでも、そう簡単に苛立たせることはできそうにないとアプルビイは思った。それでも、見えないところではダメージを与えているのかもしれない。「ファウストを思い出してください。彼は物事の本質を、あまりに深くまで覗き込んでしまった」

「そして悪魔にかどわかされた」ワインはクックッと笑って、再び歩きだした。「実を言うと」しばらくして彼はまた口を開いた。「わたしはときどきファウストについて思い出すんだよ。きみの言っているようなことは、わたしもとっくに考えた。まあ、きみはなかなかうまく説明できたと思うが」

彼はしばらく黙って歩いていた。「それに、親愛なるアプルビイ、結局のところ、きみもわたしと同じ穴のムジナじゃないか。きみならどうするんだね、もしもきみが……」

彼はそこで口をつぐみ、アプルビイは素知らぬ顔をして彼を見た。「もしもわたしが、どうしたんです？」

「いや、いいんだ。何でもない」ふたりは引き返し、会話を始めた小さな木立ちまで戻ってきた。

「さっき、霧と言ったね？」ワインが言った。「わたしには何も見えなかったがね」

「霧だよ」アプルビイが言った。「〝何もないところに霧のかたまりが見えた。そして、爽やかなはずの朝が何となく重苦しく感じられた〟って、思わずそんなことをワインに言ったんだ。きみならもっとうまくやれたと思うかい？」

「どうだろう」ハドスピスが言った。

「この人には無理だよ」ルーシーが言った。「別にミスター・ハドスピスが馬鹿だって言ってるわけじゃないけどね」

「でも、あの霧の話は失敗だった」アプルビイは暗い表情で首を振った。「もっと予測のつかない話にすべきだった。ハドスピスの幽霊が友人のアプルビイの前に現れるというだけじゃ、ホーク・スクエアで起きた最初の二件と同じだ。例の実験によって得られる結論もワインの予測どおりのものになる。やはりこの世界には不可解な存在がいたと受け入れるのは、ワインにとっては難しいかもしれないが、その当惑すべき結果は彼自身も予測していたものなのだから、ある程度の満足は得られるだろう。一方、彼の心の均衡が大きく崩れることがあるとしたら、超常的なものが存在することを証明すると同時に、予測していなかった結果が出たときだ。つまりは、彼自身に幽霊が見え、そしてハドスピスの友人であるわたしには見えない、そういったことだよ」

「どうだろう」ハドスピスがもう一度言った。少し陰気な面持ちでゆで卵の殻を剝いている。

ルーシーはドアのそばに立って話を聞いていたが、部屋の奥まで歩いてきた。「シーツの件は残念だったね」

「シーツ？」

彼女はベッドを指さした。「ほら、きれいなパステル系の色だろ？　幽霊には、昔ながらの白いシーツが欲しかったのにさ」

アプルビイがため息をついた。「シーツをかぶったぐらいでワインを捕まえられるとはとても思えないな。どれだけシーツが真っ白くても。なあ、われわれの目標は何だ？　あいつに後悔させてやることなのか？　ばかばかしい」

「ファウストは脅かされて怯えるあまり、持ってる本を燃やす決断をした」

「親愛なるルーシー、いったいどこでそんなことを教わったんだい？」

ルーシーが顔をしかめた。「わかんない。でも、そういうおかしな話ならいくらでも知ってるよ。ソクラテスとか、マルクス・アウレリウス・アントニヌスとか――」

「なるほど」ルーシー・ライドアウトの中で、かつての姉妹たちの存在がどんどん薄らいでいる。すでに、断続的に思い出す夢ほどにまであやふやになっている。あと二十四時間もすれば、日ごとに長くなるワインの〝無駄〟リストに、ミス・モルシャーやミセス・グラディガンと並んで、ふたりのルーシーも加わるのかもしれない。それは申し分のないことだが、本来の目的ではなかった。アプルビイが立ち上がった。「もう行くよ。廊下の端からわたしを見張っている男がいるから、ルーシーの部屋に長居していると怪しまれるかもしれない。ワインを後悔させることなどできない。幽霊が出たところで、あいつはそれを売り物にすることが敬意を欠いた危険な行為だとは思わないだろう。われわれと何らかの合意に至ることも、おとなしく隠居することも拒否するだろう。だが、ある人物の幽霊が現れたら――パステル・カラーの幽霊であっても――しばらく不安に陥れることはできるかもしれない。あの誕生日パーティーを覚えているだろう？　ワインがしばらくのあいだ、どれほど憤慨していたか」アプルビイはハドスピスのほうを向いた。「あの飛行機だが、燃料は残ってるのかい？」

「たぶんな。ビーグルホールはまちがいなく、すぐにまたあれに乗って取って返すつもりだったから。もちろん、ワインはあいつがすでにそうしたものだと思ってる。ここに戻ってきたことをワイン以外の誰にもまったく知られないように、ビーグルホールはすぐにあの飛行機で戻るつもりだった。往復に充分な燃料は積んであったはずだ」

「タンクの容量によるだろうがね。まあ、そこは信じるしかないな。今のところ、あの飛行機が唯一の望みなんだ。ここで何事もなく過ごせているうちは、こちらから動きは起こさない。ずっと見張りがついていて、わたしは抜け出せないからね。だが、夜になったら幽霊を出現させて、混乱がどうにか十五分続くことを祈ろう。その隙に飛行機に向かう」

ハドスピスがうなずいた。「だが、本当にシーツなんか使うのか？　今どきの幽霊の流行から外れてるんじゃないか？」

「今だけじゃない、何世紀も前の幽霊にしたって流行遅れだ。大丈夫、あんな格好はしない。わたしたちの幽霊は川の中から現れるから、全身ずぶ濡れで、血に染まっているんだ」

「大変な役回りだな」

「それに、遺体安置室の中のようなにおいが――いや、ワニの腹の中のような悪臭が――漂う。それと、一陣の冷たい風」

「いったい、どうやって――？」

「さらには燐光だ。わたしとルーシーとで今日の午後、じっくり計画を練るよ」アプルビイはドアに向かった。「ワインの口調を真似るなら、きみは最後のゆで卵でも食べていたまえ——親愛なるハドスピス」

まともに誘惑したのでは、不道徳だ。さらに言えば、監視役がつきまとう現状にあっては、できなくはないにしても、少なくとも気持ちがひるむほどには不謹慎だ。では、いったいどうする？　現金を支払うと提案する手はある。あるいは脅して言うことを聞かせるか。あるいは、プロとしての虚栄心をくすぐってみるとか……。ヨーロッパ島をぶらぶらと歩いていたアプルビイは、そこまで考えたところで首を振った。やはりあのタイプの女性には、セックスを利用するしかない。ふしだらな関係を持ちたがっているとにおわせればいい。ハドスピスに訊けば具体的なアドバイスがもらえそうなものだが、ハドスピスならそもそもこんな手段は認めないだろう。わたしだって、本心では認めたくないのだから。アプルビイは女性を遠くから称賛はしても、強引に言い寄ることには抵抗があった――若気の至りと呼ばれる時期を過ぎた、分別ある大多数の大人の男と同様に。それでも、今はどうしてもあの少女を丸めこまなければならない。アプルビイは歩き続けた。

少女は修道院のようなところに住んでいた。これは第一の関門であると同時に、実は利点でもあった――なぜなら、彼女はここで退屈しているはずだからだ。そしてたぶん、機嫌をそこねてもいる。なにせ、食事は口に合わないし、無理やり風呂に入れられるのだから。いや、入浴はさせるべきだろうが。問題はやはりこの高い白壁だ。アプルビイは壁をよじ登り、そのてっぺんに座った。中に向かって明るく手を振る。それを見て、その午後ずっとアプルビイをつけまわし、アプルビイが壁を登り始めると急いで追ってきた肌の浅黒い男が、にやりと笑って、枝状の花房をつけた草の丘に腰を下ろした。アプルビイがもう一度手を振った。より正確に言うなら、親しげなラテン風の身振りをした。すぐそこに彼女の姿があったのだ。アプルビイは白壁の内側へ飛び降り、彼女のもとへ向かった。一方の浅黒い肌の男は立ち上がり、入れ替わりに白壁をよじ登ると、中の様子がよく見渡せる位置に腰を落ち着けた。ふん、まあ好きに楽しんで来りゃいいさ。「よい午後を《ブエノス・タルデス》」男は言った。

夕食が終わってだいぶ経った頃だった。小さな火——本物の石炭の火——が、一階にあるワインのオフィス兼書斎のストーブに灯された。ワインとアプルビイはその部屋にふたりきりで、よく見かけるようなランプのやわらかな明かりに照らされながらウィスキーのソーダ割りをゆったりと飲んでいた。ワインはどんどん人なつっこくなっていた。「聞くところによると、今日は南ヨーロッパの友人たちのもとを訪れていたそうじゃないか」ワインはそう言うと、上機嫌にクックッと笑った。「どうしてそんなことがあなたの耳に入ったのか、まるでわからないのですが」アプルビイは、ばつが悪そうに警戒している芝居をした。
「親愛なるアプルビイ、その点については本当に申し訳ない。この島々にはおかしな人間があまりにも多いものだから——幸いなことに相当な人数が集まっているのでね、必然的に自警団のようなものができた。ここのスタッフはみな、自主的にスパイ活動をするし、特に新しく来た人間を重点的に見張っている。言いにくいことだが、そうしたスタッフのひとりが熱心すぎるほどにきみの後をつけていたらしい。もちろん、ひどく馬鹿げた行為ではあるが——わたしのもとにはそうやって小さな情報が集まってくるわけだ」彼はまた、クックッと笑った。「あそこは楽しんでもらえたかね？　退屈じゃなかったかね？」ワインは石炭をもうひとかけ、ストーブの中に放り込んだ。ずいぶんと世慣れて見えた。

「まるで修道院のようだと思いましたよ」

「そのとおりだ。それこそがあの建物の狙いなのだ。地中海育ちの少女を六人ばかりも連れてくれば、いろいろと面倒を起こすものだ。それに対処するには修道院が一番なのだよ。もちろん、ときには訪問者があってもかまわないと思っているがね。あそこにはこれからの成長が非常に楽しみな〝材料〟がいる――もちろん、能力者としての話だよ。下層階級出身の有能そうな降霊術師が何人かいる。しかも、まあまあ礼儀正しい。ただ、彼女たちにはときどき、宣教師を呼んで説教をしてもらうぞと脅さなきゃならない」

「宣教師？」

「一番近い隣人だ」ワインは一瞬ためらってから説明を始めた。「ここから北に八十マイルほど行ったひどい荒地に、イエズス会の布教団の本部がある。実を言えば、彼らとは連絡を取り合ったことなどない。だが少女たちは、そこに宣教師たちがいることを知っているし、彼らを大変畏怖してもいる」

アプルビイは小さな炎を見つめながら何かを考えていた。これは新情報だ。そして明らかに真実だ。ひょっとするとワインは、もうわたしには何も隠す必要はないと思っているのかもしれない。とは言え、この情報に関心を持っていることをあまり露骨に見せないほうがいいだろう。「あのユーサピアとかいう娘もいましたよ――」試すように、そう言ってみた。

「なるほど!」ワインは陽気な、いたずらっぽい身振りで、グラスをアプルビイのほうへ向けた。「そういうことだったのか。これはこれは」

「でも、あそこへ行ったことは後悔していますよ。帰り道に何かがおかしいような感じがして、どうにも気分が落ち着かないんです。いえ、あの娘たちとは関係ありませんよ。むしろ、この建物のせいです」

ワインが急に、訝しむように目を細めた。「この家が、どこかおかしいと言うのか?」

「そうです。ここで何か悪いことが起きたんじゃないかというような……ああ、うまく説明ができないのですが」アプルビイが間を空けた。不安そうな視線を、その小さな薄暗い部屋のあちこちにさまよわせる。「おかしなものですね、セックスというのは。罪の意識にさいなまれる。罪の意識のせいでおかしなものが見えてしまう。そうでしょう?」

「そうなのだろうな」ワインはすでに世慣れたふうではなく、ひどく用心して見えた。

「時々、とにかく世の中の何もかもが悪に染まっているような気分になります」アプルビイは顔をしかめ、神経質そうな、戸惑ったような表情を浮かべた。さて、ハドスピスにこれ以上の芝居ができるかな? いや、できるものかとアプルビイは思った。「考えてみれば、同じような嫌な気分は朝からすでに感じていたのです。あなたと一緒にあの木立ちの中を歩いているときから」

ワインは椅子に座ったまま身じろぎひとつしなかった。だが、その声にはまだ気さくな調子が残っていた。「親愛なるアプルビイ、きっと単なる肝臓のいたずらだよ。わたしならそこにフロイトの解釈など持ち込まない。壁の向こうで女とキスをしたからと言って、罪の意識や嫌な気分に襲われるなど馬鹿げている。さあ、もう一杯飲んで」彼は立ち上がってデキャンタに手を伸ばした。「このランプも消してしまおうか？　部屋を暗くして炎を見ているときほど神経がやわらぐことはない。今夜は暖かいから、本来ならストーブに火を入れる必要はないんだが、光ったり、ちらちらと揺れる炎を眺めるのは、われわれのように故郷を追われた者にとっては神経が癒されるものだ」

故郷を追われた者か。〝その川を越えた旅人が、二度と戻ることのない、未知の国〟（『ハムレット』より）……。ホーク・スクエア三十七番のモザイク模様の玄関ホールからミスター・スマートの子どもたちの部屋へと繋がる、陰鬱な踊り場の真下にある暗いホールで、何かがかすかに、小刻みに震えるようななり音を立て始めた――これから正時を打とうと動きだした柱時計だ。すると、チャイムが鳴った。真夜中の零時になった。

「もう零時か」ワインはそう言ってグラスを置いた。「そろそろやすんだほうがいい。風でドアが開いたのかな？」彼は椅子に座ったまま、上体を捻って振り向いた。ドアはたしかに開いていた。ストーブの炎にほの明るく映し出された壁の中に、長方形の闇が見えた。そこから弱い風も吹いていた。風は冷たく、かすかな湿り気を帯びていて、まるで細かい霧雨が吹き込んでいるかのようだ。どういうわけか急に冷たくなった風が……。

「妙ですね」アプルビイが言った。「夜が更けると、急に気温は落ちるでしょうが。それにしてもこんなに冷たい風が――」

そこで口をつぐんだ。なぜなら、風はもはや冷たいどころではなかったからだ。まるで北極圏の大気のような、ロシアの大平原《ステップ》を吹き渡ってきたような冷気に変わっていた……。突然、ワインが立ち上がった。「何か臭う」彼はかすれた声で言った。「なんだこれは、すごい臭いじゃないか！」

「におい？」アプルビイが訊き返した。たしかに何とも言えない正体不明の悪臭が、急に感じられるようになっていた。墓場に似たその臭いは、虫に食われた死体が少しずつ腐敗していくように、濃い霧となって徐々に流れ込んでいた。「何か、においがするんですか？　わたしは何も感じませんが。ただ、異常なぐらいに寒いです。それに、どうにもおかしな空気を感じますよ」

ワインは再び座った。「きみは寒さは感じるのに、この臭いがわからないと言うのか？」ちらつく炎の光を受けたワインは顔をしかめながら、今一度公平な判断をくだそうと空気を嗅いで確かめていた。この冷気は本物だろうか――つまり、客観的な事実だろうか？　臭いのほうは、その主観的な付随物なのか？　ワインの中の科学者としての一面が顔に現れ、動揺を抑えようと戦っていた。何もかもがやけに静まり返っている。開いたドアから見える暗闇のどこか奥から、長く深いため息が聞こえた。

ワインはまたしても立ち上がり、後ろを振り向いた。「今のは聞こえたか？」

「何も聞こえませんよ」

「あれを見ろ！」

ドア口に緑がかった光がいくつか、ちらちらと光っていた。それらがひとつに集まり、何かの形を作り、ついには人間になった。いや、人間の幻影が、身動きもせずに真っ黒い枠の中でたたずんでいた。なかなか凝ったインチキ・トリック・ショーだな、とアプルビイは思った。だが、凝っているだけに、観客の精神状態が冷静であれば見抜かれてしまう危険性もある。「ワイン！」アプルビイは大声で言った。「いったい何を凝視しているんですか？　ワイン！」

部屋にはまだ悪臭が漂っていた。ハドスピスの幻影がワインに向かって歩き始めた。泥と血にまみれた南国風の服から水が滴り落ちる。顔の片側は、何やらどろどろとしたオレンジと青のおぞましいものに覆われていた。ゆっくりと片方の腕を上げていく。

「あれが見えないのか?」ワインは椅子の背にしがみついていた。

「あれって何です?」アプルビイは何も見えていない目を凝らすように、ドアのほうをじっと見ていた。「頭がおかしくなったんですか? わたしには見えませんよ。ここには何もいません。きっとあのいまいましい研究室やら実験やらのせいで、あんた、正気を失ったんだ。どうして金を稼ぐことだけに留めておかなかった、え? この間抜けが。どうして人の目を欺こうなんて思ったんだ? ラッドボーンが人を信じすぎるだって? よく言うよ!」

幻影が何かを指さしている。そして何やらしゃべりだした。「わたしは殺された」地の底から響くような声で言っている。「わたしは殺されたんだ、アプルビイ。殺された――」

ワインが悲鳴を上げた――叫びながらも、その視線はなぜか幻影の頭部に釘づけになっていた。頭の一部が欠けている。まるで何かを叩きつけられたか、吹き飛ばされたのか、噛みちぎられたかのように。欠けている部分がすっかり消えてなくなっているわけではない……頭蓋骨の大きなかけらが、まるで体と切り離されたことにまだ気づいていないかのように、開いた傷口の上に浮かんでいるからだ。「わたしは殺された」幻影が言った。「わたしを殺したのは――」

ワインが再び悲鳴を上げた。くるりと背を向けると、必死にデスクへと向かった。何かを掴む。拳銃を握って発砲した。小刻みに揺れながら硝煙の臭いを漂わせている銃を力なく床に向けた後も、彼はまだ何度もひきがねを引き続けていた。アプルビイの後方から衝突音が聞こえ、別のドアが勢いよく開いた。男がふたり、部屋に飛び込んできた。そのうちのひとりは、その日ずっとアプルビイを尾行していた、あの浅黒い顔の男だ。ふたりはアプルビイを無視してワインに駆け寄った。ワインは床に倒れている。光がちらつく、悪夢のようなその部屋の外では、いかれた屋敷全体が混乱に陥っていた。当然だ、とアプルビイは思った。この家の住人たちがすぐに大騒ぎするのも計画のうちだ……。彼はドアに向かい、急いで部屋を抜け出すと暗い廊下へ出た。

「手漕ぎボートを用意しておいた」ハドスピスが言った。「モーターボートをくすねることもできたが、こっちのほうが音が静かだ」

「もう静かさを気にする必要はないのかもしれないがね」アプルビイは暗闇の中で額の汗をぬぐいながら、ボートを岸から押し出した。「大変な騒動になっている」

アプルビイの言うとおりだった。やはり何か不可思議な力によってパニックが広まったのかと思うほどに、ハッピー・アイランドの群島全体が錯乱状態に陥っていた。人々のわめき声が空の星まで驚かせたのか、天空のあちこちを光が奇妙に走ったり、流れたりしている。アプルビイたちは力いっぱい櫂を掻き始めた。

「ジャッコー」ルーシーの声が暗闇の中で、船尾のほうから聞こえてきた。「あんたのイタリア人の女友だちが大活躍してくれたみたいだね」

アプルビイはやわらかな笑い声を上げた。「たしかに、彼女はよくやってくれたよ。報酬は信用払いでね」

「どういうこと？　信用払いって」

「聞き流してくれ。それにしても彼女、あの冷たい風はどうやったんだろう？」

「ミスター・ハドスピスがその理屈を知ってるみたい」

「エーテルだ」ハドスピスは注意深く上流方向を凝視していた。「医療品倉庫からエーテルを盗んで、あの大きな電気扇風機の前に置いたんだ。ワニの悪臭で薬品のにおいはごまかせた」

「そのワニの悪臭はどうやったんだ？」

「そっちはルーシーが答えてくれる」

「そんな説明は、どうでもいいだろ」ルーシーが言った。

アプルビイたちはボートを漕ぎ続けた。ワインが倒れたことで、期待していた以上の大混乱が起きていた。暗闇の中はどこも騒音と悲鳴と水の跳ねる音であふれ返っていた。アプルビイは夜闇を睨みつけ、何か言おうと口を開きかけたものの、考え直して黙っていた。

「たしか、次の入り江だったと思う」ハドスピスが言った。

「何だって！　こんな近いところに隠しておくなんて、ずいぶん危険じゃないか」

ハドスピスが櫂を引き寄せながら短く笑った。「これ以上遠くへ移動させる危険よりはましだったはずだ」

「飛行艇を水上走行させるぐらい、それほど難しくないだろう」

「どんな体験だったか、ルーシーから聞くといい」

「死ぬかと思った」ルーシーが簡潔に言った。

「わたしに言わせれば、スケート靴の刃をつけたレーシングカーで暗闇の中の迷路を疾走するようなものだった」ハドスピスは再び前を向いて、川の上流に目を光らせた。「漕ぐのをやめろ」

大きな淀みで二度方向転換するうちに、いつの間にか一番近い島でさえずっと後ろに遠ざかっていた。それでもなぜか、闇の全体が生きているかのようにうごめいていた。夜空は奇妙な点滅を繰り返している。多くの声があちこちで飛び交っているが、どの方向から聞こえてくるのか特定するのが難しい。

「飛行艇がうまく離陸できたら」アプルビイが言った。「何とか騒ぎを治めるように手を打とう」そう言う声は不安に満ちていた。自分たちにとって最後の望みであるはずの飛行艇に、アプルビイはどういうわけか不安をおぼえずにはいられなかった……小さなボートが最後にもう一度、流れの緩やかなカーブをゆっくりと曲がったとたん、アプルビイは目をみはった。そこには飛行機が——正真正銘の本物の飛行機が——彼らの到着を待っていたからだ。ただし、どこか妙だった。いつもと同じように夜空には星がたくさん出ていたが、淀みの周りはひどく暗かった。その光景のどこが妙なのかと言えば、そんな中でも飛行機がはっきりと見えていることだった。

暗い赤色の光を背にして、飛行機のシルエットが浮かび上がっていた。そして上空には、光の点や線、弧を描いて飛ぶ赤い炎などが夜空を飾っていた。その光の一団が高くのぼり、落ちてきた。飛行機のテールから大きな炎が立ちのぼった。その横でも同じような炎が上がっている。コックピットの中に三つめの炎が見えた。飛行機が炎上しているのだ。

さらには、櫂を搔くのをやめた彼らの背後から水の撥ねる音が聞こえてきた。アプルビイが後ろを振り向くと、水面に浮き沈みするいくつもの暗い頭が半円状になって周りを囲んでいた。なるほど、そういうわけだったか。あの大騒ぎの理由がやっとわかった。と同時に、外の世界との唯一の繋がりが断たれたこともよくわかった。だが、今はゆっくり考察している場合ではない。ハドスピスの肩を叩く。「川岸に向かって漕げ！」アプルビイが叫んだ。「ボートを降りたらすぐに水辺から離れろ」

小さなボートは川岸の泥に乗り上げた。数秒後には、三人は大急ぎで木生シダや竹のからみ合う茂みをくぐり抜けていた。そこは真っ暗闇だった。だが、もっと水辺から離れれば、邪魔な草木は徐々に減るはずだ。たとえこちらの姿を見られるリスクを負ってでも、周りを目視できる場所まで出なければならない。と言っても、誰も追って来てはいない。相手がよほどうまく姿を隠しているのでなければ——そしてその夜の出来事を考えれば、もはや追手が姿を隠す意味はなくなっているとしか思えなかった。ハッピー・アイランドの島々は言葉に表せないほどの騒ぎになっていて、川岸に沿って少し離れた所では、先住民たちの歓喜の歌声が聞こえる。三人は転びながら前進を続け、いつの間にか坂をのぼっていた。小さな丘の頂上に出た。伸ばした枝から陰が落ちる巨大な木が一本立っているのを除けば、そこは開けた空き地だった。三人は何とかその木の下までたどり着き、ここなら誰の目も届かないと安心して後ろを振り返った。ハドスピスがうめき声を上げる。ルーシーが息を呑んでアプルビイの腕を摑んだ。そこには異様な光景が広がっていた。

ヨーロッパ島の住人たちの大混乱というショッキングな出来事と、なぜか奇妙なまでにタイミングが重なってしまった今夜のアプルビイたちの作戦は、誰の目から見ても明らかな大成功を収めていた。なぜなら、シュルンプの遺したものも、エメリー・ワインの支配するものも、すべてが炎に飲み込まれていたからだ。空はもはや、ひとつの巨大なかがり火に照らされたかのように明るく染まっていた。川の上を漂う煙が濃くなり、川の水面をすっかり覆っている。ホーク・スクエア三十七番の窓という窓が不気味に光っている——この短期間に二度も夜の平穏を破るのかと、憤慨した目で睨みつけているようだ。あの家は、英文学の文芸全盛期（十七から十八世紀）の平和な時代に産声を上げた。激しくも長く安定したヴィクトリア王朝時代（十九世紀）を生き抜いた。だが今、炎と破壊が海を越えてこの大陸まで追いかけてきたのだ。

先住民たちは、物を破壊することには強い意志を持っていたが、人間を殺すつもりはないようだった。なぜなら彼らは今、乱暴ではあるが彼らなりの奇妙で儀礼的な敬意を表しながら、倒壊して廃墟と化したワインの帝国に大勢取り残されたさまざまな〝商売道具〟たちを抱えて逃げていたからだ。一番近い島でははっきりと、より遠い島々ではぼんやりとながら、それらしい光景が見えた。全裸で黒い肌をしたたくましい先住民たちがグループに分かれて、炎に飲み込まれそうな女性たちや怯える子どもたち、当惑するばかりの男性たちをどこかへ運んでいる。霊媒師や手相占い師、読心術師や水晶占い師や占星術師たち。そうした人々を、古い建物の窓に描かれた悪魔のような姿の先住民が抱えていく。バロック時代に自由奔放に描かれた〝サビニの女たちの略奪〟のタペストリーのように、体をねじったり、必死でもがいたりする女たちが、混乱の中でどこかへ連れ去られ、消えていく。蔓延する奇妙な略奪の騒乱は、川やパンパスの上に響き渡った。炎が怒り狂い、高く立ちのぼった。空の星がかすんだ。

「見て！」

ルーシーが何かを指さしている。彼らのすぐ下の川のそばに、もうひとつ低い丘があった。飛行機の燃料に引火したのだろうか、突然炎が上がったかと思うと、すべての光景を見渡すかのようにひとりで立ち尽くす人影が目に入った。

「魔女だよ」ルーシーが言った。

たしかに、それはハンナ・メトカーフだった。立ったまま微動だにせず、わずかに口を開いてそのかがり火を見守っている。ビーグルホールの鞭についても、ワインのカプリ島への誘い文句についても、彼女は見事に復讐を果たしたのだ。

ハドスピスが驚きの声を上げた。「なんてことだ！」彼は言った。「彼女は狂ってる。悪魔でもなきゃ、まともな人間がこんなことを思いつくものか」

アプルビイがうなずいた。「きっとそうだな。そして、よほど強靭で才能に恵まれた人間でなければ実行に移すことができないだろう。たしか——」彼はそこで言葉を切り、警告するようにふたりの体に手を置いた。「聞こえるか？」彼はささやいた。

すぐ近くで音がした。巨木の裏側から聞こえる。馬のいななきだった。

遠くでちらつく炎の中に、雲のようにぼんやりと馬の姿が映し出された。まぶしい閃光が走った瞬間、アプルビイたちの目にもはっきりと見えた。馬は堂々と立ち、飛び跳ねる姿は神々しかった。突然、ルーシーが声を上げた。三人の中で一番鋭い感覚を持っているようだ。「ジャッコー、見て！」

アプルビイが振り返った。彼らの後ろにはさっきと変わらず大きな淀みがあった。だが今はその手前からこちらに向かって、半円状にずらりと並んだ炎が踊りながら、じりじりと迫ってきていた。その正体は明らかだ。松明《たいまつ》を手に持った先住民たちが一列に広がって近づいているのだ。退路は断たれている。水面に頭だけ出したあのワニたちが待っているのだ。このままではじきに先住民たちに取り囲まれてしまう。アプルビイは、まだ遠くにいる先住民の隊列を見つめた。「ここに着くまで、あと五分というところか」彼は言った。「われわれに残された時間はせいぜいその程度だ」肩をぐいっと引っ張られた。振り向くと、そこに立派な馬が立っていた。馬は首を奇妙に上下に振っている。「一回、二回」アプルビイが数えた。「三回、四回、五回——どういうことだ。この馬はダフォディルだぞ！」

「ダフォディル？」ハドスピスが言った。「まさか！　ダフォディルはくたびれた馬車馬だろう？　この馬は見たこともないほど立派な――」

「パンパスの効果だ。初めてここを侵略したスペイン人たちのときも同じだった。船で連れて来られたのは年老いた駄馬ばかりだったのに――」

「あいつら、さっきよりも近づいてるよ」ルーシーが警告した。

「――それなのに、パンパスの空気を吸いながらひと月も過ごすうちに、馬たちは――」アプルビイはそこで口をつぐみ、馬のロープに手を伸ばして確認しだした。「ハドスピス、わたしはすっかり方向がわからなくなった。われわれが今いるのは、どっちの川岸だ？」

「北側だ」

「それなら助かる道が残っているかもしれない。乗馬の経験は？」

「ない」

「じゃ、あぶみ革をしっかり摑んで走れ。突撃をかける英国陸軍《スコッツ・グレイ》の騎兵隊の歩兵になったつもりで」アプルビイは馬にまたがった。「じっとしろダフォディル、じっとだ！　さあ、ルーシー、早く乗って。よし、じゃあ叫べ。ふたりともだ。狂ったように大声で叫べ」容易ではなかったが、接近を続ける炎の列のほうへと、馬の首をどうにか向けさせた。馬は一度後ろ脚で大きく立ち上がってから、また四つ脚になって子馬のように跳ねた。アプルビイは手綱を緩めてダフォディルの自由にまかせた。「行け、ダフォディル」彼は叫んだ。「行け、ダフォディル！」彼らはまるで悪夢の中のように、丘を駆け下りた。目の前で先住民たちが踊り、叫び声を上げていた。ダフォディルの蹄が地面に轟き、ハドスピスは竜巻の中でしがみつくように、摑んだ手を放すことはなかった。彼らの背後では燃え上がるハッピー・アイランドの明るさにオリオン座がかすみ、その炎はさらに上に広がる南十字星にまで届きそうだった。

「わたしが驚いたかですって?」イエズス会の宣教師は、無垢な表情でアプルビイを見た。「いいえ、あなたがたの話を聞いても驚きはしませんよ。ただ、強いて言うなら、あの馬の一件でしょうか。あの忍耐力は見事としか言いようがありません。ブラウニングの詩にあるように、大瓶入りのワインを与えてやりたいぐらいです。ロバート・ブラウニングはお好きですか? わたしは彼を、遅れてきたエリザベス朝詩人だと思っています。エリザベス一世の時代の本質とされたイタリアや教皇制といったテーマについて、芝居がかった表現をしましたから」

「先住民たちに連れ去られた気の毒な人たちのことを考えると、胸が痛むのです」

「ブラウニングが戯曲という形ではひとつも名作を書けなかったのが不思議です」教養があって、質素で、悩みのなさそうな宣教師が頭を振った。きっと彼は、ほかにもあと六ヵ国ほどの半ば野蛮な国の詩人について、同じように講義ができるのだろう——そしてこういうめったにない機会には、大喜びで講義をするのだろう。「いいえ、失礼しました。何かおっしゃいましたか? ああ、そうですね。連れ去られた哀れな人たちの話でしたね。悲しいことですが、あの方々を救うことはたぶん無理だと思います。ああ、世俗的な意味での救いの話ですよ。つまり、あの先住民は南東のかなり奥地で暮らす部族でしてね。わたしたちとは交流がありません。ですが、戦利品として連れ去られたみなさんには、快適な時間が与えられることは保証します。神のようにあがめられるはずですから」

さんさんと日の降り注ぐ小さな中庭を眺めていたハドスピスが、宣教師に目を向けた。「それが快適と言えるのか？」

「人間としては悪くないでしょうね。もちろん、彼らのために祈りを捧げなければなりませんが」宣教師は一分ほど黙っていた。「つまり、この辺りの先住民はみな、とにかく驚嘆できるものが欲しくて欲しくてたまらないのです。その欲求があまりに強くて、こちらが気恥ずかしくなることさえありますよ、本当の話」彼は真面目な顔でほほ笑んだ。この宣教師は何があってもまごつくことはないのだろう。「しかも、非常に人数が多い。聖職者や奇跡を行なう者を何百人呑み込んでも、霊的にも知的にも何ひとつ吸収することはないのです」

「それは、まさにワインが言っていたのと同じことです」とアプルビイが言った。「今、世界全体がそれを求めているのだと」

「世界全体の心配をするのは、わたしたちにまかせていただきたいですね」宣教師がほほ笑んだ。

「あなたとわたしに」丁寧な口調でそう言った。

「おかしな結末になったものです。初めはこれで〝因果応報〟だと思っていたのですが、どこかちがう気もします」

「何らかの力によって、なるべきようになったのです、ミスター・アプルビイ。それ以上の説明を求めるのは――無分別というものですよ」

見慣れない景色の中で不安をおぼえていたルーシー・ライドアウトは、おずおずと顔を上げた。

「あたいはミセス・ナースがかわいそうでしかたないよ」

「彼女については特に安らかに眠れるようにお祈りいたしましょう」

ルーシーはすっかり戸惑ったような瞬きをした。「それじゃ、ミスター・ワインも――」

「おそらくはすでに殺されていることでしょう。これまでもわたしたちのもとにミスター・ワインについての情報が入ってくることはほとんどありませんでしたが、多くの人から恨みを買っていたことはまちがいないようですね。そして言うまでもなく、この辺りではそれは死を意味します。今わたしの頭に浮かんでいるのは、魔女と呼ばれていた、ある娘のことです。彼女はこの地で大いなる力を身につけたにちがいありません。彼女なら、われわれにも救ってあげられると思うのです。相手が重要な人間であれば、救いに関してわれわれにも手段がないわけではありませんから」

「ハンナ・メトカーフが重要な人間だと思われるんですか？」アプルビイが尋ねた。

「彼女は大変な能力を持っていますし、あの人たちを正しく導くための道具となってくれるでしょう。彼女のことはきっと見つけます。そして指導します」修道士は再びほほ笑んで立ち上がった。「さあ、みなさん、さぞお疲れになったでしょう」

・・・・・・・・・・・・

時間の経過とともに、ハロゲイトも変化を免れることはできなかった。町のあちこちが部分的に消失していた。より軍事力の高い地域を狙うと市民の反感を買うと恐れたのか、敵はたびたびイギリスの湯治場――戦争を利用して富を肥やす連中が好んで訪れる場所――に天罰を下すことにしていた。レディ・キャロラインもまた時流に逆らうことはできず、日課である屋根なしランドー馬車での散策の際には、鉄製のヘルメットをかぶるようになっていた。

「ミス・アプルビイ」レディ・キャロラインは、地味ながら気品のあるお馴染みのホテルの入口の階段に立って呼びかけた。「わたくしのマフを見なかったかしら？　これまではいつもメイドメントが持ってくれていたのだけど」

「見ていないわ。残念だけど、これからはご自分の持ち物はご自分で管理しなきゃならないのよ。それから、ミス・メイドメントのことでいつまでもくよくよするのはおよしなさい。補助サービスの方も立派にやってくれているわ」

「たしかにそうね。でも、メイドメントが急にいなくなったのは、男たちのいる世界へ行きたい欲求に駆られたからじゃないかと思うの」

「なんてことを！」

「今までにも何度かそうじゃないかって思っていたのよ。ボドフィッシュはどこ？」

「レディ・キャロライン、ボドフィッシュは最近、わたしたちを迎えに来る前に、ダフォディルをゆっくり散歩させるのが好きなようなの。ときには早足で走らせることもあるそうよ。ああ、ちょうどやって来たわね。この馬車、最近は止まっているところを見ないほどよく走るわ、そう思わない？」

「ボドフィッシュ」レディ・キャロラインが険しい声で言った。「安全運転でお願いね」

「まあ、ダフォディルはすぐにでも走りだしたくてたまらないみたい」ミス・アプルビイが言った。

「あら、背中が座席にぶつかって痛いわ」

レディ・キャロラインが言った。「どうやらこの卑劣な空襲のせいで、誰もが不必要に神経を尖らせているようね。あなた、通りを歩く人たちがひどく神経質そうにしているのにお気づき？　この馬車が静かに走っているだけで、騎兵隊の突撃かと勘ちがいするみたいなのよ。あの角に警察官が立っているでしょう？　さっきわたくしたちが追い越した瞬間、まちがいなく歩道に飛び込んでいたわよ」レディ・キャロラインはいつもの角の座席で座りにくそうに姿勢を変えた。「このランドー馬車のスプリング、以前よりも具合が悪くなっているんじゃないかしら」

「わたしもそう思うわ」ミス・アプルビイが自分の座席で上体を揺らしてみた。「でも、こうしてまた、いつでもおとなしい馬を頼めるようになってほっとしたわ」

「本当に、そのとおり」レディ・キャロラインが言った。「ずいぶんと風が強いわね。馬車が走りだすまでは気づかなかったけれど。それに、道路がひどくでこぼこしているわね」

「あら、いつもよりスピードが出ていたのかしら。もうストレイまで来たわよ」

「本当ね。それに、交通が激しいわ。ねえ、ボドフィッシュの首がときどき真っ赤に染まっているのに気づいた？　まさか、最近またビールを飲み始めたんじゃないでしょうね？」

「まあ、本当に交通が激しいわね。しかも、ほとんどの車がこちらに向かって勢いよく飛び込んできそう。怖いぐらいだわ」

「ねえ」――レディ・キャロラインは体を左右に揺らし、猛スピードで駆ける馬車の中で息をあえがせながら切れ切れに言った――「やっぱり、おとなしい馬だと、ほっとするわね」

訳者あとがき

本作は、ロンドン警視庁《スコットランドヤード》の刑事、ジョン・アプルビイが活躍するアプルビイ・シリーズのうち、長編小説の第八作に当たる。イネスが五十年にもわたって書き続けたアプルビイ・シリーズは、三つの短編集と、三十を超える長編小説から成り、独身だったアプルビイ警部が途中で結婚し、昇進し、引退し、成人した息子までが活躍する、息の長いシリーズとなった。日本では現在のところ、イネスの処女作でもある第一作『学長の死』から第二十作の『アリントン邸の怪事件』まで、飛び飛びではあるが、本作を含めて十一作が邦訳されている。

作者であるマイケル・イネス（一九〇六～九四）は英文学者であり、オックスフォードで学んだ後、オーストラリアのアデレード大学で英文学の教鞭を執っているときに最初のミステリー小説を書いた。戦後イギリスに戻り、研究者として本名のジョン・イネス・マッキントッシュ・スチュワート名で主に英文学関連の著書を発表する傍ら、〝マイケル・イネス〟名でミステリー小説も多数書いている。そしてそのほとんどが、このアプルビイ・シリーズなのである。

本作の原題は『The Daffodil Affair』つまり、〝ダフォディル事件〟だ。すでに本作をお読みいただいた方ならおわかりだろうが、〝ダフォディル事件〟というのは、ハロゲイトという田舎町で、何の価値もなさそうな、くたびれた馬車馬のダフォディルがある夜廏舎から盗まれた、という事件だ。だが、本作において〝ダフォディル事件〟は、些細な出来事でしかない。それ以外にも、連続少女失踪事件や、家が丸一軒盗み出された（解体されて持ち去られた）事件も重なり、さらにとんでもない規模の陰謀にまで話が膨らんでいくにつれ、アプルビイは〝ダフォディル事件〟どころか、いったい何の〝事件〟を追っているのかわからなくなるからだ。やがて、すべてはひとりの男の野望によるものだとわかるが、彼は多重人格者や、霊媒師や、幽霊や、とにかく社会から冷遇されてきた超常的な特殊能力を持つ人間（と動物と建物）を、次々と集めていた。

本作の二つ後に書かれた『盗まれたフェルメール』に、次のようなくだりがある。

「彼が正当な所有者から盗み出したのは、単に絵画や彫刻にとどまらず、ブルームズベリーに建つ一軒家、ハロゲートの馬車馬、それに典型的な多重人格者である十七歳の少女と、実に多岐にわたっていた」

美術品の窃盗の話の中でいきなり挿入されたこの一文は、本作を読むまではまったくのちんぷんかんぷん、ひょっとすると誤記（誤訳？）としか思えないだろう。ところがこの犯人は、本当に馬と少女と家を盗んだのだ。イネスの奇抜な空想力の本領発揮というところだろう。

本領発揮と言えば、英文学者、とくにシェイクスピアの研究者としてのイネスの蘊蓄《うんちく》も健在だ。蛇足だとは思うが、何点か補足しておこう。『ハムレット』では、デンマークの王子ハムレットの前に亡き父王の幽霊が現れ、弟に殺されたので復讐をしろと伝えたうえ、必ずやり遂げることを息子に誓わせる。『マクベス』では主人公マクベスが、〝大釜〟を囲んで呪文を唱えていた三人の魔女から次の王になると予言される。それを信じて現王やライバルのマクダフの妻子を殺害したが、実は予言には続きがあったため、結局自らを〝地獄のかがり火《エターナル・ボンファイア》〟へ送り込む結果となる。本作の第一部の「破滅へ向かう道《プリムローズ・ウェイ》」と第四部の「地獄のかがり火《エターナル・ボンファイア》」のタイトルは、〝消えることのない地獄の業火へと誘い込む道《プリムローズ・ウェイ・トゥ・エターナル・ボンファイア》〟という『マクベス』の台詞から取ったものだ。説明の不要な方もいらっしゃるとは思うが、一般的に意味が通じない恐れがあるところには、やむを得ず文中に訳注を入れさせていただいた。イネス作品にはつきもの、とお許しいただきたい。

ちなみに、本作の終わり近くに探偵小説を皮肉ったくだりがあり、ハドスピスが「わたしたちは今、空想とめちゃくちゃな冒険をごちゃ混ぜにした真っ只中にいるんだ、まともな探偵小説とはまったくちがう。まるでマイケル・イネスの作品だ」と言うと、アプルビイは「イネス？　聞いたことがないな」と返す。イネス本人同様、イギリスの古典文学に造詣の深いアプルビイにとっては〝イネスもの〟は所詮邪道だと言わせつつ、イネスとして書いている小説を見下す文学者をさらりと皮肉っているのか、今でいう自虐ネタに、クスリと、だが同時にギクリとする場面だ。

日本でもアプルビイ・シリーズの人気が定着しつつあるものの、まだ長編小説の三分の一が翻訳されたにすぎない。いずれ残りの作品も続いてくれたらと、一ファンとしても心待ちにしている。

マイケル・イネスと不思議な島

三門優祐（クラシックミステリ研究家）

■（ある意味で）最も「期待された」イネス作品

二〇〇一年、ミステリ作家殊能将之が、ウェブサイト「mercy snow official homepage」にて、マイケル・イネス *The Daffodil Affair* の感想を投稿した。殊能は後に、この作品をアイディア源の一つとして『キマイラの新しい城』（二〇〇四）を書いた、と同ウェブサイトで言及している。また、同年に刊行された若島正の評論集『乱視読者の帰還』収録の「アマゾンのアプルビイ」（初出はミステリマガジン一九九六年七月号「失われた小説を求めて」第四回）でも同じく *The Daffodil Affair* が扱われるという偶然があった。

こうして本作『陰謀の島』の存在が、その人を食った内容とともに、殊能のファンを中心にミステリマニアの間で知られるようになった。しかし本作は、殊能による言及から数年後、二〇〇〇年代半ば以降にイネスの初期作の翻訳が一通り出揃った後にも翻訳されることがなかった。一般的なミステリ小説の基準からあまりにも逸脱した作品性故か、読者の過大に膨張した期待に反して翻訳刊行が敬遠されてきたと推定される。この度、本作が論創海外ミステリの一冊として刊行されたことは、イネスの、そして殊能のファンにとって、十数年越しの悲願達成であるといえよう。

さて、本稿を読んでいる方の大半は既に作品を読み終わって呆気に取られたか、あるいは途中で呆気に取られ、本作の解釈を求めて解説に先に手を付けたかのいずれかであろう。一意の解釈に落とし込むのが難しい本作は、探偵小説というよりもいわば「奇想冒険小説」とでも呼ぶべき珍妙な代物である。前作『アララテのアプルビイ』（一九四一）にも大概困惑させられたものだが、あの作品にはまだ謎解きミステリの形式を保とうという気持ちが見られた（見られたことに意味があるかは、また別の問題）。それと比べても本作は相当に異様だ。ひねくれ者作家のイネスとはいえ、なにゆえにこのような奇天烈な作品を生みだすに至ったか。本稿は、彼の初期の経歴を改めて確認しつつ、本作に対していくつかの補助線を引くことを目的とするが、多少なりと読者の本書理解の手助けとなることを祈っている。

■自伝『私自身とマイケル・イネス』

一九三六年から八六年までの間にマイケル・イネス名義で約五〇冊の探偵小説を書いた英文学研究家、J・I・M・スチュアートの自伝 *Myself and Michael Innes*（一九八七）は、スチュアート＝イネスがどのような環境で小説を発表していったかを示す重要な資料である。この本の大半は、スチュアートが学者になるまでの思い出話と、学者としてどのような人物に関わって来たかという回想を描いているため、彼の探偵小説の読解の幅を直接的に広げてくれる部分は残念ながら少ない。しかし、ふとしたところでスチュアートが漏らす慨嘆が、意図してかせずしてか読書の助けとなってくれることもある。

スチュアートの「マイケル・イネス」としてのキャリアが、オーストラリアで花開いたことはよく知られている。一九三五年、リーズ大学で講師として働いていたスチュアートは、アデレード大学にジュリー・プロフェッサーとして招聘された。その行きの航海の中で暇つぶしに書いた物語がデビュー作である『学長の死』（一九三六）になったという話が、この自伝には韜晦的に書かれている。

「アデレードへの六週間の旅行の途中で、私は以前書きかけて放り出した原稿を取り出した。一九三五年の頭に、ちょっとした小遣い銭稼ぎのために書きだしたこの探偵小説を、私は船の中で書き終えタイプライターで綺麗に打ち上げた。そして港に着くとすぐに荷造りして、英国の版元に送った」（原著一一七頁、拙訳）

この記述がどこまで事実に即しているかはさておき、この作品がゴランツ社に売れたことで「マイケル・イネス」としてのキャリアが始まったことは事実だ。そして四五年、アデレード大学での任期が終了したスチュアートは、イギリスに帰国するのと時を同じくして、『アプルビイズ・エンド』（一九四五）を発表した。スチュアート＝イネスは探偵役のアプルビイ警部に結婚相手を宛がい、そのタイトル通りに探偵小説の世界から彼を引退させてしまった。まるで「遊びはここでおしまい」と言わんばかりに。

なお、彼はアプルビイの登場しない長編小説を四六年に二冊書いた後、翌四七年にはアプルビイを主人公とする長編*A Night of Errors*を発表し、何事もなかったかのようにアプルビイを復活させている。

自伝には、三六年から四五年までの十年間、スチュアートがイギリスに帰国したとは書かれていない（本当に帰国していないかどうかは、今となっては調べようもないが）。つまり、以下に挙げる「初期の十作」の多くはスチュアートの「記憶の中の英国」を舞台に展開されたと言って差し支えないだろう。

『学長の死』（一九三六、東京創元社）
『ハムレット復讐せよ』（一九三七、国書刊行会）
『ある詩人への挽歌』（一九三八、社会思想社）
『ストップ・プレス』（一九三九、国書刊行会）
The Secret Vanguard（一九四〇、未訳）
『霧と雪』（一九四〇、原書房）
『アララテのアプルビイ』（一九四一、河出書房新社）
『陰謀の島』（本書。一九四二、論創社）
『証拠は語る』（一九四三、長崎出版）
『アプルビイズ・エンド』（一九四五、論創社）

最初期のスチュアート＝イネスは、自分のよく知る大学やカントリーハウスを舞台にした作品を、あるいは読者の想像を絶するような田舎を舞台とし、奇妙な人物や事件が頻繁に登場するミステリを書いた。とりわけ最初の四作品はアプルビイ以外にも共通する人物が登場するなど、一連の作品として意図をもって書かれている。

それに次ぐ未訳の第五作は、二流詩人の死と「イギリスにおけるドイツのスパイ活動」が結びついていることが判明するシーンから始まる。この作品は当然ジョン・バカン『三十九階段』（一九一五、創元推理文庫）をはじめとする冒険小説の流れを汲んでおり、さらにスコットランド中を駆け巡る「巻き込まれた主人公」に女性のキャラクターを配する、オリジナルの無名詩人の詩を暗号のキーとするなど、作者らしい捻った部分を有する作品である。愛読者の中にも、ここから作風が変わってきていると見る向きが多い。

カントリーハウスものの『霧と雪』を挟み（これまた、某有名作をパロディしつつも独自色を発揮している奇妙な良作なのだが）、潜水艦に撃沈された客船に乗り合わせたアプルビイが南の島に漂着し、殺人事件を含む現地人との騒動に巻き込まれていく『アララテのアプルビイ』が書かれた。『陰謀の島』はその次に書かれた作品で、アプルビイとロンドン警視庁のハドスピス警視が輪をかけて奇妙奇天烈な事件に巻き込まれていく。巻頭の副総監とアプルビイの会話に、*The Secret Vanguard* や『アララテのアプルビイ』の事件を示唆する発言が見られることに気づいた方も多いだろう。

■探偵小説でさえも、時代から逃れられない

スチュアート＝イネスがオーストラリアで教鞭を取りながら小説を書いている間にも、世界情勢は

大きく移り変わっている。三九年九月、ドイツがポーランドに侵攻したことがきっかけの一つとなり、第二次世界大戦が勃発する。四〇年七月、「ザ・ブリッツ」と称する、ドイツ軍によるロンドン他英国の主要都市への航空爆撃が始まる。四一年一二月、日本軍による真珠湾攻撃が行われ、極東・太平洋の情勢が極端に悪化する……当然、スチュアート自身もこの状況の例外ではない。具体的に自伝の記述をたどってみると以下のような記載が見つかった。

「フランスの陥落を大きな音でがなるラジオのスピーカーと、死んだ動物の首を飾っている酒場でぐったりと俯せる酔漢。自分たちから遠く離れた西半球で起こった出来事への不思議なほどの無関心は、今の私にはシドニー・ノーランのシュールレアリスティックな絵画世界を思い起こさせる」

（引用者註：ドイツとソ連の開戦の報を聞き）「ヒトラーは『戦争と平和』を読んだだろうか」

（いずれも原著一一二頁、拙訳）

一九四〇年の段階ではこのように無関心な風に己を描いている彼だが、日本軍は真珠湾攻撃後に、オーストラリア南部への爆撃を実施しているし、また教え子が東南アジアの激戦地に出征し亡くなるといった状況の中で、彼もまた確実に戦争に巻き込まれていた。

こういった状況においても（いやあってこそ）、英米の探偵小説作家たちは執筆を続け、逆にこの時代でしかありえない傑作をいくつも物していったわけが、それはスチュアート＝イネスも同様である。町の人々や貴族に紛れて暗躍するドイツのスパイ、客船や商船を沈没させて回るドイツのUボートと、三九年以降の彼の作品には、英国の人々の間に漂う微かな不安の影が確かに落ちている。戦争への不安、空襲への恐怖は、確かに作品の中に響いている。

そして、傍からは暢気そのものとさえ見える『陰謀の島』こそ、この恐怖の声が最も強く響いている作品とさえいえるかもしれないのだ。

■『オカルトこそ、現在の戦争の原因である』

ここに一冊の忘れられた本がある。ルイス・スペンス *Occult Causes of the Present War*（一九四〇）は、刊行当時英国で盛んに読まれ、ナチスドイツと悪魔教（Satanism）を、ひいてはオカルト全般を結び付ける契機となった一書である。著者のルイス・スペンスは、一八七四年生まれのスコットランド人で、ジャーナリスト、詩人、文化人類学者、そしてオカルト研究家として知られる人物だ。日本でも『幻のレムリア大陸』（大陸書房）の著者としてオカルトファンの間では名前が通っていて……とすらすら語られると話が一気に胡散臭くなってきた、と感ずる読者も多いかもしれない。

ナチスとオカルトの関係、およびそれらがフィクションの中でどのように描かれてきたかについてはここで語るにはあまりにも膨大に過ぎる。ここではスペンスの説をごく簡単にまとめてみよう。曰く、

「総統《ヒューラー》は、何世紀にも渡って行使されてきた大いなる武力に裏付けられた独裁者にして暴君であり、しかし同時に混沌の創造と人倫の決定的破壊を秘密の目的とした恐ろしい傀儡である」

「総統《ヒューラー》の活動の基礎にあるチュートン人の悪魔信仰は、キリスト教の信仰を、ルター派プロテスタントもローマカトリックも区別なく、ユダヤ教のシナゴーグに対して行ったのと同様に破壊しつくそうとしている」（原著九頁、拙訳）

さらにスペンスは、大陸から迫る闇に対抗するものとして、ドルイド信仰やアーサー王の聖杯探求伝説などを核とするケルト系の伝承を提唱している（スペンスの初期の活動はケルトの伝承の採取を中心としていたという点は重要だろう）。

改めて紹介してみるとこじつけ臭い部分が多いし、ある種の島国根性にはむしろ感心せざるを得ないが、ここで重要なのはこの本を読むような当時の知識人階級が、この説に一定の評価を与えたということであり、そうなるような空気が当時存在したということだ（たとえ後に忘れられ、創作の中でのみ扱われる概念になったとしても）。

それにしても本書の読者にとっては、スペンスの理論は妙に見覚えのあるそれに見えたのではなかろうか。そう、「オカルトを独占的に利用することで人民を衆愚化し、世界を支配しようとした」エメリー・ワインの誇大妄想狂的計画である。曰く、

「いかにして神という存在を創り出したかを目の当たりにした。（中略）これと同じことが私にもできると思った。（中略）必要なのは、ふたつだ。まずは、大衆のための魔術のシステムを構築する道具として、あらゆる奇人や異常者たちを指揮命令すること、（中略）そしてもうひとつ、敵をあらかじめ骨抜きにすること」

「もう何十年も前から、信仰という組織化された巨大なシステムは崩壊しつつあるのだ。きみはキリスト教なるものを覚えているかね?」(本書二一三頁)

そう言われて読みなおすと、そのようにも読めてくるのではないだろうか?

エメリー・ワインの「武力を用いない世界征服計画」は、まったくばかばかしいものであるが、同時に一抹の不安を我々読者に与える。「メリハリの利いた声で大衆に語り掛ける」スピーチ巧者ワインをアプルビイは「インチキそのもの」「自分自身に振り回されて、弱りかけている」と判断しつつも、「実務的で、有能で、冷酷でもある」と同時に評価した。これは、スチュアート自身のヒトラー評とも読めてくる。

この「ワイン＝ヒトラー説」はさすがにこじつけめいると感じる向きもあるかもしれない。しかし、傍証はいくつか見つけることができる。その一つが、彼が何度か口にする「骨抜きにする」(soften-up)という言葉だ。これは「軟化させる」という一般的なイディオムではあるが、当時は英国・米国などに潜入した「第五列」が抵抗勢力を弱めることで「侵略を容易にする」という意で頻繁に使われたという。また、ハッピー・アイランドをハドスピスが「強制収容施設」(concentration camp)と形容するなど、細部にまで「現在の戦争」を想起させる単語が仕込まれているのも見逃せない。

スチュアートがスペンスの本を読んだ可能性はある。あるいはその論を大学で耳にした可能性はさらに幾分か高いだろう。創作で用いる場合に限り、その理論が秀逸であることを見抜いた彼は、これを自作に取り込むことにしたのではないか……というのが私見である。そして彼は「諸悪の根源」にして「恐怖の対象」である「アドルフ・ヒトラー」を、自作という土俵に引きずり込み、その愚かしい「計画」を戯画化して、最後には燔祭の炎で燃やし尽くした。

　本作は、作者なりの悪魔祓いの書であり、またある意味では一種の反戦小説とさえ読みうる素地を備えている作品なのだ。

〔著者〕
マイケル・イネス
本名ジョン・イネス・マッキントッシュ・スチュワート。1906年、スコットランド、エディンバラ生まれ。オックスフォード大学を卒業後、リーズ大学で講師として英文学を教え、アデレード大学に赴任後は英文学教授として教鞭を執った。36年、渡豪中の船上で書き上げたという「学長の死」で作家デビュー。46年にオーストラリアより帰国し、クイーンズ大学やオックスフォード大学で教授職を歴任する。94年、死去。

〔訳者〕
福森典子（ふくもり・のりこ）
大阪生まれ。国際基督教大学卒。通算十年の海外生活を経験。主な訳書にマイケル・イネス著『ソニア・ウェイワードの帰還』、『盗まれたフェルメール』（いずれも論創社）など。

陰謀《いんぼう》の島《しま》
——論創海外ミステリ 244

2019年11月30日　初版第1刷印刷
2019年12月10日　初版第1刷発行

著　者　マイケル・イネス
訳　者　福森典子
装　丁　奥定泰之
発行人　森下紀夫
発行所　論 創 社

〒101-0051　東京都千代田区神田神保町2-23　北井ビル
TEL:03-3264-5254　FAX:03-3264-5232　振替口座 00160-1-155266
WEB:http://www.ronso.co.jp

印刷・製本　中央精版印刷
組版　フレックスアート

ISBN978-4-8460-1868-9